EL JUEGO DE LAS EXTRAÑAS

‣ **Título original:** *The Stranger Game*
‣ **Dirección editorial:** Marcela Luza
‣ **Edición:** Leonel Teti con Inés Gugliotella
‣ **Coordinación de diseño:** Marianela Acuña
‣ **Diseño de interior**: Daniela Coduto
‣ **Diseño de tapa:** Luis Tinoco
‣ **Fotos de tapa:** caras: Aleshyn_Andrei/Shutterstock.com
  cristal: Runrun2/Shutterstock.com

un sello de
V&R Editoras

Derechos de traducción gestionados por medio de Sandra Bruna Agencia Literaria.

ARGENTINA:
San Martín 969 piso 10 (C1004AAS)
Buenos Aires
Tel./Fax: (54-11) 5352-9444
y rotativas
e-mail: editorial@vreditoras.com

MÉXICO:
Dakota 274, Colonia Nápoles CP 03810,
Del. Benito Juárez, Ciudad de México
Tel./Fax: (5255) 5220–6620/6621
01800-543-4995
e-mail: editoras@vergarariba.com.mx

ISBN: 978-987-747-275-2
Impreso en México, abril de 2017
Impresora y Editora Infagon, S.A. de C.V.

Busby, Cylin
El juego de las extrañas / Cylin Busby. - 1a ed . - Ciudad Autónoma
de Buenos Aires : V&R, 2017.
400 p. ; 20 x 13 cm.

Traducción de: Laura Saccardo.
ISBN 978-987-747-275-2

1. Literatura Infantil y Juvenil Estadounidense. 2. Novelas de
Suspenso. I. Saccardo, Laura , trad. II. Título.
CDD 813.9282

EL JUEGO DE LAS EXTRAÑAS

CYLIN BUSBY

Traducción:
María Laura Saccardo

YA VR YA ! S

PARA NANCI,
MI CÓMPLICE.

PRÓLOGO

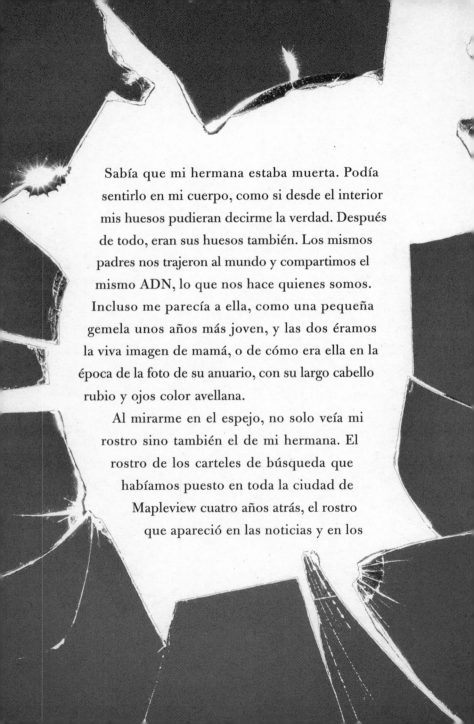

Sabía que mi hermana estaba muerta. Podía sentirlo en mi cuerpo, como si desde el interior mis huesos pudieran decirme la verdad. Después de todo, eran sus huesos también. Los mismos padres nos trajeron al mundo y compartimos el mismo ADN, lo que nos hace quienes somos. Incluso me parecía a ella, como una pequeña gemela unos años más joven, y las dos éramos la viva imagen de mamá, o de cómo era ella en la época de la foto de su anuario, con su largo cabello rubio y ojos color avellana.

Al mirarme en el espejo, no solo veía mi rostro sino también el de mi hermana. El rostro de los carteles de búsqueda que habíamos puesto en toda la ciudad de Mapleview cuatro años atrás, el rostro que apareció en las noticias y en los periódicos de todo el país. Ya sin *brackets*, hasta podía sonreír como ella, tal como sonreía en la última foto familiar. Con la sonrisa de una chica porrista, novia de un muchacho mayor. De una chica con secretos.

Quería creer con todas mis fuerzas que seguía con vida, aferrarme a esa esperanza, como mamá. Y lo intenté, intenté imaginar que cualquier día iba a ver a Sarah atravesar la puerta de nuestra casa. Pero, por las noches, esa imagen se borraba y, en mis pesadillas, veía todas las cosas terribles que les pasaban a chicas como ella. Al despertar, con esas visiones aún en mi cabeza y el corazón latiendo acelerado, solía quedarme acostada, mientras miraba moverse por el techo y las paredes de mi habitación las luces de los pocos autos que pasaban. Y pensaba en las personas dentro de esos autos: ¿A dónde irían? ¿A dónde habían estado hasta tan tarde? ¿Cómo serían sus vidas, sin el enorme vacío que queda cuando un integrante de la familia desaparece?

Traté de imaginar cómo se veía Sarah después de tanto tiempo, mayor, con el cabello más largo, o más corto, con la piel dorada como la tenía la última vez que la vi. El peso de su ausencia crecía con el paso de los días, y las semanas, que se convirtieron en meses, y los meses en años. Yo sabía la verdad. Aunque no pudiera decírsela a nadie, sabía que la habitación oscura pegada a la mía siempre estaría vacía, con la puerta cerrada, porque esta vez Sarah no regresaría.

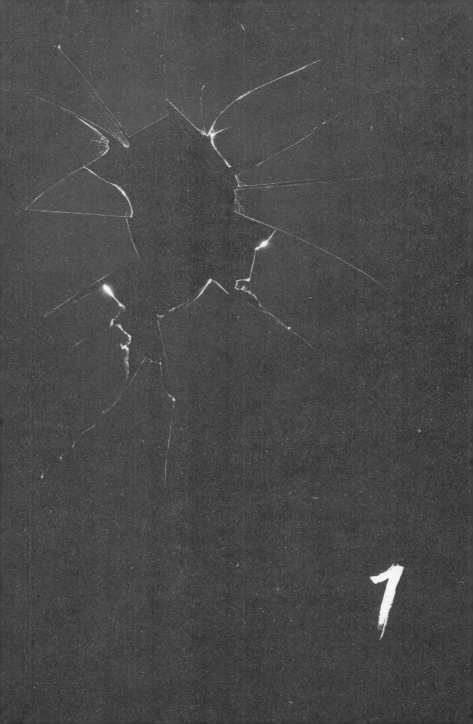

1

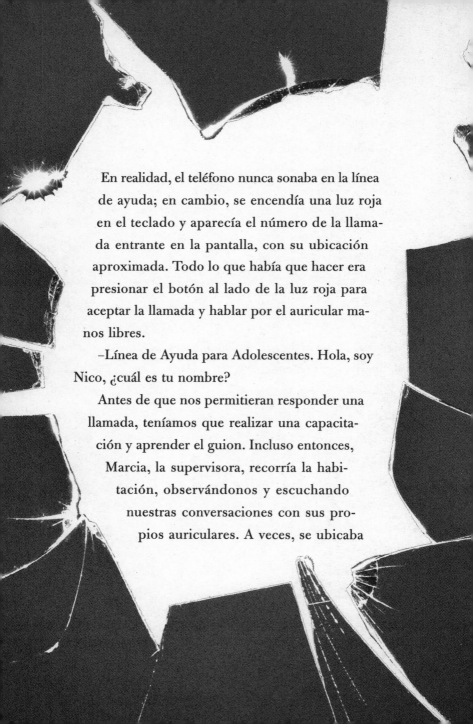

En realidad, el teléfono nunca sonaba en la línea de ayuda; en cambio, se encendía una luz roja en el teclado y aparecía el número de la llamada entrante en la pantalla, con su ubicación aproximada. Todo lo que había que hacer era presionar el botón al lado de la luz roja para aceptar la llamada y hablar por el auricular manos libres.

–Línea de Ayuda para Adolescentes. Hola, soy Nico, ¿cuál es tu nombre?

Antes de que nos permitieran responder una llamada, teníamos que realizar una capacitación y aprender el guion. Incluso entonces, Marcia, la supervisora, recorría la habitación, observándonos y escuchando nuestras conversaciones con sus propios auriculares. A veces, se ubicaba detrás de alguno de nosotros para escribir notas si había algo que creía que debíamos decir, y siempre estaba ahí para tomar una llamada que se salía de control.

Cuando me presentaba como voluntaria, en general una vez a la semana, siempre había alguien mayor que yo, con más experiencia, que respondía a casi todas las llamadas y yo tenía que limitarme a sentarme y escuchar.

"No hay mejor manera de entrenarse que viendo lo que hacen los demás voluntarios, cómo reaccionan", me decía Marcia, tal vez pensando que estaba desanimada por no poder contestar más llamadas. Pero ese no era el caso; muy por el contrario, me sentía aliviada. Durante meses tuve terror de hacer o decir algo mal en una llamada. Teníamos la vida de esas personas en nuestras manos; muchas de ellas estaban dispuestas a hacer cosas terribles, como herirse a sí mismas o a otros. Para mí estaba bien poder sentarme a escuchar, sin ninguna responsabilidad. Pero, algunas noches, Marcia me pedía que respondiera.

–Es tuya, Nico –me dijo un día. Las otras dos voluntarias, Amber y Kerri, ya estaban en línea y, por alguna razón, la cuarta voluntaria no había aparecido. Antes de presionar el botón rojo, dejé la porción de pizza que estaba comiendo, me limpié las manos y me apresuré a contestar.

–Línea de Ayuda para Adolescentes –apenas llegué a pronunciar las palabras cuando escuché a la chica del otro lado, llorando.

–¿En serio hay alguien ahí? –preguntó, entre sollozos–. ¿Una persona real?

–Mi nombre es Nico. ¿El tuyo? –continué con mi guion mientras Marcia asentía. El nombre y la ubicación de la chica aparecieron en la pantalla; estaba llamando de un teléfono celular desde las afueras de Denver. Pude comprobar que no me había dado una identidad falsa, como muchos de los que llaman, ya que el teléfono estaba registrado a su nombre. Escuché atentamente su historia acerca de cómo la trataban sus compañeras de escuela, y que había comenzado a cortarse a sí misma. Quería dejar de hacerlo, pero no sabía cómo.

–A veces pienso en huir, en empezar de nuevo en un lugar distinto, en simplemente desaparecer, ¿me entiendes? –dijo, y sus palabras me provocaron escalofríos.

–Te entiendo perfectamente. Todos nos sentimos así alguna vez –le di los consejos que se suponía que tenía que darle y busqué los nombres y números telefónicos de los lugares a los que podía acudir por ayuda cerca de su ubicación. Pero mi mente no estaba enfocada en la chica que lloraba al otro lado de la línea, sino que todo el tiempo pensaba en Sarah. ¿La reconocería si llamara? Pero eso no podía pasar, nunca iba a pasar. Ese tipo de coincidencias solo se dan en las películas, no en la vida real. Parte de mí aún tenía que admitir los verdaderos motivos por los que había elegido ser voluntaria en la línea de ayuda, para cumplir con los servicios comunitarios que exigía el programa escolar.

Podría haber estado en el hospital veterinario cuidando de un conejito enfermo, o en el asilo de ancianos de Mapleview leyéndole a alguna amable señora ciega. Pero ahí estaba, respondiendo llamadas de adolescentes que querían desaparecer, y que a veces lo hacían.

Para cuando corté la llamada, la chica de Denver ya había dejado de llorar. Marcia me miró y levantó los pulgares, aunque podría asegurar que ya se encontraba escuchando otra conversación. Me sorprendí al ver que ya eran las 21.02. Saqué el formulario del servicio comunitario de mi bolso y lo puse sobre el escritorio de Marcia de camino a la salida. Pero, cuando ya casi estaba en el ascensor, ella me llamó.

–Nico, hiciste un buen trabajo hoy –me dijo, mientras miraba el formulario–. ¿Dónde se supone que tengo que firmar?

–También tiene que completar la evaluación –le recordé, luego de mostrarle dónde firmar–. Pasaré otro día a recogerla.

–Si me das un minuto, lo haré ahora mismo –me respondió. El reloj de pared ya marcaba las 21.05.

–No puedo, debo irme.

–Solo me llevará un segundo, en serio –insistió.

Me quedé al lado de su escritorio mientras escribía. Su bolígrafo se movía con lentitud. Recién iba por la mitad, y eran las 21.07. Podía sentir el corazón golpeando en mi pecho.

–Lo recogeré la próxima semana –le dije mientras corría a la salida sin darle la posibilidad de responder. Presioné el botón del ascensor una y otra vez hasta que las puertas se abrieron. Iba haciendo cálculos mentalmente: para cuando llegara al lobby y saliera ya serían las 21.10. Sentí mi teléfono celular vibrando en mi bolso antes de poder llegar a la salida.

Y ahí estaba mamá, esperando en el auto en el lugar donde estacionaba siempre. Podía ver el reflejo azul de la luz del teléfono celular en su rostro y el ceño fruncido de preocupación. Casi corriendo, atravesé la acera y el césped, donde los restos de nieve derretida empaparon mi calzado. Golpeé la ventana del lado del acompañante, mamá levantó la vista hacia mí y, por un momento, vi la sorpresa en sus ojos. En la oscuridad, con el cabello rubio largo debajo de la capucha, pensó que era otra persona, y yo sabía quién.

Me bajé la capucha para que pudiera ver mi rostro. Cuando me vio, sonrió y bajó el vidrio.

–¡Me asustaste! Vamos, entra, está helado afuera.

Entré al auto, un espacio cálido que olía a cuero y al perfume de mamá.

–Se te hizo tarde, Nico, intenté llamarte.

–No fue mi culpa. Sabes que ni siquiera nos dejan mirar los celulares en el centro. Y Marcia se tomó su tiempo para llenar los formularios de la escuela.

Ella no dijo nada; solo miró por el espejo mientras ponía en marcha el auto. No era necesario que dijera nada. Yo ya sabía cómo se preocupaba y lo inaceptable que era hacerla sentir así. Habíamos acordado estar siempre en contacto, sin importar qué pasara, pero a veces era imposible. Era imposible ser siempre perfecta, estar siempre a horario y evitar que mamá y papá se preocuparan por mí como lo habían hecho por ella.

–¿Cómo vas con tu tarea? –preguntó por fin, con un tono normal, mientras giraba a la izquierda en la calle que conducía a nuestro vecindario.

–Está casi terminada. Solo me falta leer un capítulo para Química.

–¿Y ya comiste? –preguntó

–Ya comí, mamá –le respondí con un suspiro. Siempre las mismas preguntas, siempre las mismas respuestas.

Estacionamos en la entrada de autos de nuestra casa, iluminada por dos brillantes reflectores ubicados sobre el portón del garaje y por un farol a cada lado de la puerta principal. Mientras esperábamos a que el portón se abriera, mamá se volteó hacia mí.

–Sabes que estoy muy orgullosa de que trabajes en la línea de ayuda, ¿verdad? Tu papá también lo está. Quería que supieras eso.

Asentí con la cabeza y le sonreí. Había algo oscuro implícito en su cumplido: *No eres como ella.* En ese momento yo tenía esa edad, la edad en la que comenzaron los problemas, cuando se escapó por primera vez. Pero yo era diferente, una buena chica, sobresaliente en la escuela, voluntaria, y capitana del equipo de tenis. Mamá y papá no tenían razones para preocuparse por mí; no era como Sarah y nunca lo sería.

Las luces del auto iluminaron las tres bicicletas alineadas en el garaje: la mía, la de mamá y la de papá. La policía había encontrado la de Sarah el día que desapareció, pero nunca nos la entregaron de vuelta; la imaginaba tirada en algún oscuro depósito de evidencias, con una etiqueta con el nombre de Sarah colgando del manubrio plateado. Cubierta de polvo negro en los lugares donde buscaron huellas digitales, con las ruedas desinfladas y resecas por el paso del tiempo y la pintura púrpura descascarada. Nadie iba a volver a usar esa bicicleta jamás.

SARAH

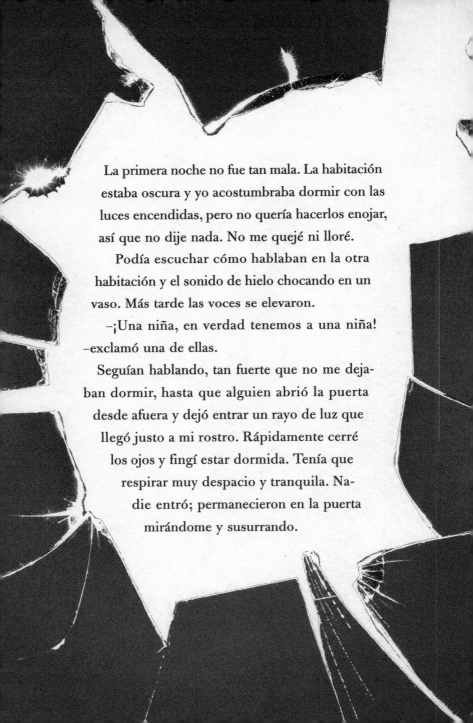

La primera noche no fue tan mala. La habitación estaba oscura y yo acostumbraba dormir con las luces encendidas, pero no quería hacerlos enojar, así que no dije nada. No me quejé ni lloré.

Podía escuchar cómo hablaban en la otra habitación y el sonido de hielo chocando en un vaso. Más tarde las voces se elevaron.

–¡Una niña, en verdad tenemos a una niña! –exclamó una de ellas.

Seguían hablando, tan fuerte que no me dejaban dormir, hasta que alguien abrió la puerta desde afuera y dejó entrar un rayo de luz que llegó justo a mi rostro. Rápidamente cerré los ojos y fingí estar dormida. Tenía que respirar muy despacio y tranquila. Nadie entró; permanecieron en la puerta mirándome y susurrando.

–Ahí está, te lo dije –comentó uno de ellos.

–No puedo creerlo. Y es muy bonita.

–Como un ángel.

–Esperemos que se comporte como uno –agregó alguien entre risas.

La puerta se cerró y escuché que volvían a trabarla desde afuera. Y allí estaba, sola otra vez en la oscuridad.

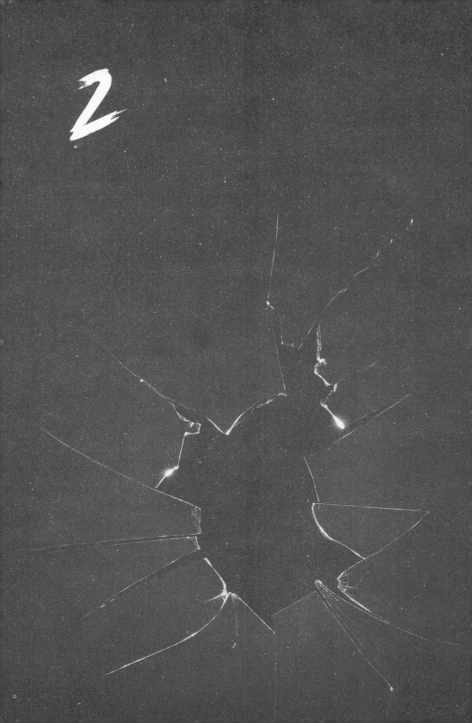

2

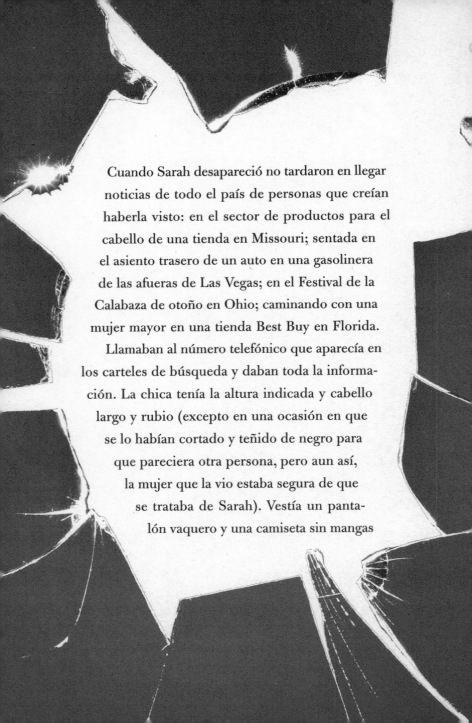

Cuando Sarah desapareció no tardaron en llegar
noticias de todo el país de personas que creían
haberla visto: en el sector de productos para el
cabello de una tienda en Missouri; sentada en
el asiento trasero de un auto en una gasolinera
de las afueras de Las Vegas; en el Festival de la
Calabaza de otoño en Ohio; caminando con una
mujer mayor en una tienda Best Buy en Florida.
Llamaban al número telefónico que aparecía en
los carteles de búsqueda y daban toda la información. La chica tenía la altura indicada y cabello
largo y rubio (excepto en una ocasión en que
se lo habían cortado y teñido de negro para
que pareciera otra persona, pero aun así,
la mujer que la vio estaba segura de que
se trataba de Sarah). Vestía un pantalón vaquero y una camiseta sin mangas

rosa, igual que en la foto. Otras veces llevaba gafas de sol o un sombrero. O se había cambiado la camiseta y los pantalones. Quizás era un vestido o shorts, o la ropa que tenía el día que desapareció: un vestido blanco sin mangas largo hasta las rodillas, un saco gris y botas de gamuza marrones. Pero todos estaban seguros de que habían encontrado a Sarah, la hermosa quinceañera rubia desaparecida. La chica que salió a encontrarse con su novio y nunca regresó.

La policía, y luego el Centro para Niños Desaparecidos, siguieron cada pista. Sus agentes entrevistaban a las personas en las tiendas, revisaban las cintas de las cámaras de vigilancia, interrogaban a criminales locales y, quizás, lo peor de todo, a violadores y abusadores de menores de cada ciudad donde alguien reportaba haber visto a Sarah.

La primera vez que recibimos una llamada, tan solo cuatro días después de su desaparición, mis padres estaban seguros de que la habían encontrado, como si pudiera ser tan fácil. Mamá daba un salto cada vez que sonaba el teléfono y, esa tarde, pudo ver en el identificador de llamadas que se comunicaban de la estación de policía. Antes de contestar, respiró profundo, tragó saliva y se secó las palmas de las manos en sus pantalones.

Se trataba de alguien que informaba haber visto a Sarah mirando productos para el cabello en una tienda de Missouri. Mi hermana estaba muy orgullosa de su cabello rubio y solo usaba productos de salón. Simplemente no tenía sentido, pero allí estaba ella, comprando champú, al parecer usando la misma ropa que en la foto de los carteles.

Los detectives les dijeron a mis padres que volverían a llamar con más información en una hora. Pero, apenas colgó el teléfono, mamá ya estaba segura.

–Es ella, la encontraron. Gracias a Dios –me dijo.

Se sentó conmigo en el sofá y permanecimos así, inmóviles, durante toda una hora, esperando a que volvieran a llamar mientras papá daba vueltas por la cocina. Tenía la sensación de que si me movía para ir al baño, o a la cocina a tomar algo, de alguna manera se iba a romper el hechizo y Sarah se esfumaría otra vez. Cuando por fin volvió a sonar el teléfono, papá se apresuró a responder. Su rostro iba perdiendo el color mientras escuchaba, repitiendo "ajá" cada tanto.

–¿Qué pasa? ¿Qué están diciendo? ¿Se encuentra bien? –preguntó mamá susurrando. Papá se limitó a negar con la cabeza y ella se llevó la mano a la boca para cubrir sus sollozos.

–No era ella –nos dijo papá, y se fue hacia la cocina para seguir hablando de los pasos a seguir en la investigación. Con esas tres simples palabras sus esperanzas se habían esfumado. Mamá lo siguió a la cocina preguntándole cosas como "¿Están seguros?" o "¿Cómo lo saben?" y yo me quedé sola en el sofá durante lo que parecieron horas mientras la escuchaba llorar. Nadie me ordenó que me cepillara los dientes y tampoco me dijeron que me fuera a dormir. Finalmente subí por mi cuenta. En el corredor pasé por la habitación de Sarah y cerré la puerta antes de ir a la mía.

Después de ese día las llamadas llegaban a diario, de todas partes. Con cada falsa alarma veía cómo mamá se encerraba cada vez más en sí misma, comenzaban a aparecer raíces blancas en su cabello rubio, se marcaban líneas alrededor de sus ojos y su boca, y perdía peso rápidamente. Siempre había sido delgada, pero en ese momento, incluso sin ir a sus clases de pilates dos veces a la semana, se le notaban los huesos y se veía frágil. Papá se volvió callado y taciturno, regresó al trabajo dos semanas después de la desaparición de Sarah y rápidamente se involucró en un nuevo acuerdo con otra compañía. Su horario de trabajo se extendió de manera considerable: se iba al amanecer y volvía por la noche, mucho después de que mamá y yo terminábamos de cenar. Era como si no soportara estar cerca de nosotras, las dos rubias, un constante recordatorio de que su favorita ya no estaba. Cuando llegaba, exhausto, llevando su maletín como una pesada carga, mamá casi se le lanzaba encima y le contaba todas las novedades sobre la investigación, mientras lo seguía hasta la sala de estar, donde él se servía un trago.

Mamá, en cambio, nunca regresó a su trabajo de medio tiempo en el estudio de abogados; en cambio, se abocó por completo a la organización de la búsqueda de Sarah.

El estudio se transformó en un puesto de comando, con un mapa gigante de los Estados Unidos colgado en una pared, en el que colocaba marcadores rojos en cada lugar en el que alguien había reportado haberla visto. Luego del primer mes parecía que casi todo el mapa había contraído varicela.

En cuanto a mí, volví a clases, aunque había perdido las primeras semanas de séptimo grado. Cada mañana, me levantaba con una sensación de pesadez bajo los párpados y, por un momento, me olvidaba de que Sarah no estaba. No lo recordaba hasta que me metía en el baño o escuchaba a mamá decir que ya era hora de irme. Entonces, todo volvía de pronto, el sentimiento de miedo y vacío. Y no se trataba de un mal sueño, de un libro que había leído o de alguna película: era real.

Al principio, la escuela no era un lugar donde podía escapar de esa realidad. Era conocida como "la hermanita de Sarah" o "*esa* chica". La gente siempre preguntaba: "¿Hubo noticias?", "¿Cómo están tus padres?". Tenían que preguntar. Pero, después de unas semanas, las miradas de preocupación de los maestros y mis visitas a la consejera escolar se hicieron menos frecuentes. Sarah había desaparecido en agosto y, al empezar octubre y luego noviembre, las vacaciones comenzaban a acercarse como la boca de una cueva oscura en la que nadie quería entrar. Mamá me daba las píldoras que le había recetado su médico y me mantenían en un estado de aturdimiento tal, que no llegaba a relacionarme realmente con nadie en la escuela. No había notado a la chica nueva que había comenzado ese otoño, una chica que no había conocido a Sarah y que no sabía nada sobre mí, excepto una cosa.

–Perdiste mucho peso, ¿no? –me dijo un día mientras abría mi casillero luego de clases de Inglés. No había buscado adelgazar, pero ella tenía razón. La falta de apetito durante los últimos meses, sumada a que había crecido varios centímetros, hizo que enseguida bajara de peso. Creía que nadie lo había notado.

–Yo también, o al menos eso intento. Quería empezar de nuevo en esta escuela, y no ser conocida como la chica gorda, así que comencé a cuidarme... –murmuró mientras me seguía a mi próxima clase. Me sonrió, y noté que llevaba las puntas del cabello oscuro teñidas de púrpura.

–Eres Nico, ¿verdad? Me encanta tu nombre. Soy Tessa –se presentó, pero el sonido de la campana no la dejó continuar–. Bueno, te veo en el almuerzo.

Como nuestros apellidos eran Morris y Montford, Tessa y yo nos sentábamos cerca en la mayoría de las clases y ella también jugaba tenis; aunque no lo hacía bien, alcanzaba para que se uniera al equipo. Mamá aún insistía en llevarme a la escuela y acompañarme hasta que estuviera adentro, pero poco a poco aceptó la idea de que, algunos días, la madre de Tessa nos llevara a casa después de las clases de tenis. Me sentía liberada en un auto que no fuera el nuestro de vez en cuando, cuando salía a tomar yogur helado y hablaba de la escuela y los chicos, de cualquier cosa que no fuera mi hermana desaparecida.

Con Tessa era fácil olvidar, y a veces lo lograba, hasta que llegaba un nuevo reporte de Sarah y todo se desmoronaba otra vez, sobre todo si papá y mamá lo tomaban tan en serio como para retirarme de la escuela. La primera vez que pasó algo así fue seis meses después de la desaparición.

Supe que algo andaba mal cuando escuché por el altavoz que debía presentarme en la secretaría escolar después de recoger mis cosas porque iban a retirarme de la escuela por el resto del día. De inmediato supe que tenía algo que ver con Sarah, al igual que el resto de los que escucharon el anuncio. Todos los ojos estaban puestos en mí mientras guardaba mis cuadernos en el bolso y salía de la clase, y escuché murmullos, o creí escucharlos. Tessa se levantó con coraje y le dijo a la maestra de Inglés que me iba a acompañar a la secretaría. Me agradó que lo hiciera sin pedir permiso.

Caminamos por el corredor en silencio salvo por el eco de nuestros pasos y, sin decir nada, Tessa me tomó de la mano y la sostuvo con fuerza. Mamá me esperaba en la oficina, con el rostro pálido y los ojos rojos.

–Creen que la encontraron –comenzó a decir, pero eso no era nada nuevo. Al ver la reacción en mi rostro continuó–. Es un cuerpo.

Se quebró al decirlo y comenzó a llorar. Yo no sabía qué hacer en esa situación, así que solo acaricié su hombro, consciente de que todas las personas que trabajaban en la secretaría de la escuela estaban mirándonos. Quería decirle *No va a ser ella, mamá*, pero no podía articular las palabras.

La seguí hasta el auto, donde papá nos esperaba, me deslicé en el asiento trasero y me abroché el cinturón de seguridad en un movimiento casi robótico. Un *cuerpo*, pensé y sentí cómo se revolvía mi estómago ante esa palabra.

–Tendríamos que haberla dejado en la escuela –señaló papá como si yo no estuviera ahí.

–Quiero que esté con nosotros –respondió mamá–. A dónde se supone que iría después de la escuela si...

–Podría irse a casa con alguien, con esa chica del cabello púrpura, con quien sea. Cielos –murmuró él mientras salíamos del estacionamiento.

Mamá se quedó en silencio por un momento, hasta que volteó y sus ojos se clavaron en los míos. No iba a perderme de vista más tiempo del que fuera necesario.

–Vamos a tener una escolta policial porque de otra forma nos llevaría dos horas llegar –me explicó con calma.

Tomamos la carretera a una velocidad de casi ciento cincuenta kilómetros por hora, con una escolta policial que nos guiaba con las sirenas encendidas. Mamá estaba tranquila como para contarme los detalles más importantes: se trataba del cuerpo de una mujer rubia, demasiado descompuesto como para ser identificado fácilmente. Necesitaban que fuéramos para ver si podíamos reconocer la ropa, los zapatos... lo que quedaba. Nadie volvió a hablar durante el viaje, aunque mamá continuaba sollozando.

Mis recuerdos de esa tarde son muy vívidos: el sonido de la gravilla bajo las ruedas del auto cuando dejamos el camino pavimentado, el claro entre los árboles, destellos azules de agua a lo lejos, una cadena oxidada que colgaba atravesada al final del camino, un letrero de "No pasar". Un hombre de traje oscuro, con las gafas en la cabeza y las manos cubiertas con guantes quirúrgicos, que caminaba hacia el auto mientras nos deteníamos. Mamá abriendo la puerta del auto antes de que nos hubiéramos detenido y sus botas negras cubiertas de gravilla. El hombre alzando los brazos y luego las palabras: "No es ella".

No es ella.

Y en esa ocasión nuestras esperanzas no se desvanecieron, sino que se renovaron. Estábamos eufóricos. Mamá se desplomó en el suelo mientras el hombre nos explicaba por qué estaban tan seguros, por qué no era posible que fuera ella. La chica tenía una cicatriz de una operación de apéndice. Papá se arrodilló junto a mamá y la abrazó, con el rostro inescrutable.

–Sabía que no era ella. Lo sabía. Ella sigue con vida, lo sé, lo sé. Lo puedo sentir, soy su mamá... –no podía parar de hablar. El hombre de guantes se limitaba a asentir con la cabeza y los demás policías miraban con incomodidad.

Bajé del auto para mirar hacia la cantera en donde había un cuerpo cubierto con una sábana blanca. Había otros policías y detectives removiendo el pastizal con palos largos y poniendo evidencia en bolsas plásticas.

No era mi hermana quien se encontraba bajo esa sábana, pero era alguien. Una chica rubia que había estado con vida y ahora estaba muerta. La hija de alguien. La hermana de alguien.

3

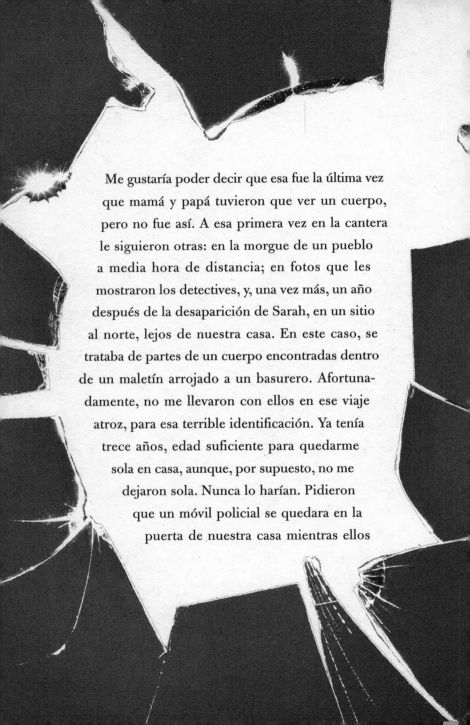

Me gustaría poder decir que esa fue la última vez que mamá y papá tuvieron que ver un cuerpo, pero no fue así. A esa primera vez en la cantera le siguieron otras: en la morgue de un pueblo a media hora de distancia; en fotos que les mostraron los detectives, y, una vez más, un año después de la desaparición de Sarah, en un sitio al norte, lejos de nuestra casa. En este caso, se trataba de partes de un cuerpo encontradas dentro de un maletín arrojado a un basurero. Afortunadamente, no me llevaron con ellos en ese viaje atroz, para esa terrible identificación. Ya tenía trece años, edad suficiente para quedarme sola en casa, aunque, por supuesto, no me dejaron sola. Nunca lo harían. Pidieron que un móvil policial se quedara en la puerta de nuestra casa mientras ellos iban a ver las manos y la ropa de la chica encontrada en el maletín. Tantas chicas muertas, tantas rubias, pero ninguna de ellas era Sarah.

A los dos años de la desaparición, ya no hubo más cuerpos, ni más llamadas, y mamá estaba desesperada. Llamaba a los detectives cada semana para saber si tenían nueva información o pistas. Y siempre recibía la misma respuesta: no había nada.

Supe que su desesperación había alcanzado otro nivel cuando, al llegar a casa después de mi práctica de tenis, me encontré con una persona llamada Madame Azul sentada en la cocina. De cabello gris enmarañado, usaba varios collares baratos de cuentas de madera alrededor del cuello arrugado y un vestido liviano de poliéster púrpura.

Reconocí lo que era a primera vista; había visto a mujeres como ella en el carnaval cada verano: lectura de manos, conoce tu futuro, solo cinco dólares. En general, se encontraban sentadas junto a una mesita plegable, envueltas en pañuelos de poliéster, con una bola de cristal frente a ellas.

Recuerdo que un verano Sarah dejó que una vidente leyera su mano en una feria.

–¿Ves esta línea? –le dijo la mujer señalando una marca en su mano–. Tendrás una vida larga y feliz. Esta línea dice que tu esposo será apuesto. ¡Ah! Parece que serás bendecida con gemelos, dos pequeñas niñas.

Sarah les sonrió a mamá y papá, y luego llegó mi turno, pero cerré el puño con fuerza y sacudí la cabeza. No quería saber lo que las líneas de mi mano tenían para decirme.

–Nico, ella es Azul. Vino a hablarnos sobre Sarah –dijo mamá mientras me ofrecía una silla para que me sentara con ellas. Me quedé de pie cerca de la mesa, con mi bolso de tenis aún colgando de un hombro.

–¿Azul? –repetí en tono de pregunta y el rostro de mamá se puso tenso.

–Luego de hacer mi curso de Reiki adopté un nuevo nombre –explicó la señora, y agregó dirigiéndose a mamá–: Mi antiguo nombre llevaba el peso de vidas pasadas y del karma, de los que necesitaba liberarme. Usted entenderá.

Mamá asintió como si la explicación fuera totalmente lógica.

–Nico, por favor, acompáñanos. Azul tuvo un sueño sobre Sarah y quiso venir a contárnoslo –me explicó. Dejé caer mi bolso al suelo y me senté con ellas.

Azul le contó a mamá que había visto el rostro de Sarah en las noticias y en los carteles pegados por la ciudad unos años atrás; claro, todo el mundo lo había visto. Pero más recientemente había tenido un sueño, o una visión en realidad, sobre mi hermana. Estuve a punto de interrumpir en ese momento; una semana atrás había salido un nuevo artículo en los periódicos que retomaba el caso. El titular decía: "¿Dónde está

Sarah Morris?". El reportero había hablado con mis padres y entrevistado a Max y Paula: el novio y la mejor amiga de Sarah. El artículo estaba lleno de cabos sueltos e hipótesis que no llegaban a nada. Y, para ser honesta, hacía que Paula y Max parecieran personas terribles, ya que incluía una fotografía en la que se los veía sentados juntos, donde Paula exhibía una enorme sonrisa en el rostro. Me preguntaba si el "sueño" de Azul habría sido inspirado por intervención divina o por el periódico del domingo.

–Veo agua. Es una imagen feliz, pacífica –comenzó a decir Azul con los ojos cerrados. Luego los abrió y continuó–. ¿Alguna vez vacacionaron junto a un lago o cerca de un arroyo o un río?

–No que pueda recordar –respondió mamá negando con la cabeza–. ¿Puede que haya nieve? ¿Montañas?

Sabía que mamá estaba pensando en la cabaña familiar de Max que se encontraba cerca de un lago.

–Es una zona arbolada, muy tranquila… –agregó Azul. Cerró otra vez los ojos y tomó la mano de mamá–. Es todo lo que veo ahora, pero sé que meditar me ayudará a ver más.

Mamá soltó un suspiro con una pequeña sonrisa; un cuerpo de agua en una zona arbolada no nos aportaba ninguna información nueva. Todos sabían que Sarah había desaparecido en el Parque MacArthur, en el que había árboles y una represa. Por supuesto que Azul podría "ver" eso.

–Así que, ¿cuál es el precio de su meditación, de su visión? –pregunté de repente. Azul sacudió la cabeza.

–Solo quería compartir esto con ustedes. Si la información les resulta útil, benditos sean –respondió mientras se ponía de pie. Los brazaletes metálicos en sus muñecas chocaron cuando se inclinó para abrazar a mamá–. Aquí tienen mi tarjeta si alguna vez necesitan hablar.

Sabía que mamá iba a querer hablar. Y lo hizo. Poco tiempo después de la visita inesperada de Azul, arregló una verdadera cita con ella y se aseguró de que papá también estuviera presente. Me animaría a decir que él creía en Azul casi tanto como yo, pero ¿qué podíamos hacer? Los detectives no habían llegado a nada. De hecho, ni siquiera habían llamado en meses. Incluso después de la publicación del nuevo artículo, no aparecieron nuevas pistas, sino que solo se renovaron las especulaciones sobre Max y Paula. Al parecer, todos habían olvidado a Sarah, a excepción de nosotros… y de Azul.

Ella vino un día después de la cena. Mamá levantó la mesa del comedor y bajó las luces mientras se reía de sí misma.

–En realidad, no sé cómo preparar una sesión de espiritismo –bromeó. Evité comentar que el espiritismo se usaba para comunicarse con los muertos. ¿Haríamos eso?

Cuando Azul llegó, un intenso aroma a incienso de pino invadió el ambiente. A medida que recorría nuestra casa, tocando algunos objetos y fotografías, su túnica púrpura ondeaba detrás de ella, dejando un rastro de olor a pinos de Navidad secos. Cuando todos estuvimos sentados, nos pidió que nos tomáramos de las manos. Estiré mi brazo con incomodidad a través de la mesa, para tomar la mano de papá, avergonzada de que mi palma estuviera sudando. En ese momento intenté recordar la última vez que mi mano había estado en la suya, hacía algunos años, ¿cruzando la calle, quizás?

Luego, Azul recitó algún tipo de conjuro inclinando la cabeza, así que todos la imitamos.

–Voy a necesitar algo de Sarah. Algo que ella haya usado o tenido cerca –explicó, levantando la vista. Mamá me miró, pensativa.

–Puedo buscar algo –dije, y corrí la silla hacia atrás para ir al primer piso. Abrí la puerta de la habitación de Sarah lentamente y me estiré para encender la luz, con los pies aún firmes en el pasillo. Algo acerca de tener a una vidente en mi casa me asustaba, como si al encontrarme frente a un espejo fuera a ver a Sarah mirándome, con algas marinas colgando de su cabello. Pero su habitación era la misma de siempre, silenciosa y rosada, inalterada. La recorrí con la mirada y tomé lo primero que vi, un osito de felpa blanco que estaba sobre la cama. Llevaba puesta una boina negra y había sido un obsequio de un viaje de la abuela a París, unos años atrás. Yo también tenía uno, pero la boina era amarilla.

Bajé las escaleras y le entregué el oso a Azul como si fuera de cristal. Mientras lo daba vuelta en sus manos, sus añillos de fantasía chocaban contra la mesa de madera. Finalmente lo apoyó contra su pecho, mientras los brazaletes tintineaban al deslizarse por sus brazos, y comenzó a recitar otra vez. Papá me miró, levantando las cejas. Mamá solo miraba a Azul con los ojos bien abiertos.

–Tengo un mensaje –anunció Azul, dejando el oso de felpa sobre la mesa. Me quedé mirándolo, con su estúpida boina. ¿Qué estábamos haciendo?

–Su hija dejó este plano de existencia –continuó. Escuché un sonido parecido a una ráfaga cuando mamá soltó un suspiro y ahogó un sollozo. Papá se acercó a ella y le pasó un brazo por los hombros.

–¿Qué quiere decir? –preguntó mamá–. Dijo que la había visto junto a un lago, en una visión pacífica.

–Sí, ella está en paz. Aún veo árboles, muchos árboles, y agua… –agregó Azul asintiendo y tomando la mano de mamá.

–¿Dónde está? –exigió mamá, liberándose de la mano de Azul.

–Es un sitio que ella conoce, ha estado allí muchas veces antes. Ama el lugar, la hace sentir en paz –respondió Azul con los ojos cerrados.

–¿El parque, la represa? –preguntó papá finalmente. Él no había estado durante la primera visita de Azul en la que reconocí su estafa, pero al parecer estaba comenzando a descubrirla.

–¿Es el parque? –quiso saber mamá. Sentí que un sudor frío me recorría la espalda y se me erizaba la piel.

–No estoy segura de dónde está –respondió Azul–. Pero… alguien sabe, alguien cercano a ella. Hay alguien que no les está contando todo lo que sabe.

Sí, claro, pensé. Pero, al ver a mamá, noté que ella estaba dejándose llevar. Sostenía la mano de Azul esta vez.

–¿Quién sabe? –preguntó. Azul abrió los ojos y miró alrededor de la mesa.

–Es alguien que nunca esperarían –respondió, frotándose las manos. Sus brazaletes chocaron haciendo un fuerte y molesto ruido en la habitación silenciosa.

–¿Eso es todo? –preguntó papá. Por su tono resultaba evidente que ya había tenido suficiente de todo ese asunto.

Azul suspiró dramáticamente y cerró los ojos. Comenzó a recitar otra vez. Y, de pronto, se detuvo. Podía escuchar mi propia respiración mientras esperaba lo que podía llegar a decir.

–Eso es todo lo que mis espíritus tienen para mostrarme por ahora –concluyó, sacudiendo la cabeza.

Más tarde, después de que Azul se fue, escuché a mamá y papá discutir en la cocina. En realidad, a papá discutiendo.

–¿Así que tuvimos que pagarle doscientos cincuenta dólares para que no nos dijera nada? Porque eso es lo que sus "espíritus" tenían para nosotros –gritó.

Como mamá hablaba más despacio, no logré escuchar lo que decía, pero lo que sea que fuera logró calmarlo.

De todas formas, cuando subieron a su habitación papá seguía molesto.

–¡Quizás, por otros quinientos podía decirnos lo que llevaba puesto Sarah en las fotos de los carteles! –exclamó.

Mamá tocó despacio a mi puerta y entró, segura de que yo estaba despierta.

–Lamentable, ¿verdad? –dijo. Le sonreí, tratando de sacar algo positivo de la visita de Azul. Mamá se sentó junto a mí, haciendo a un lado los libros que habían quedado a los pies de la cama.

–Ya no sé qué creer. Pensé que realmente había tenido una visión, o algo –admitió, suspirando. Bajó la vista hacia el cubrecama y se entretuvo arrancando un hilo suelto–. Siento haber hecho que papá y tú pasaran por esto.

–Debías intentarlo. ¿No es cierto? –le respondí, encogiéndome de hombros. Tenía la esperanza de que olvidara todo lo que había pasado y me diera las buenas noches, pero levantó la vista y me miró a los ojos.

–¿Qué crees que quiso decir cuando afirmó que alguien sabe algo que no nos está contando? –preguntó, y sentí que se me cerraba la garganta, pero me esforcé por responder en un tono casual.

–Lo que me gustaría saber es cuál era su verdadero nombre antes de que se lo cambiara por el de un color –dije, forzando una risita mientras abría mi libro de Historia. Mamá sonrió.

–Ah, Azul, claro. Creo que no lo había pensado –dejó caer los hombros y sacudió la cabeza, como si intentara olvidar esa noche. Luego se puso de pie y fue a buscar el oso de Sarah que había dejado en mi armario.

–Iba a devolverlo a su lugar –comencé a decir, y percibí que mi voz adoptaba un tono defensivo. En verdad pensaba hacerlo, solo que no quería entrar en la habitación de Sarah a oscuras, no después de la visita de Azul.

–Está bien, yo lo haré –sugirió mamá, sosteniendo el oso con delicadeza. Lo apoyó sobre su pecho y lo abrazó con fuerza–. Buenas noches, cariño. No te duermas muy tarde, ¿de acuerdo?

Luego de las falsas alarmas que mamá y papá tuvieron que soportar, de los cuerpos que tuvieron que identificar y de las supuestas visiones de la vidente, mamá no estaba para nada entusiasmada la tarde en que llegó la llamada. Habían pasado cuatro años desde la desaparición de Sarah y dos desde la visita de Azul, y cada día había traído solo más desilusiones.

El teléfono sonó en la oficina de mamá, en una línea especialmente destinada a recibir información sobre Sarah o para la asistencia de mamá en otros casos de niños desaparecidos. Nunca lo habría escuchado si no fuera porque Tessa y yo estábamos en la cocina preparando palomitas de maíz en el microondas.

–Mamá, tu teléfono está sonando –le grité por las escaleras. Papá y yo siempre nos referíamos a esa línea como "el teléfono de mamá"; era más fácil que decir "la línea de Sarah" o siquiera mencionar su nombre, algo que todos intentábamos evitar, siempre que fuera posible. Además, la mayoría de las llamadas ya no tenían nada que ver con Sarah… llevaba tantos años desaparecida. En general, llamaban a mamá para invitarla a participar en conferencias o responder consultas de otros padres en la misma situación. Era muy buena en eso, y era muy solicitada, pero, a menos que la invitación fuera de algún lugar cercano, ella las rechazaba. No quería dejar a su familia, sobre todo a mí, por mucho tiempo.

–Yogur, más yogur y… yogur griego. Ah, veo un poco de apio. Increíble, qué suerte que vine de visita –comentó Tessa mientras investigaba el contenido del refrigerador.

–¿Qué hay de malo con esto? –le pregunté, mientras le ofrecía las palomitas de maíz que había puesto en un tazón. Ella sonrió y tomó un puñado.

–No es tan sabroso como un helado de brownie de chocolate, que de hecho tenemos en casa. Y que por cierto me gané después de jugar tenis por una hora y media.

–*Yo* jugué al tenis. *Tú* corriste persiguiendo pelotas y, luego, te sentaste a beber Gatorade.

Tessa arrancó el tazón de mis manos con una mueca de enojo fingido y se lo llevó a la sala, desparramando palomitas por todo el camino. Cuando pasamos por la oficina de mamá pude oírla hablando por teléfono. Estaba diciendo algo como *¿hace cuánto tiempo que ella está ahí?* Otra chica desaparecida, pensé, y tuve que esconder las emociones que amenazaron con sobrepasarme en el fondo de mi mente, donde guardaba todos los recuerdos de Sarah, todo el dolor que nuestra familia había sufrido.

Tessa se acomodó en el sofá y yo busqué el control remoto. Estábamos viendo una telenovela extranjera para la escuela, haciendo nuestro mejor esfuerzo por traducirla, sin mucho éxito, en gran parte porque no podíamos dejar de reírnos y de repetir frases con voz sexy. En verdad, el programa no estaba nada mal y, aunque ninguna de las dos quisiera admitirlo, nos atrapó la historia sobre el hijastro y la joven nueva esposa de su padre.

Estábamos discutiendo sobre la maldita conjugación de un verbo cuando mamá apareció, de pie, en la puerta de la sala. Le saqué el sonido al televisor y la miré, esperando a que nos preguntara que queríamos para cenar. Tenía un gesto indescifrable en su rostro.

–Acabo de recibir una llamada muy extraña –comenzó a decir y dudó, mirando a Tessa–, de un refugio para niños en Florida.

–*What?* –bromeé, y Tessa me dio un golpe con su hombro–. ¿Qué te dijeron?

–Bueno, que hay una chica allí. Dice que su nombre es Sarah Morris –que mamá mencionara el nombre completo de Sarah me provocó un escalofrío que recorrió todo mi cuerpo.

–¿Un refugio para niños? Sarah tendría diecinueve años ahora; está lejos de ser una niña –señalé, y volví a subir el volumen del televisor, esperando que mamá se marchara. No quería hablar de Sarah, no en ese momento.

Con un gesto, mamá volvió a su oficina y minutos después escuché que la impresora estaba funcionando. Regresó a la sala y se sentó a mi lado en el sofá, mostrándome la fotografía que acababa de imprimir, sin decir una palabra. Era una imagen a color, de una chica rubia y de ojos claros. El cabello era lacio y caía a ambos lados de su rostro; tenía la piel con acné, y los labios, finos y resecos. Había belleza en ese rostro, aunque desgastada; la de alguien mayor que la Sarah que conocíamos. Apagué la tele y me incorporé; las manos me temblaban al tomar la fotografía que sostenía mamá.

–Nico, ¿estás bien? –me preguntó Tessa, mientras se acercaba para mirar la fotografía por encima de mi hombro–. ¿Quién es ella?

–Ella *dice* que es Sarah Morris –respondió mamá con una risita.

Las tres nos quedamos en silencio por un momento observando la imagen. La chica tenía la edad correcta. Parecía de veinte años o quizás un poco más. Miré a los ojos de la fotografía, pero eran inexpresivos, insondables. Fríos.

–¿Debería llamar a tu padre?

Mamá sabía que papá odiaba que lo molestara por cada pista cuando estaba en el trabajo. Eché otro vistazo a la fotografía… había algo en sus ojos. Eran tan vacíos. Más cafés que verdes ahora. ¿Qué podría provocarle eso a una persona?

–Sí, deberías llamarlo –logré responder finalmente–. Porque creo que es ella.

SARAH

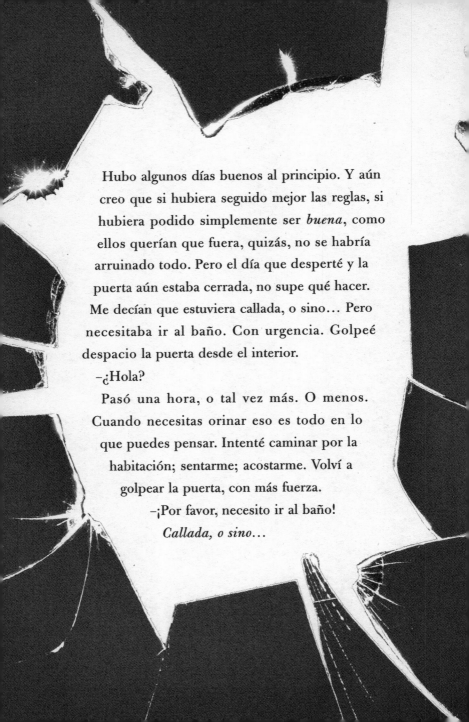

Hubo algunos días buenos al principio. Y aún creo que si hubiera seguido mejor las reglas, si hubiera podido simplemente ser *buena*, como ellos querían que fuera, quizás, no se habría arruinado todo. Pero el día que desperté y la puerta aún estaba cerrada, no supe qué hacer. Me decían que estuviera callada, o sino… Pero necesitaba ir al baño. Con urgencia. Golpeé despacio la puerta desde el interior.

–¿Hola?

Pasó una hora, o tal vez más. O menos. Cuando necesitas orinar eso es todo en lo que puedes pensar. Intenté caminar por la habitación; sentarme; acostarme. Volví a golpear la puerta, con más fuerza.

–¡Por favor, necesito ir al baño!

Callada, o sino…

El día siguió y nadie me abrió. No me trajeron comida, ni agua. Y seguía necesitando ir al baño.

Luego lloré, otra regla rota. *Nada de llantos.* Miré el cesto de basura de plástico rosado que estaba en una esquina. Lo miré hasta que ya no pude aguantar más. Tomé el cesto y lo usé como baño. Y… ¡ah! El alivio. Sentí que podía volver a vivir, como si todo fuera a estar bien. Incluso si me dejaban allí encerrada, incluso sin comida.

Llevé el cesto de vuelta a la esquina, pero noté que tenía un pequeño agujerito en el fondo, lo suficientemente grande. Y todo estaba filtrándose por él, como un río. No sabía cómo detenerlo, así que me saqué el camisón y lo puse debajo del cesto. Pero el camisón se mojó por completo y la orina siguió saliendo hasta que el cesto estuvo casi vacío, y toda la orina estaba en el pijama, sobre la alfombra, en una esquina.

Tomé el camisón, mojado y goteando, y lo escondí debajo de la cama, bien atrás contra la pared. Y me senté sobre la cama a mirar por la ventana cómo las horas pasaban y pasaban. Cuando por fin abrieron la puerta solo llevaba puesta la ropa interior. Había pasado todo otro día, estaba muy cansada y hambrienta, y necesitaba agua desesperadamente.

–¿Qué demonios es eso? ¿Qué hiciste? –preguntó él. Miró alrededor, enojado, mientras olfateaba. Me arrancó de la cama tomándome de un brazo y me arrastró por la alfombra, que me raspaba la piel mientras lloraba y gritaba. Y me golpeó. Y lo que comenzó con una bofetada se puso peor, tan mal que deseé no haber nacido–. ¡Eres una niña sucia, una niña mala! *Nada de llantos. ¿Cuántas veces tengo que decírtelo?*

A partir de ese día fue como si él ya hubiera decidido sobre mí: que era una niña mala y que nunca podría ser buena. Nunca tuve una segunda oportunidad. No podía dejar de llorar, sin importar cuánto lo intentara. Había fallado y siempre sería mala ante sus ojos. Y las niñas malas tienen que ser castigadas. Había reglas, *¿no lo sabías?* Tenía que haber reglas.

4

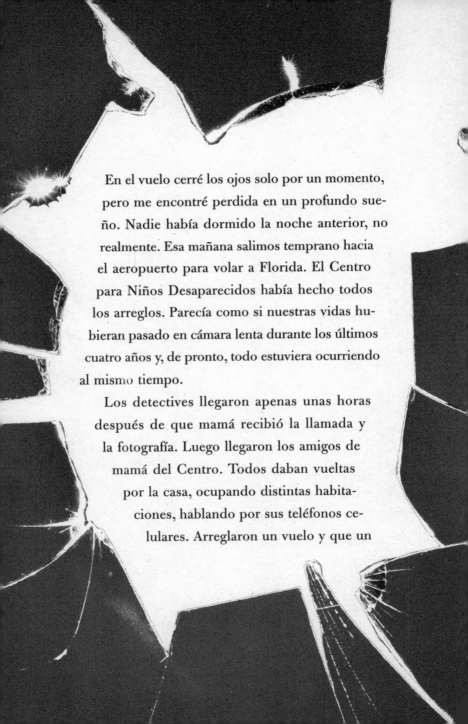

En el vuelo cerré los ojos solo por un momento,
pero me encontré perdida en un profundo sueño. Nadie había dormido la noche anterior, no
realmente. Esa mañana salimos temprano hacia
el aeropuerto para volar a Florida. El Centro
para Niños Desaparecidos había hecho todos
los arreglos. Parecía como si nuestras vidas hubieran pasado en cámara lenta durante los últimos
cuatro años y, de pronto, todo estuviera ocurriendo
al mismo tiempo.

Los detectives llegaron apenas unas horas
después de que mamá recibió la llamada y
la fotografía. Luego llegaron los amigos de
mamá del Centro. Todos daban vueltas
por la casa, ocupando distintas habita-
ciones, hablando por sus teléfonos celulares. Arreglaron un vuelo y que un

auto nos esperara en el aeropuerto. Los detectives hablaron con el médico del refugio de Florida. Llegaron más fotografías. Más preguntas. ¿Alguna vez Sarah se rompió el brazo? No. ¿Tenía quemaduras en la espalda? No. ¿Tenía una cicatriz en la barbilla? ¡Sí, sí la tenía! Sí a la cicatriz en la barbilla. Se la había hecho al caerse del pasamanos cuando tenía cinco años. Mis padres tenían miedo de hacerse ilusiones; temían que con cada pregunta esa posibilidad se fuera desvaneciendo como todas las anteriores.

Pero esta vez se sentía diferente, sobre todo cuando encontramos un móvil de noticias estacionado afuera de la casa. No habían aparecido en años, no desde los primeros tiempos de la desaparición de Sarah. Incluso entonces habían mostrado poco interés, preguntándose si la chica de quince años era una víctima o una fugitiva. Rondaron la casa por uno o dos días y luego se fueron tan rápido como habían llegado. Pero ese día, mientras salíamos de la casa hacia el auto del detective Donally, nos sorprendieron rodeándonos con sus cámaras fotográficas. Mamá y papá salieron ignorando por completo las preguntas de una reportera: "¿Creen que finalmente encontraron a su hija después de cuatro años? ¿Es ella? ¿Por qué creen que es ella?". Miré a la mujer, cuyo rostro estaba cubierto como un pastel por el maquillaje y que tenía los ojos delineados de negro. Seguramente tenía que maquillarse así para las cámaras, pero hacía que se viera como una bruja, con el rostro fino y anguloso. "¿Dónde estuvo todo este tiempo? ¿Saben algo sobre quien la raptó?". Nunca apartó la vista de mamá y papá, ni siquiera cuando el camarógrafo apagó la luz y bajó la cámara, mientras veía cómo nos marchábamos.

De camino al aeropuerto, el detective Donally nos fue poniendo al tanto de los detalles y le entregó a mamá una carpeta con toda la información.

–No se alarmen por lo que vean allí –nos advirtió, volteando para mirarnos–. Algunas de las lesiones que mencionó el médico pueden haber ocurrido mientras ella estaba, eh...

Se detuvo, y en mi mente apareció la lista de cosas que mi hermana nunca había tenido: quemaduras de cigarrillo en la espalda y los brazos, huesos fracturados, dientes faltantes. La Sarah que perdimos tenía una cicatriz en la barbilla, pero, más allá de eso, era perfecta. Si la chica que estábamos yendo a ver era realmente Sarah, regresaría cambiada, quebrada.

Hubo mucho que revisar en el auto. El detective no iba a acompañarnos –estaríamos solos hasta llegar a Florida–, así que nos explicó lo que podíamos esperar al llegar, algo acerca de un tipo de amnesia y sobre cómo reaccionar cuando la viéramos. Yo lo escuchaba, pero solo a medias; no quería creer nada, no todavía. Me concentré en mirar por la ventanilla cómo nuestro vecindario iba quedando atrás.

Luego del frenesí de la noche anterior y del viaje al aeropuerto, durante el vuelo nos mantuvimos en silencio.

Fue como aquel día en el auto, cuando fuimos a reconocer el cuerpo: ¿Sería ella? ¿Y si era? ¿Y si no era?

Mamá había tomado una píldora que le había dado su médico para calmar los nervios y cayó dormida en el asiento, aferrada con fuerza a la mano de papá, aunque dormía con la boca abierta. Volví a mirar por la ventanilla, con los ojos pesados, intentando no pensar en el último día que había visto a Sarah. En lo enojada que estaba. No podía volver a reproducir esa vieja película en mi cabeza, no otra vez. Pero el recuerdo llegó de todas formas. Había tomado prestado su suéter gris de cachemir sin pedírselo. Creí que nunca lo iba a notar, ya que lo había colocado de vuelta en su armario, colgado cuidadosamente.

–¿Qué hiciste con mi suéter, Nico? –me preguntó, de pie en la puerta de mi habitación sosteniendo el suéter en una mano. Se veía estirado y sin forma. ¿Yo había hecho eso? Lo sostenía en alto para que pudiera ver que las mangas estaban más largas de lo normal–. ¿Te lo amarraste en la cintura? Sí, lo hiciste. Te dije que *no* hicieras eso. ¿O no te lo dije?

No recuerdo que me hubiera dicho eso, aunque sí que no tenía permiso para usar ninguna de sus cosas.

–Estás gorda, y si amarras algo mío en tu gorda cintura, se estira. ¿Entendiste? –me increpó.

–No estoy gorda –le respondí, observando su delgada figura en el marco de la puerta–. Mamá dice que tú eras igual cuando tenías diez años.

–Claro, pero tú no tienes diez, tienes casi doce. Y, lo siento, pero nunca fui tan gorda como tú, así que hazme un favor: *mantente lejos de mi ropa* –se fue acercando con cada palabra hasta que estuvo sobre mí. Y lo esperaba: el golpe, la sacudida, sus ojos recorriendo la habitación en busca de algo preciado para mí para destruirlo. Pero solo mantuvo sus ojos fijos en los míos sin moverse o acercarse para golpearme.

–Bien –le dije, sintiendo cómo se me llenaban los ojos de lágrimas. Mi peso había sido un problema desde cuarto grado. Hasta entonces había podido usar la antigua ropa de mi hermana, pero de pronto, alrededor de los nueve años, ya no me servía. En la pubertad Sarah creció de golpe, casi diez centímetros en un año. Sus piernas pasaron, de la noche a la mañana, de ser cortas y regordetas a ser delgadas y torneadas. Su cintura se afinó y las horas de entrenamiento como porrista tonificaron todo en los lugares correctos. Los pantalones que me pasaba eran demasiado ajustados y largos para mí. Y las blusas abotonadas apenas cerraban en mi barriga.

–Sarah era exactamente como tú a tu edad –me decía mamá mientras me llevaba a buscar ropa en la sección de "talles grandes" de una tienda–. Ya vas a dar un estirón y crecer, tal como pasó con ella.

Mamá estaba en lo cierto. Aunque lo irónico fue que eso ocurriera después de la desaparición de Sarah. No comí por semanas, no podía comer. Y nadie podía dormir. La abuela vino a quedarse con nosotros para ayudar a mamá y papá. Ella se ocupaba de cocinar y limpiar, y de llevarme a la escuela cuando comencé a ir otra vez. Era ella la que vaciaba mi plato en la basura cada noche antes de lavar y quien notaba que mi almuerzo volvía intacto de la escuela: los sándwiches, las galletas y las papas fritas de bolsa. Todas las comidas que alguna vez había amado, las que Sarah decía que estaban engordándome, comenzaron a hacerme sentir enferma. *Bagels*, pizza, las cosas que ella se negaba a sí misma para estar delgada, me las negaba yo entonces, como si fuera en su memoria.

Finalmente, un día, la abuela me llamó y me enfrentó a un espejo para mostrarme mi propio rostro.

–Tienes que comer e intentar dormir –me dijo. Acariciaba mi hombro mientras me miraba en el espejo, en lo que me había convertido. Sarah había estado desaparecida por tres meses y el sobrepeso se había borrado de mi rostro, la redondez de la infancia se había ido y en su lugar veía huesos marcados. Sarah habría estado orgullosa, ya no más avergonzada de su hermana gordita. También veía ojeras bajo mis ojos, la piel de un tono pálido y una frialdad en mi expresión que no había estado ahí antes.

Los primeros días, la abuela me llevaba a la escuela y yo sospechaba que esperaba en el auto hasta que salía. Siempre estaba estacionada en el mismo lugar, con una sonrisita en el rostro como si estuviera aliviada de verme, como si, de pronto un día, yo también fuera a desaparecer si no mantenía los ojos fijos en mí a cada momento. Y luego comencé a crecer, al parecer varios centímetros cada noche, pareciéndome cada vez más a mi hermana perdida. Mis pantalones de la escuela quedaron muy cortos y muy grandes en la cintura, las mangas apenas llegaban a pasar mis codos. Mamá estaba tan inmersa en la búsqueda de Sarah que ni siquiera lo notó.

Una noche, mientras comía mi ensalada, me miró, parpadeando sorprendida como si hubiera visto un fantasma.

–¿Creciste, Nico? Parece que la camiseta ya no es de tu talla –comentó.

Me encogí de hombros, rehusándome a aceptar que ella tenía razón. Acababa de cumplir doce años, necesitaba un sostén y ropa nueva. Pero, de alguna manera, admitirlo parecía estar mal; significaría aceptar que habían pasado meses, que el otoño estaba dando paso al invierno, que las cosas estaban cambiando, incluyéndome, y Sarah aún no había regresado.

Antes de acostarme mamá vino a mi habitación trayendo prendas colgadas en perchas. Me tomó unos segundos darme cuenta de qué se trataba: eran los uniformes de Sarah. Sus faldas marineras perfectamente planchadas y sus blusas a medida con cuellos bebé y mangas con puño.

–¿Por qué no te pruebas estos hasta que podamos ir de compras? –me sugirió.

No dije nada hasta que mamá se fue y, luego, levanté las prendas con cuidado. No pude resistirme: acerqué la blusa a mi rostro y la olí, pero ya no tenía el perfume de Sarah, ni siquiera olía a suavizante de telas. Tomé las prendas, las llevé a la habitación de mi hermana y volví a colocarlas en su armario, igual que como estaban antes, las faldas todas juntas en un lugar y las blusas en otro. Si Sarah regresaba, quería que supiera que no había tocado sus cosas, que no me había puesto nada, ni siquiera sus mejores prendas. Nunca volvería a cometer ese error.

SARAH

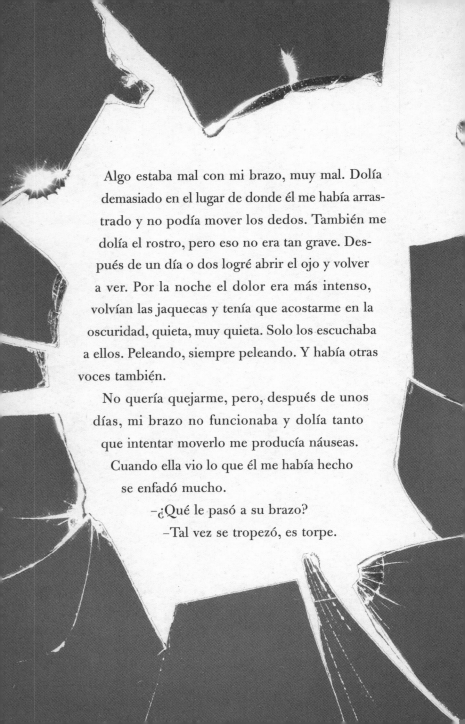

Algo estaba mal con mi brazo, muy mal. Dolía demasiado en el lugar de donde él me había arrastrado y no podía mover los dedos. También me dolía el rostro, pero eso no era tan grave. Después de un día o dos logré abrir el ojo y volver a ver. Por la noche el dolor era más intenso, volvían las jaquecas y tenía que acostarme en la oscuridad, quieta, muy quieta. Solo los escuchaba a ellos. Peleando, siempre peleando. Y había otras voces también.

No quería quejarme, pero, después de unos días, mi brazo no funcionaba y dolía tanto que intentar moverlo me producía náuseas. Cuando ella vio lo que él me había hecho se enfadó mucho.

—¿Qué le pasó a su brazo?

—Tal vez se tropezó, es torpe.

–Maldición. Ahora tendremos que llevarla a un médico; su brazo está roto, ¡maldito idiota!

Siguieron discutiendo por lo que parecieron horas. Ya era de noche cuando ella regresó. Envolvió mi brazo con un vendaje y ató un pañuelo alrededor de mi cuello, para que lo sostuviera. El pañuelo era suave, de color rosa.

–Ahora vas a comer algo, ¿sí? Sé una buena chica –me dijo. Me dio una píldora blanca para el dolor y un sándwich de mantequilla de maní. El pan era oscuro y seco, pero no quería causar problemas, así que lo comí igual, además de tomar la leche y la píldora. En mis sueños me encontré de vuelta en casa y todo era como solía ser. Hasta la sensación de la suavidad del cubrecama era la misma, como si hubiera regresado en el tiempo, de vuelta a un lugar donde era pequeña y me sentía a salvo. Como si eso fuera posible.

5

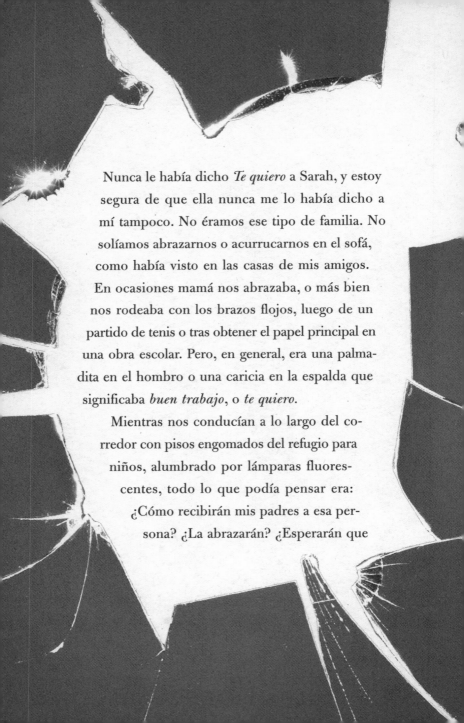

Nunca le había dicho *Te quiero* a Sarah, y estoy
segura de que ella nunca me lo había dicho a
mí tampoco. No éramos ese tipo de familia. No
solíamos abrazarnos o acurrucarnos en el sofá,
como había visto en las casas de mis amigos.
En ocasiones mamá nos abrazaba, o más bien
nos rodeaba con los brazos flojos, luego de un
partido de tenis o tras obtener el papel principal en
una obra escolar. Pero, en general, era una palmadita en el hombro o una caricia en la espalda que
significaba *buen trabajo*, o *te quiero*.

Mientras nos conducían a lo largo del corredor con pisos engomados del refugio para
niños, alumbrado por lámparas fluores-
centes, todo lo que podía pensar era:
¿Cómo recibirán mis padres a esa persona? ¿La abrazarán? ¿Esperarán que

la abrace, a esa chica que se ve como mi hermana, a la que probablemente no abracé nunca en toda mi vida? ¿Correremos todos hacia ella para envolverla en nuestros brazos?

El interior del edificio era fresco y tenía un ligero olor metálico, no como el calor y la humedad que nos golpearon al bajar del avión. En casa recién estaba comenzando la primavera, seca y verde, con restos de nieve derritiéndose y plantas floreciendo por toda la ciudad. En Florida, el aire era caliente y pesado, y el sol brillaba tan fuerte que sentí jaqueca no bien salí del aeropuerto. Nunca antes había estado allí.

Quería creer que eran solo el calor y la humedad los que hacían que me sintiera así. Me temblaban las manos y sentía la boca seca y empastada. Al llegar al refugio, nos recibieron en una oficina como cualquier otra, similar a la de la estación de policía, y nos indicaron que esperáramos sentados en unas sillas de plástico verde.

Mamá y papá estaban sentados en silencio cuando me acerqué a mamá para decirle que no me sentía bien. Entonces reaccionó y se puso en acción.

–¿Qué te ocurre? ¿Te sientes mal, como del estómago? –preguntó, tocando mi frente y mi cuello.

Negué con la cabeza.

–Me siento rara, con jaqueca, o algo así, pero... –le respondí y llevé las manos a mi estómago. No podía definir la sensación. ¿Miedo? ¿Náuseas?

–Seguramente sea una migraña, sabes que las sufro a menudo –me dijo mamá. Abrió su bolsa y pude ver la carpeta que le entregó el detective en su interior. Verla hizo que mi estómago se diera vuelta. ¿Qué estábamos haciendo allí? ¿Qué estaba a punto de pasar?

Mamá sacó un frasco de medicamentos de su bolsa y lo abrió.

–No le des una de esas –murmuró papá sacudiendo la cabeza. Pensé en su botella de whisky en el aparador de la sala. Lo primero que hacía al llegar a la casa era dejar su maletín y servirse un trago.

–Solo la mitad –explicó ella mientras me daba media píldora del frasco. La tragué, sin agua, justo cuando escuchamos que tocaban la puerta detrás de nosotros. Los tres quedamos inmóviles, esperando ver a Sarah con su uniforme de porrista, el pelo peinado en una trenza de costado, mirándonos con esa expresión en su rostro: *¿Qué están haciendo aquí?* Como si la estuviéramos avergonzando.

Pero no era Sarah, sino una mujer alta, con un vestido gris, que traía otra carpeta en sus manos. Se sentó del otro lado del escritorio frente a nosotros y se presentó.

–Debe ser la familia Morris. Quería repasar algunas cosas... –comenzó, abriendo la carpeta.

Mamá parecía estar vibrando, cruzando y estirando las piernas, acomodando su bolso, de un lado, del otro, en el suelo o colgado detrás de la silla. Había estado esperando por cuatro años y ¿ahora esa demora? ¿Esa conversación? ¿No podíamos simplemente verla y hablar después?

–Sarah sufre un tipo de amnesia conocido como amnesia retrógrada –comenzó a explicar la mujer mientras le entregaba a mamá algunos papeles–. Su pérdida de memoria también podría deberse a un TCE, un traumatismo craneoencefálico, o a mala alimentación. No tuvimos oportunidad de realizarle una resonancia magnética, pero les recomiendo que lo hagan tan pronto como lleguen a casa... Podrían obtener algunas respuestas.

Mala alimentación, daño cerebral. Las palabras resonaron en mi cabeza y me revolvieron el estómago. Podía sentir la aspereza de la píldora bajando por mi garganta. Tragué con fuerza, esperando que hiciera efecto, que lograra que me sintiera mejor de alguna manera.

–¿Podríamos simplemente verla, por favor? –preguntó mamá. Su cabello aún estaba aplastado y despeinado por dormir en el avión, pero al parecer las píldoras habían dejado de hacerle efecto. Se frotaba las manos y se inclinaba en su silla como si estuviera a punto de morder a la mujer en el rostro.

–Por supuesto, sé lo ansiosos que deben estar –respondió la mujer, y noté cómo a mamá le hervía la sangre. No había forma de que esa mujer supiera cuán ansiosos estábamos. Ninguna.

–Solo quería que estuvieran preparados para evitar que resulten decepcionados. Lo que intento decirles es que Sarah probablemente no los reconozca. Recuerda su nombre, pero... –continuó explicándonos, pero se detuvo, moviendo la cabeza como si estuviera diciendo algo triste.

–Por favor, ¿podemos verla? Recorrimos un largo camino –dijo papá finalmente, para sorpresa de todos.

La mujer apoyó las manos en el escritorio para ponerse de pie y les hizo señas a los hombres que se encontraban junto a la puerta. Nos guiaron de nuevo por el corredor, midiendo cada paso. Vi a mamá apretar la mano de papá sin decir una palabra. Nos detuvimos frente a una puerta cerrada que uno de los hombres golpeó y luego abrió. Y, simplemente así, apareció una habitación, soleada, con una cama en una esquina, un lavabo y un pequeño escritorio: una habitación para un niño. Sobre el sencillo cubrecama rosado estaba sentada una adolescente, con un rostro anguloso y cabello rubio oscuro, largo hasta los hombros. Vestía una camiseta blanca, vaqueros y sandalias de plástico.

La chica levantó la vista. Era muy delgada, sentada como si fuera solo una niñita, pero su piel y su expresión sugerían que era mayor. ¿Tendría diecinueve años, o treinta? Era difícil decirlo: su rostro estaba pálido y demacrado, con los huesos marcados. Se veía como Sarah, pero disfrazada.

–¿Mamá? –preguntó en voz baja, pasándome por alto.

Intenté distinguir, en esa única palabra, si sonaba como Sarah, y me di cuenta, con gran disgusto, de que ya no recordaba cómo sonaba mi hermana. Cómo era su voz antes.

–¡Sarah! –exclamó mamá entre llantos. Me esquivó para entrar en la habitación y cayó junto a la chica, abrazándola por la cintura. Miré a papá, que parecía estar llorando también.

–Por Dios. Es ella, realmente es ella –sacudió la cabeza y se acercó a abrazar a Sarah. Yo seguía parada en la puerta, escuchando sus palabras en mi mente repetirse una y otra vez: *Es ella, realmente es ella.*

6

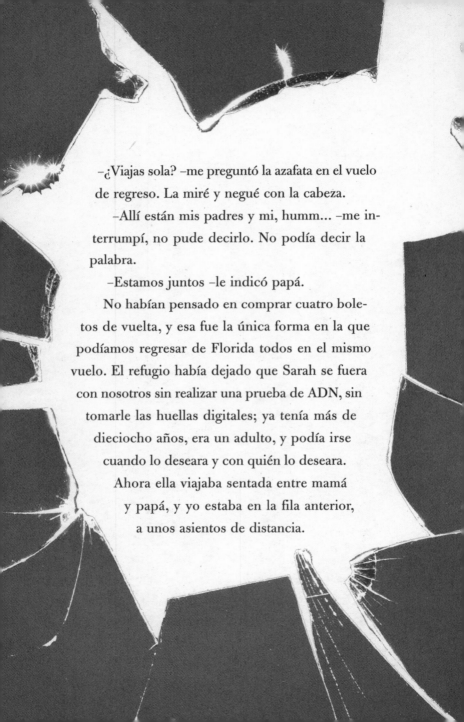

–¿Viajas sola? –me preguntó la azafata en el vuelo
de regreso. La miré y negué con la cabeza.

–Allí están mis padres y mi, humm... –me interrumpí, no pude decirlo. No podía decir la
palabra.

–Estamos juntos –le indicó papá.

No habían pensado en comprar cuatro bole-
tos de vuelta, y esa fue la única forma en la que
podíamos regresar de Florida todos en el mismo
vuelo. El refugio había dejado que Sarah se fuera
con nosotros sin realizar una prueba de ADN, sin
tomarle las huellas digitales; ya tenía más de
dieciocho años, era un adulto, y podía irse
cuando lo deseara y con quién lo deseara.

Ahora ella viajaba sentada entre mamá
y papá, y yo estaba en la fila anterior,
a unos asientos de distancia.

Sarah. Me sentía extraña relacionando su nombre con una persona real. Me había acostumbrado a pensarlo como un espacio vacío, un pozo sin fondo, de enojo y dolor.

La azafata miró a mis padres, pensando tal vez por qué su hija mayor estaba sentada entre ellos, mientras yo me encontraba sola, pero, por supuesto, no tenía forma de saberlo. Sarah se veía extraña también, desaliñada, con la ropa que llevaba puesta en el refugio. Y un suéter que mamá le había dado para que se pusiera sobre la camiseta.

La última vez que la vi llevaba su vestido blanco sin mangas. Había sido su favorito ese verano. Se lo había puesto con un cinto de cuero color café, suelto sobre sus caderas, haciendo juego con el color de las botas de gamuza. Fue el día en que me gritó por haber tomado prestado su suéter gris.

Más tarde agradecí que hubiera ido a mi habitación y se hubiera inclinado sobre mí, mientras estaba acostada leyendo mi novela romántica. Que me hubiera gritado y me hubiera dicho que estaba gorda. De no haber sido así, no podríamos haber respondido cuando la policía preguntó: "¿Qué llevaba puesto?".

Yo también sabía a dónde estaba yendo: iba al parque, a encontrarse con Max. El verano no había sido fácil para ellos. Primero nuestros padres le prohibieron a Sarah que saliera con él; luego, también los padres de Max consideraron que las cosas se estaban poniendo demasiado serias, demasiado rápido.

Pero parecía que nadie podía mantenerlos separados; siempre encontraban la forma de romper las reglas, encontrándose en las casas de otras personas, escapándose de la escuela para estar juntos. Finalmente, mamá y papá cedieron y dejaron que Sarah viera a Max con la condición de que terminara sus clases de verano con un tutor. Pero los padres de Max se interpusieron y terminaron con los planes de Sarah para el verano: enviaron a su hijo a trabajar como supervisor de un campamento en Maine por dos meses con el pretexto de que tenía que juntar dinero para la universidad. Y lo que era peor: en el campamento no estaban permitidos los teléfonos ni el acceso a Internet. Sarah deambulaba por la casa con una nube gris sobre su cabeza; el único rayo de luz aparecía cuando llegaba alguna carta o postal del Campamento Cumberland. Hasta que, en agosto, Max estuvo por fin de regreso, y ella moría por verlo.

–¿No podría cancelar al profesor Page solo esta vez? –suplicó la noche anterior–. No vi a Max en todo el verano y está a punto de irse a la universidad.

Sarah estaba acostumbrada a obtener lo que quería y, ese día, lo que quería era cancelar la clase semanal con su tutor de verano. Si no se le avisaba con un día de anticipación, el hombre cobraría por la clase perdida, y no cobraba poco; había escuchado a papá quejarse muchas veces por lo que estaban costando las lecciones con el profesor Page. Mamá lo miró a través de la mesa, sus labios apretados en una delgada línea.

–Ya estás llegando a tu último año y debes estar lista. Es en serio, Sarah. Tus calificaciones de este año son decisivas para la universidad... –le dijo papá.

–Y la universidad definirá el resto de mi vida, lo sé, lo entendí. Aun así, tomé tres horas semanales de clases cada semana, todo el verano. Hice lo que ustedes dijeron –Sarah terminó la oración de papá, inclinó la cabeza y lo miró a los ojos.

–Hagamos un trato –cedió papá. Miró a mamá y ella le hizo un gesto de aprobación, como si ya hubieran discutido ese asunto–. Si prometes estudiar algunas horas en casa, cancelamos al profesor Page y podrás ir al parque a ver a tu amigo.

Nadie pasó por alto el hecho de que se refiriera a Max como el "amigo" de Sarah y no como su novio. Una sonrisa se dibujó en el rostro de Sarah, pero fue demasiado apresurada porque papá siguió hablando.

–Pero no puedes dejar a Nico sola en casa, vas a tener que llevarla contigo –agregó mientras tomaba una porción de tomate de su plato y la comía, como si no acabara de arrojar una bomba sobre nosotras.

Sentí cómo el calor de la furia recorría la mesa a medida que Sarah registraba el mensaje. Sus ojos se posaron en mí, pero me mantuve atenta a mi plato, removiendo la pasta y la ensalada.

–¿Estás bromeando? No puedo llevarla, ella es… –se calló justo a tiempo. *¿Ella es qué?*, quería preguntar. Gorda. No es cool. Está en sexto grado. Una perdedora. Una vergüenza. Tenía tantas palabras para completar la frase…

–Nico tiene solo once años y no me siento tranquila si se queda sola en casa todo el día –intervino mamá–. Parte de nuestro acuerdo era que cuidarías de ella durante el verano.

–¡Sí, pero no mencionaron que tendría que dejar que ella arruine mi vida! La llevé conmigo a todas partes. Ya tuve suficiente.

–Hipérbole –comentó papá estirándose para buscar el pan.

Sabía lo que estaban haciendo, y Sarah también; no éramos tontas. Si yo iba con ella, no pasaría nada "inapropiado" con su novio de dieciocho años. Era una verdadera chaperona a los once años.

–Bien, entonces no voy a ir. Si tengo que llevar a Nico, olvídenlo –protestó Sarah, levantándose de golpe, aunque no nos permitían dejar la mesa sin permiso.

Mamá y papá terminaron de cenar en silencio. Odiaba el sonido de los cubiertos raspando en los platos, sin que nadie hablara. Pudimos escuchar el golpe de la puerta de Sarah y, luego, a ella moviéndose por la habitación. Al fin, mamá rompió el silencio.

–Sabes que no está enojada contigo, ¿verdad? Está enojada con nosotros.

Mamá y papá intercambiaron miradas; sabía que seguirían hablando de eso más tarde, de cómo manejar a Sarah. Cómo mantenerla tranquila. Solo hablaban de eso. De Sarah.

–Puedo quedarme sola, está bien –les dije, aunque en realidad no era así. Después de estar sola una o dos horas, solía asustarme por algo: el cartero tocando el timbre, una extraña llamada en la que colgaban. En una ocasión, mamá había dejado encendido el sistema antiarrugas de la secadora, lo que implicaba que se prendiera sola cada quince minutos. Sarah estaba en casa ese día y fui a buscarla, pero me quedé parada frente a la puerta de su habitación, sin atreverme a entrar, y le dije que había escuchado algo abajo. Ella buscó uno de sus bastones de porrista de su armario antes de ir al sótano para ver qué estaba ocurriendo. Esperé a que volviera sin bajar las escaleras, como una cobarde.

–¿Sarah? ¿Qué es? –le pregunté tímidamente. Por supuesto, ella fingió que no me escuchaba por el mayor tiempo posible. Cuando por fin volvió, se llevó un dedo a los labios y me dijo que hiciera silencio.

–¿Qué? ¿Qué es? –insistí, ansiosa. Estaba aterrada de que hubiera alguien, o algo, esperándonos en los rincones oscuros. Sarah subió las escaleras en silencio, cerró la puerta del sótano de un golpe y la trabó, mirándome con los ojos muy abiertos.

–Nico… –comenzó, con la voz temblorosa.

–¿Qué? –sentí que una ola de frío recorría mi cuerpo. Estaba lista para salir corriendo. Estábamos a punto de ser asesinadas, como en los reality shows policiales.

–Es... es... ¡*la secadora!* –exclamó, y soltó una carcajada–. ¡Dios, Nico, deberías ver tu estúpido rostro ahora! Necesito mi teléfono. Tengo que tomar una fotografía de esto. ¿Acabas de hacerte pis en tus pantalones?

Cuando mamá volvió a casa le conté lo que había pasado y cuánto me había asustado, pero ella no le dio importancia. Era solo una tontería de Sarah, una broma. Aunque no muy graciosa. Mamá la recordó, y a partir de ese día la mencionó como una señal de que no tenía edad suficiente para quedarme sola en casa.

–Nico, recuerda lo que pasó cuando dejé la secadora con el sistema antiarrugas –me dijo mientras se levantaba para limpiar el plato de Sarah.

–Eso fue hace como un año –le recordé. Pero mamá actuó como si no hubiera dicho nada.

–Si Sarah realmente quiere ver a Max, va a llevarte con ella. Y yo creo que sí quiere verlo. Ya va a calmarse.

Pero, a la mañana siguiente, no se había calmado. No me habló por horas después de que mamá y papá se fueron a trabajar. Luego entró a mi habitación con el suéter, el que había usado y estirado. Salió como una estampida cerrando la puerta de un golpe, y haciendo que la pintura de alrededor se descascarara aún más. Todavía no sabía si iba a ir con ella o no. Una hora antes de la cita acordada con Max, estaba en casa acicalándose, acercándose al espejo del baño para maquillarse las pestañas. Escuché sonar su teléfono celular y, luego, palabras tensas. Al principio creí que era mamá, para saber cómo estábamos, pero luego escuché a Sarah llamar a la persona "maldita perra" y sabía que ni siquiera ella les hablaría así a nuestros padres. Más adelante, cuando revisaron su registro de llamadas, supimos que a esa hora exacta había llamado Paula. Su mejor amiga. Su ex mejor amiga.

Mientras la esperaba en mi habitación me puse lo que creí era un atuendo adecuado para salir con chicos de secundaria: vaqueros y una camiseta negra. Iba a ponerme otra cosa, una camiseta con el nombre de mi equipo de tenis, pero sabía que Sarah haría que me cambiara. *Tu equipo obtuvo el tercer lugar esta temporada. Si esa fuera mi camiseta, la quemaría.* Me sujeté el pelo en una cola de caballo y me senté en la cama a leer un libro que había sacado de la biblioteca hasta que Sarah estuviera lista. Pero nunca volvió a entrar a mi habitación esa mañana. Minutos más tarde, escuché abrirse la puerta del garaje, el sonido metálico de las ruedas de su bicicleta debajo de mi ventana, y luego la puerta del garaje cerrándose al mismo tiempo que ella se alejaba.

Cuando los policías nos preguntaron dónde se suponía que debía estar, o quiénes la habían visto por última vez, mis padres solo podían mencionar MacArthur vagamente, un gran parque que se extendía por kilómetros en el límite de la ciudad. Estaba apenas a un kilómetro de nuestra casa, fácil para ir en bicicleta. Aunque, en realidad, no tenía importancia. Cuando interrogaron a Max se supo que Sarah nunca había llegado al soporte para enganchar bicicletas. Nadie la había visto. Él la había esperado por casi una hora y había llamado a su celular unas diez veces.

Así que no fue difícil descubrir quién había visto a Sarah por última vez. Había sido yo.

Y sabía muy bien que tenía que mantener la boca cerrada acerca de lo que me había dicho. Estuve a punto de contárselo al detective cuando estaba sentado en la cocina. Parecía tan cálido y relajado, haciendo preguntas con calma mientras mamá retorcía las manos.

–¿Tu hermana parecía ansiosa o molesta por algo ese día? –me preguntó.

Recordé el rostro enfadado de Sarah. Inclinada sobre mí, que estaba sentada en la cama. Sostenía el suéter estirado en una mano, pero la otra estaba libre. Libre para golpear. Sabía que haría que me arrepintiera.

–No, parecía estar bien –le respondí al detective.

–¿Qué puedes contarme de su tutor, el señor Page? ¿Lo conoces? –él tenía edad para ser abuelo, era un profesor de Química retirado.

–No lo conozco –tuve que admitir–, pero parece agradable.

–¿Sarah estaba emocionada por ver a su... humm... amigo? –noté que bajó la vista para mirar el anotador que tenía en la mano, como para chequear los nombres. Siguió la lista con su lapicera–. ¿Mencionó que tuviera problemas con alguien, otro chico o chica?

Negué con la cabeza. Sarah me mataría si les contaba sobre el problema con Max y Paula. Además, eso no era un verdadero problema, era como Sarah funcionaba. A Paula le gustaba Max, se había fijado en él hacía un año. Y Sarah lo tenía, ella se lo había ganado. Simple y claro. Si Paula estaba molesta o celosa, "mala suerte". Es lo que Sarah diría. Como cuando las dos quisieron entrar al equipo de porristas y Sarah quedó en el escuadrón A. Había trabajado para eso, se lo había ganado. Y tendría razón, pero aun así a Paula le dolía que Sarah siempre fuera un poco mejor que ella. Un poquito más delgada, con un cabello apenas más rubio y más largo, y saltos de porrista un poco más altos. No era justo, pero así eran las cosas. Hasta Max.

–¿Te puedo ofrecer alguna bebida? –preguntó la azafata, arrancándome de mis recuerdos.

–Estoy bien –le respondí mientras volteaba para ver a mis padres y a Sarah, que se llevaba un vaso con alguna bebida a la boca. Jugo de naranja. Sarah decía que el jugo de naranja hacía que le salieran llagas. Que estaba lleno de calorías vacías. Pero, tal vez, ya había superado eso. Supongo que era así. O su amnesia había hecho que lo olvidara. Al parecer se acordaba de nosotros, de nuestros rostros y nuestros nombres, pero no le habíamos hecho muchas preguntas en el refugio. Mamá y papá estaban tan ansiosos de tenerla en casa otra vez… De tener a Sarah, su hija, de regreso.

Sin pensarlo, levanté la bandeja de mi asiento en cuanto el carro de bebidas pasó de largo, y fui al pasillo. Me acerqué a su asiento y le hablé despacio.

–Sarah, el jugo de naranja te causa llagas. Tal vez prefieras no tomarlo –le sugerí, apuntando a su vaso semivacío.

De inmediato, mamá me lanzó una mirada furiosa, pero Sarah mantuvo la vista baja, con su rostro de un pálido poco saludable, y no dijo nada. Caminé con las piernas entumecidas hasta el baño y trabé la puerta. Me apoyé contra la pared, frente al espejo y lo único que podía ver era el antiguo rostro de Sarah, mirándome.

SARAH

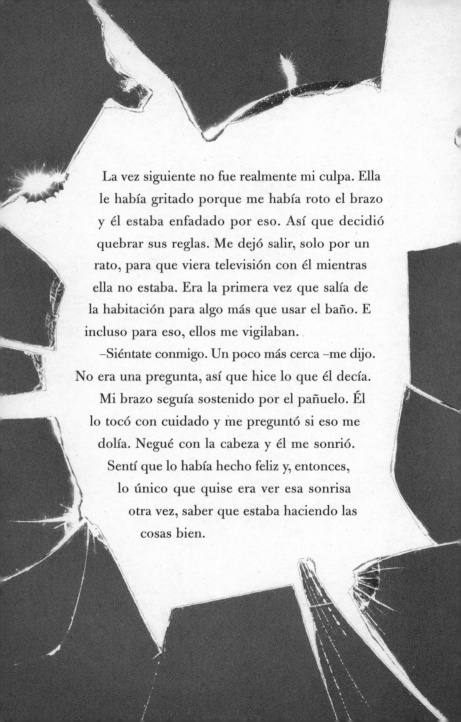

La vez siguiente no fue realmente mi culpa. Ella le había gritado porque me había roto el brazo y él estaba enfadado por eso. Así que decidió quebrar sus reglas. Me dejó salir, solo por un rato, para que viera televisión con él mientras ella no estaba. Era la primera vez que salía de la habitación para algo más que usar el baño. E incluso para eso, ellos me vigilaban.

–Siéntate conmigo. Un poco más cerca –me dijo. No era una pregunta, así que hice lo que él decía. Mi brazo seguía sostenido por el pañuelo. Él lo tocó con cuidado y me preguntó si eso me dolía. Negué con la cabeza y él me sonrió. Sentí que lo había hecho feliz y, entonces, lo único que quise era ver esa sonrisa otra vez, saber que estaba haciendo las cosas bien.

Si era *buena,* no iban a volver a lastimarme.

Creo que notó que estaba mirando a la puerta y todas las trabas que tenía. Dejó su cigarrillo y volteó hacia mí.

–Ni siquiera pienses en huir; ese brazo no es nada comparado con lo que te pasaría.

Se quitó su camiseta blanca, estirándola sobre su cabeza. Tenía el pecho muy velludo y, debajo, la piel estaba cubierta con tatuajes. Me senté con él e hice todo lo que me pedía hasta que la escuchó llegar en el auto y me ordenó que corriera de regreso a la habitación. También me advirtió que era mejor que no dijera ni una maldita palabra o que lo iba a lamentar.

Trabó la puerta de mi habitación en cuanto entré. Más tarde, cuando escuché sus voces, se oían felices. Olvidaron traerme algo para cenar, pero no me importó. Yo estaba feliz, tan feliz como podría estar en una habitación con una ventana oscura. Pensé que los golpes habían terminado, pero me equivocaba.

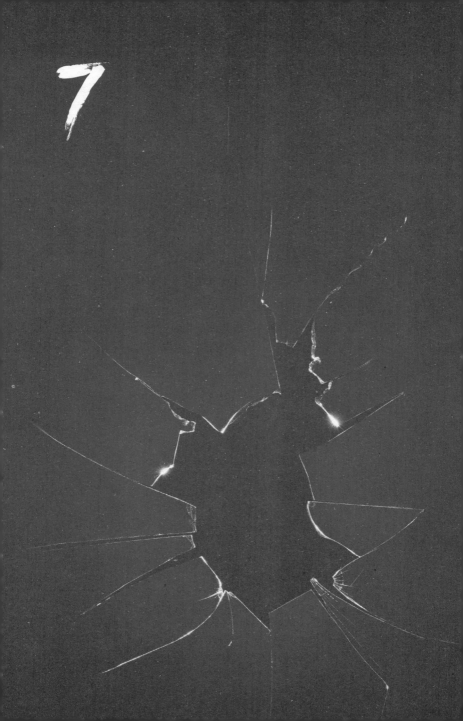

7

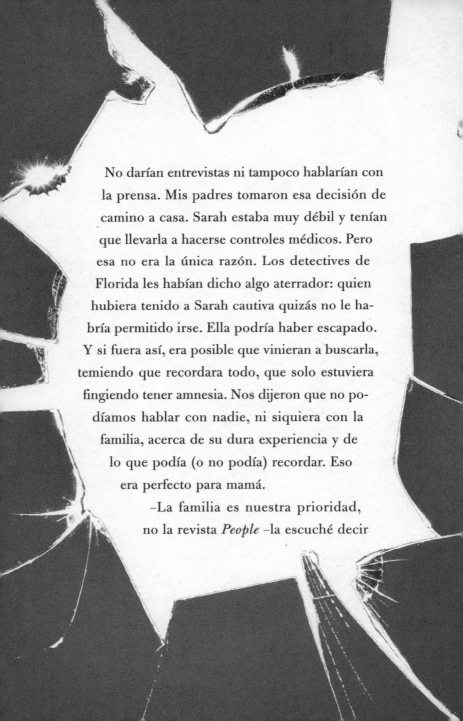

No darían entrevistas ni tampoco hablarían con la prensa. Mis padres tomaron esa decisión de camino a casa. Sarah estaba muy débil y tenían que llevarla a hacerse controles médicos. Pero esa no era la única razón. Los detectives de Florida les habían dicho algo aterrador: quien hubiera tenido a Sarah cautiva quizás no le habría permitido irse. Ella podría haber escapado. Y si fuera así, era posible que vinieran a buscarla, temiendo que recordara todo, que solo estuviera fingiendo tener amnesia. Nos dijeron que no podíamos hablar con nadie, ni siquiera con la familia, acerca de su dura experiencia y de lo que podía (o no podía) recordar. Eso era perfecto para mamá.

–La familia es nuestra prioridad, no la revista *People* –la escuché decir hablando por su celular camino a casa. De regreso del aeropuerto nos condujeron en un vehículo utilitario deportivo negro; mamá se sentó junto a Sarah, y papá y yo nos ubicamos en la parte trasera.

–Un comunicado de prensa está bien, siempre que yo lo haya aprobado, pero en verdad no quiero que los reporteros llamen o se aparezcan en nuestra casa –explicó–. ¿Cómo podemos hacer que no publiquen nuestra dirección?

Los años que mamá había pasado ayudando a otras familias a reencontrarse con sus hijos estaban siendo de mucha ayuda: la habían preparado para manejar cualquier situación que pudiera presentarse.

Sarah iba mirando por la ventanilla el paisaje que quedaba atrás y yo intenté mirarlo a través de sus ojos. Al dejar la ciudad y entrar en Mapleview, comenzaron a aparecer los suburbios. Canchas de golf, plazas con juegos para niños, parques rodeados de casas de comienzos de siglo en calles con nombres como Spring Oaks y Fern Dell.

Cuando por fin estacionamos frente a nuestra casa gris y blanca, Sarah fue hasta la puerta y se detuvo a mirar desde el césped perfectamente cuidado hasta el primer piso.

–¿Recuerdas esto? –le preguntó papá con cuidado.

Sarah asintió con la cabeza, con su cabello rubio moviéndose de arriba abajo. Apenas había hablado desde que salimos del refugio, pero entonces susurró una palabra: "Sí".

El móvil de noticias se había ido y, aunque no sabía cómo mamá lo había logrado, tampoco había reporteros esperándonos escondidos en los arbustos. Simplemente bajamos del auto y entramos a la casa. Una vez adentro, los tres nos quedamos de pie, observando a Sarah moverse silenciosamente por cada habitación, tocando algunos objetos y mirando por las ventanas. Mamá no pudo contenerse y tuvo que preguntarle.

–¿Puedes recordar esto? ¿Y esto? ¿Hay algo que te resulte familiar?

En la sala se detuvo junto al piano y lentamente tomó un portarretratos con una fotografía familiar, la misma que había salido en las noticias luego de su desaparición.

–Recuerdo este vestido –dijo mientras recorría la imagen con sus dedos.

–¿Lo recuerdas? Eso es genial –mamá estuvo a punto de aplaudir y papá estaba extasiado. Traté de ver nuestra casa como ella la estaría viendo. Dos plantas, espaciosa y decorada con el gusto de mamá por las antigüedades. El dinero para vivir en ese vecindario no provenía solo del trabajo de papá, aunque él ganaba muy bien. Una parte venía de la familia de mamá también: ella había sido criada así. Miré alrededor, todas las cosas bonitas que teníamos, la belleza de nuestra casa que daba por sentada. La sala con sistema de sonido envolvente, la cocina llena de costosos electrodomésticos y un horno profesional. Las palabras del consejero acerca de que Sarah estaba desnutrida pasaron por mi mente al verla acariciar las frutas del cuenco que estaba sobre la mesada de mármol; manzanas y peras perfectamente lustradas. Nadie las comía en realidad, al menos ninguno de nosotros. La señora de la limpieza se ocupaba de que estuvieran brillosas y de cambiarlas cuando se ablandaban.

–¿Te gustaría comer algo? –le preguntó mamá. Sarah asintió con la cabeza mientras sus ojos seguían recorriendo la habitación.

–Vamos a sentarnos –dijo papá, finalmente.

Sarah corrió la silla que tenía más cerca de ella y se sentó a la mesa mientras todos la mirábamos, helados. Ese era mi lugar en la mesa. El lugar de Sarah estaba del otro lado; mamá y papá, uno en cada cabecera. Así había sido siempre, desde que éramos pequeñas.

–Bueno… humm... Nico, ¿por qué no te sientas aquí? –me sugirió papá, ofreciéndome la silla del otro lado. La que había estado vacía por cuatro años. La silla de Sarah.

Me senté con la espalda rígida, como si no quisiera que esa silla me tocara, mientras mamá, frente a la mesada, se ocupaba de preparar un sándwich para Sarah.

–No tenemos la clase de queso que te gusta –comentó, como si estuviera hablando consigo misma.

–Cualquier cosa está bien, en serio –respondió Sarah, y un ligero acento sureño se filtró en su voz, algo que no había estado allí antes. Cuando mamá deslizó el sándwich frente a ella contuve la respiración, esperando a que la antigua Sarah apareciera. *¿Queso suizo? ¿De verdad? Huele a podrido, no puedo comer esto.* O: *¿Es pavo bajo en sodio? Sabes que no puedo hincharme, tenemos partido el sábado.*

Pero esta chica solo permaneció sentada, comiendo su sándwich en grandes bocados, masticando con la boca apenas abierta y murmurando: "Muy bueno" entre cada mordida. Intenté no mirarla, pero no podía apartar la vista de su rostro mientras comía.

Cuando vuelves a ver a un viejo amigo o a un familiar que no has visto por un tiempo, durante el verano, por unos meses o incluso durante un año, son las pequeñas cosas las que te llaman la atención. Qué es diferente de la imagen que tenías en la cabeza. Cómo eran la última vez que los viste. Y al principio resulta extraño. Quizás subieron de peso, como pasó con mi tío Phil un año, y, cuando lo volvimos a ver, papá dijo que parecía que alguien había conectado un inflador a su trasero y había inflado con fuerza. A Sarah y a mí nos causó mucha gracia. Él tenía razón. Se veía igual, como el tío Phil, pero inflado de algún modo.

Al mirar a Sarah lo único que podía pensar era en lo *des*-inflada que se veía. El cabello lacio hasta sus hombros, débil y muy amarillo; su rostro delgado y pálido. Sus ojos parecían tener menos pestañas. Analicé las manos en el sándwich;

tenía las uñas más pequeñas, mordidas y quebradas, con las cutículas rasgadas.

Para ser sincera, yo también me veía diferente, mucho más alta y delgada. Ya no era la hermanita regordeta de once años que Sarah había visto la última vez, con brackets y la frente cubierta de espinillas.

–Parece que ese sándwich desapareció muy rápido. ¿Quieres otro? –preguntó papá. Sarah levantó la vista del plato y tomó un largo trago de agua.

–No hay problema, ya tengo uno listo justo aquí –mamá seguía frente a la mesada preparando más sándwiches.

Los ojos de Sarah se cruzaron con los míos y me estremecí, esperando un gruñido: *¿Qué estás mirando?* Pero, en cambio, me ofreció una sonrisa sincera mientras asentía a la pregunta de papá.

–Claro, comeré otro.

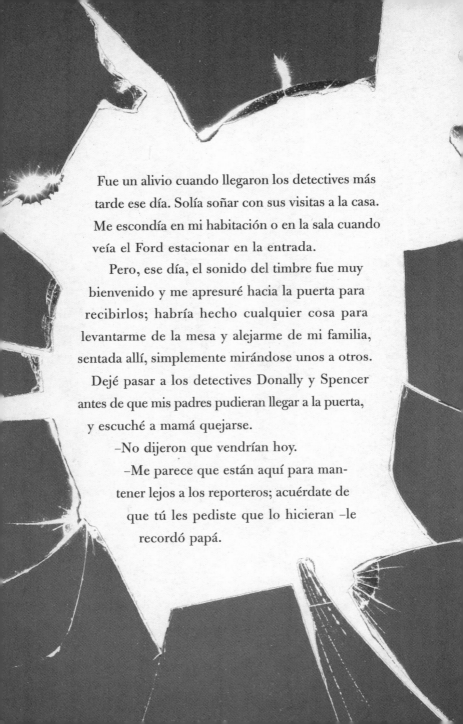

Fue un alivio cuando llegaron los detectives más tarde ese día. Solía soñar con sus visitas a la casa. Me escondía en mi habitación o en la sala cuando veía el Ford estacionar en la entrada.

Pero, ese día, el sonido del timbre fue muy bienvenido y me apresuré hacia la puerta para recibirlos; habría hecho cualquier cosa para levantarme de la mesa y alejarme de mi familia, sentada allí, simplemente mirándose unos a otros. Dejé pasar a los detectives Donally y Spencer antes de que mis padres pudieran llegar a la puerta, y escuché a mamá quejarse.

–No dijeron que vendrían hoy.

–Me parece que están aquí para mantener lejos a los reporteros; acuérdate de que tú les pediste que lo hicieran –le recordó papá.

Cuando entraron, papá ya estaba saludándolos en la puerta con un apretón de manos. Los acompañó a la cocina murmurando sobre la amnesia y sobre lo cansada que se encontraba Sarah. Yo me quedé en la arcada de la cocina, observándolos.

–Sarah, soy el detective Donally y él es mi compañero, el detective Spencer; somos de la policía estatal. Nos alegra mucho verte de vuelta en casa, sana y salva. El refugio de Florida nos enviará sus archivos para que sigamos tu caso –tomó una silla, con un gesto hacia mamá, como si le pidiera permiso antes de sentarse.

–Acabamos de llegar a casa y estábamos preparando algo de comer; creo que Sarah necesita tiempo para descansar –explicó mamá rápidamente, luego de que el detective se había sentado, y se secó las manos con un paño de cocina–. ¿Les puedo ofrecer una taza de café o algo de beber? Me temo que solo tenemos instantáneo.

–No se moleste, no nos quedaremos mucho tiempo –respondió el detective Donally, negando con la cabeza–. Solo queríamos pasar a ver que estuvieran bien y presentarnos. Y acordar un día para que Sarah venga a la estación a conversar –abrió su abrigo y noté el arma que llevaba colgada en su cinturón.

–¿Para qué tiene que ir a la estación de policía? –preguntó papá. Fue a pararse detrás de la silla de Sarah mientras el detective Spencer rodeaba la mesa para quedarse de pie del otro lado, mirando alrededor. Siempre era el que se mantenía callado y dejaba que el detective Donally hablara.

—Bueno, porque fue víctima de un crimen y necesitamos hablar con ella sobre ese crimen —le sonrió a papá como si estuviera explicándoselo a un niño.

—No puede recordar nada. Vamos a llevarla a que le hagan una resonancia magnética para ver… para ver por qué —explicó mamá, y se interrumpió antes de mencionar lo que habían dicho en el refugio: la posibilidad de que Sarah tuviera daño cerebral.

—Aun así, debemos hacerle algunas preguntas. ¿Tienes algún problema con eso, Sarah? —le preguntó el detective Donally.

—Ninguno —respondió ella con una mirada cálida.

Pareció que todos los demás en la habitación suspiraban aliviados. Todos estábamos esperando para ver la reacción de Sarah, cómo manejaría las preguntas. Ninguno de nosotros le había preguntado aún qué podía recordar, como si tuviéramos la esperanza de que estuviera en blanco y que las cosas, simplemente, volvieran a ser como antes. Pero eso ya no iba a ser posible; la policía necesitaba respuestas: ¿dónde había estado los últimos cuatro años? ¿La habían secuestrado? Y de ser así, ¿quién era responsable? No creía que mis padres realmente quisieran oír las respuestas.

—Podríamos recogerte mañana por la mañana, como a las nueve, ¿qué te parece? —propuso Donally mientras se ponía de pie y cerraba su chaqueta, cubriendo su arma.

–Nosotros podemos llevarla –se apresuró a decir mamá.

–No tienen que molestarse. Sarah es mayor de edad ahora, ¿cierto? ¿Ya tienes dieciocho? –le preguntó el detective.

Sarah me miró, como si yo tuviera la respuesta. A mí, no a mamá o papá.

–Su cumpleaños es en marzo –respondí. El recuerdo del cumpleaños de Sarah, la verdadera fecha, del dolor de ese día, de lo que habíamos hecho en su cumpleaños mientras estuvo desaparecida oprimió mi garganta al agregar–. Acaba de cumplir diecinueve.

–Once de marzo –dijo Sarah mecánicamente–. Es mi cumpleaños.

–Miren eso, parece que recuerda algunas cosas. No va a necesitar que todos vengan con ella, pero, si quieren enviar a su abogado, no hay problema –comentó Donally, sonriéndole a Sarah, mientras acomodaba su silla. Y, antes de que mamá pudiera responder, se dirigió a Sarah–: Nos vemos mañana, Sarah. Y bienvenida a casa.

Papá miró a mamá a espaldas de los detectives mientras los acompañaba a la puerta. Cuando regresó, mamá y yo seguíamos en silencio.

–¿Para qué necesitaría un abogado? –pregunté.

–Seguro que es así como hacen las cosas –respondió mamá con cautela–. Sarah, si no estás lista para esto… –su forma de decir el nombre de mi hermana resonó en el aire.

–Está bien –respondió Sarah. De nuevo, el ligero rastro del acento sureño en su voz. Hablaba tan despacio que sonaba como una niña pequeña–. Es solo que no sé cuánto podría ayudarlos.

–Estoy segura de que debes estar ansiosa por ver tu habitación y descansar –le sugirió mamá mientras la guiaba a la sala para subir las escaleras. Cuando Sarah entró en su habitación contuve el aliento, esperando a que saltara sobre su cama o corriera a su armario, feliz de estar en casa. Pero solo miró alrededor, como si nunca antes hubiera visto ese lugar. Caminó por la alfombra hasta la cartelera que tenía junto al espejo. Recorrió con sus dedos los listones de seda que había recibido como premios en competencias de porristas, y miró las fotografías como si estuviera buscando algo que pudiera reconocer.

–Max –dijo, señalando una–, y Polly… no, ¿Paula?

–Así es, tus amigos –le comentó mamá–. ¿Reconoces a alguien más?

–Algo así, pero no realmente. Es como si estuviera justo aquí –respondió, señalando un punto en su frente mientras examinaba las fotografías más de cerca–, pero no puedo recordarlo.

–Quizás sea porque necesitas estas –le dije, riendo, mientras le daba las gafas que estaban sobre su escritorio. Solo las usaba en la escuela y para leer, pero me preguntaba si podría recordar eso siquiera.

–¿Usaba gafas? –preguntó, confundida. Tenían un marco púrpura delgado que quedaba perfecto con su cabello rubio.

–Solo a veces, como para ver el pizarrón en la escuela –le explicó mamá.

Sarah se puso las gafas y volvió a mirar las fotografías, alejándose, claramente incapaz de ver con ellas. Su prescripción debía haber cambiado en los últimos cuatro años y ella no tenía idea.

Miré a papá, parado en la puerta, y vi tristeza en su rostro. Su hija estaba en casa, su niñita, pero no era Sarah realmente, ya no lo era.

SARAH

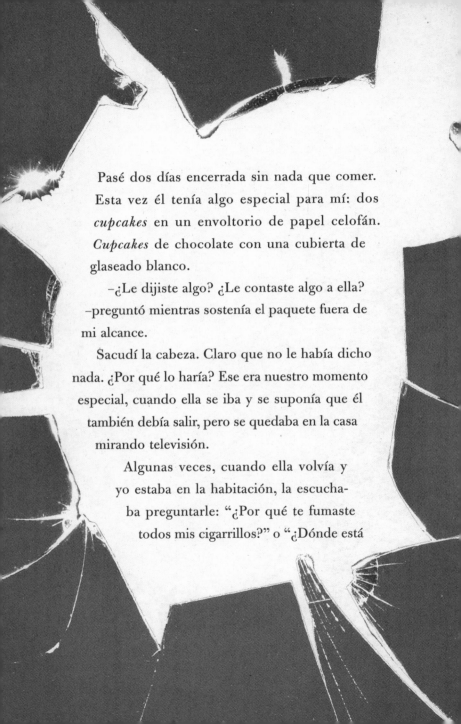

Pasé dos días encerrada sin nada que comer. Esta vez él tenía algo especial para mí: dos *cupcakes* en un envoltorio de papel celofán. *Cupcakes* de chocolate con una cubierta de glaseado blanco.

–¿Le dijiste algo? ¿Le contaste algo a ella? –preguntó mientras sostenía el paquete fuera de mi alcance.

Sacudí la cabeza. Claro que no le había dicho nada. ¿Por qué lo haría? Ese era nuestro momento especial, cuando ella se iba y se suponía que él también debía salir, pero se quedaba en la casa mirando televisión.

Algunas veces, cuando ella volvía y yo estaba en la habitación, la escuchaba preguntarle: "¿Por qué te fumaste todos mis cigarrillos?" o "¿Dónde está la cerveza?". Y me ponía nerviosa por que se pudiera dar cuenta de lo que él había hecho. Pero él siempre tenía una respuesta y acababan riendo, y luego podía escuchar música y voces durante toda la noche. Sabía que estaba haciendo las cosas bien, nadie me había lastimado en mucho tiempo.

Al día siguiente, Sarah se levantó temprano, al igual que mamá y yo. La Maldición de las mujeres Morris, solía decir mamá: siempre nos despertábamos temprano. Sarah nunca necesitó un despertador, y esa mañana no fue la excepción. Salió de su habitación vistiendo la misma ropa sucia con la que había llegado del refugio: vaqueros y una camiseta blanca, con el suéter que le había prestado mamá encima. Incluso llevaba las mismas sandalias de plástico.

–¿No quisieras ponerte otra cosa hoy, al menos unos zapatos más abrigados? –le preguntó mamá mientras nos servía unos bagels tostados.

–Estos están bien –respondió rápido. Pero mamá subió a su habitación hablando sola.

Miré a Sarah y me di cuenta de que era la primera vez que estábamos solas desde el día anterior, desde que había regresado a casa. La primera vez en cuatro años. Me costaba apartar la vista de su rostro, con esos rasgos filosos que no reconocía como "Sarah" aún. Esperaba que hablara, que dijera mi nombre como solía hacerlo, alargándolo, como cuando estaba enojada conmigo. *Así que, Nii-coo…*

Pero no dijo nada; parecía totalmente concentrada en comerse su bagel lo más rápido posible, como si alguien fuera a aparecer para arrebatárselo.

–¿Pudiste dormir… humm… bien? –le pregunté para quebrar el silencio incómodo, y me sentí estúpida. Esa era una pregunta para una visita, no para tu propia hermana. Además, ¿cómo podría dormir? Tenía la espalda cubierta de quemaduras de cigarrillo y no sabía dónde había estado los últimos cuatro años; nadie con ese pasado podría cerrar los ojos y sentirse seguro nunca más.

–Sí –respondió en voz baja. Levantó la vista hacia mí con una mirada abierta que no reconocí en su rostro–. Pero mataría por un café. ¿Tienen aquí, muchachos?

Muchachos.

–Creo que mamá debe tener en algún lado –me levanté a buscar en la alacena. Encontré café instantáneo y se lo ofrecí, levantando las cejas–. Sabes que a la abuela le gusta cuando viene.

–Es mejor que nada –admitió, sonriendo–. Seguro tienen algo mejor en la estación: los policías aman su café.

Sarah tomó su segundo bagel, y yo puse a calentar agua mientras me preguntaba cómo sabía que los policías aman el café. Mamá les había ofrecido la noche anterior.

–¿Qué tal esto? –mamá apareció con ropa para Sarah. Le mostró un vestido negro, pero ella lo rechazó. Luego le ofreció una chaqueta de lana entallada, que también rechazó. Finalmente puso unas balerinas de cuero sobre la mesa frente a ella–. Al menos cubre tus pies; está helado afuera. ¿Por qué está la cocina encendida?

–Estoy preparando café para Sarah –le respondí, y ella me miró intrigada. Vi a Sarah sacarse las sandalias y ponerse las balerinas, o intentarlo. Eran demasiado pequeñas y tuvo que estirarlas en el talón para que le entraran los dedos. Justo cuando se puso de pie sonó el timbre y mamá salió de la cocina para abrir la puerta. Yo le acerqué una taza de café.

–¿Te quedan bien? –le pregunté, señalando sus pies. Tenía los dedos apretados en la punta, doblados como si fuera una hermanastra de Cenicienta.

–Me quedan un poco ajustadas –admitió–. Si no se usan por un tiempo, los zapatos de cuero suelen encogerse.

–Voy a traerte un par mío, espera un momento –le sugerí. Escuché a mamá hablando con los detectives al subir las escaleras. Yo usaba zapatos talla ocho; Sarah usaba talla siete antes.

Pasé por su habitación y me detuve frente a la puerta cerrada ¿Debería llevarle otro par de zapatos suyos? Quizás tenía razón en que podían encoger. Un minuto después estaba abajo con un par de zapatos que había sacado de mi armario.

Sarah los aceptó, agradecida, y se los puso rápido mientras tomaba el café que le había preparado, negro, sin azúcar.

—Estos son perfectos. Crucemos los dedos, ¿eh? —dijo, sonriendo, mientras iba hacia la puerta.

Mamá había convencido a los detectives de que permitieran que papá acompañara a Sarah, así que las dos nos quedamos observando desde el jardín cómo se iban todos juntos en un móvil policial sin identificación. Había aprendido a reconocerlos poco después de la desaparición de Sarah; casi todos los días había uno estacionado frente a la puerta de nuestra casa: Ford de cuatro puertas con baúl, azul oscuro o negro, sin calcomanía de registro en la placa.

—No quería dejar que la alejaran de mi vista, ¿sabes? —admitió. Se rodeó con sus brazos y siguió mirando a través de las lágrimas.

Sabía cómo se sentía. La noche anterior había estado tentada de ir a la habitación de Sarah, solo para verla dormir, solo para comprobar que había una chica real en su cama.

—Los zapatos de Sarah... —comencé a decir, pero me detuve.

—¿Qué pasa con sus zapatos? —me preguntó mamá.

–Nada, solo que ya no le quedan –pateé los restos de nieve del césped mientras caminábamos de vuelta a la casa–. Estaba pensando que deberíamos llevarla de compras. Estoy segura de que toda su antigua ropa ya no le sirve y, sinceramente, no me gustaría verla vistiendo nada de eso. Sería como ver un fantasma.

Pensé en las hermosas cosas de Sarah, un armario lleno de prendas sin tocar, sin usar, las cosas que yo había deseado tanto. La ropa que mamá había conservado los últimos cuatro años, colgando prolijamente en su armario, en la habitación que seguía justo igual que como cuando Sarah tenía quince años, esperando a que regresara. Pero ahora ya nada estaba a la moda, no le quedaba o no encajaba con la Sarah que había vuelto a nosotros.

La última vez que había estado en su habitación fue una noche que Tessa se quedó en casa durante las vacaciones de Navidad. No había querido entrar; nunca había querido. Pero Tessa tenía ganas de ver. Habíamos sido amigas por tres años, pero ella no conocía a Sarah. Me conoció como "la chica con la hermana desaparecida", y nos habíamos hecho amigas sabiendo solo eso. Por supuesto, sus padres conocían toda la historia y al principio no dejaban que Tessa pasara la noche en casa. Supongo que les preocupaba que alguien viniera por mí o por una de mis amigas. Quien se hubiera llevado a Sarah. O, si Sarah había huido, quedaba siempre la duda de la influencia que habría tenido en mí. ¿Mi hermana era una mala persona? ¿Lo sería yo también?

Había una nube de sospecha sobre mí, sobre toda la familia. Pero, poco a poco, al pasar los años sin rastros ni información sobre Sarah, la mayoría de la gente del pueblo, y de los padres de la escuela, lo olvidaron. Ya no éramos *la familia* de la hija desaparecida. Otros escándalos ocuparon el lugar del nuestro; una madre soltera que había tenido una aventura con el profesor de Educación Física casado; la bonita maestra suplente con un pasado pornográfico. Esas historias parecían más escabrosas que la desaparición de Sarah. Y yo probé que era buena, confiable, no una fugitiva ni una niña mala. La desaparición de Sarah no había sido nuestra culpa: mamá siempre me lo recordaba. No era algo que nosotros habíamos hecho, sino algo que nos había ocurrido. Fue mamá quien llamó a los padres de Tessa para que la dejaran dormir en casa; era la primera vez que alguien venía desde que Sarah había desaparecido.

Tessa y yo nos habíamos quedado despiertas hasta tarde, tratando de tomarnos alguna buena fotografía con mi teléfono celular. Se suponía que tenían que parecer casuales; *ey, aquí estoy, divirtiéndome en la casa de mi amiga*; pero también bonitas y algo seductoras. La idea era subir una o dos al Instagram de Tessa. El chico que le gustaba, Liam, la había estado mirando y haciendo algunos comentarios, así que las fotos en realidad eran para él. Pero nunca lo íbamos a admitir, en especial porque él ya había tenido una novia del grupo de nuestra clase, Kelly.

La había maquillado y peinado, pero aun así las fotos no eran nada del otro mundo. Abrió las puertas de mi armario y suspiró.

–Tienes como mil camisetas aquí y nada más. ¿Alguna vez usas algo que no sea una camiseta?

Me encogí de hombros; no quería admitir que, en realidad, me gustaban las faldas y las camisetas blancas que usábamos para la escuela. Hacían que vestirse fuera mucho más fácil y no necesitaba pensar. Tenía algunos vaqueros y camisetas para el fin de semana y algunos vestidos de verano, pero no mucho más. Nunca supe cómo vestirme cool, así que optaba por lo más simple. *Nico, parece que sacaste tu ropa del cesto de objetos perdidos de la escuela. Mamá, por favor, no dejes que salga así.*

Tessa movió las perchas hacia un lado y miró lo que quedaba: algunos vestidos y chaquetas.

–¿Crees que tu mamá o tu hermana tengan algo? Me refiero a algo que podamos usar solo para las fotos –se apresuró a agregar.

No sabía cómo responder. En la habitación de al lado había un armario lleno de cosas bonitas: zapatos, gafas de sol, bisutería, ropa. Todo especialmente elegido por Sarah, y ella no elegía nada que no fuera lo mejor. Creaba atuendos inspirándose en imágenes que sacaba de revistas. Era la única de la familia que apreciaba la moda; mamá solía decir que sería diseñadora cuando creciera. Antes de desaparecer había tomado lecciones de costura en la escuela y había hecho algunas prendas: un vestido y camisetas sin mangas. Había terminado el curso con las mejores calificaciones y con el reconocimiento de la profesora de que tenía verdadero talento para la "línea", lo que fuera que eso significara.

–Lo lamento, eso fue… No sé lo que me pasa –se disculpó Tessa mientras se sentaba a mi lado en la cama–. ¿Nico?

–No, está bien. Tienes razón. Sarah tiene todo tipo de cosas que están guardadas allí; podríamos usarlas sin problema.

–¿Estás segura? –Tessa parecía resistirse, incluso asustada.

Asentí y abrí la puerta hacia el corredor oscuro; mis padres llevaban horas dormidos. Caminamos hasta la puerta siguiente y la abrí, tal vez por primera vez en meses. Pero, cuando encendí la luz, pude ver que adentro nada había cambiado. Todo seguía exactamente como Sarah lo había dejado esa mañana, o al menos como lo habían dejado los detectives luego de que revisaron todo. La habitación incluso olía aún a Sarah, al perfume que usaba cuando comenzó a salir con Max. La señora de la limpieza entraba algunas veces, pero fuera de eso la habitación permanecía intacta.

–Impresionante –dijo Tessa mirando la cartelera cubierta de premios y listones. Acarició uno de los premios de porrista–. Una porrista extraordinaria, ¿no?

—Hacía gimnasia y danzas también –le comenté. No quería que pensara que Sarah era solo una porrista. Era mucho más que eso. Era buena en todo lo que hacía. No solo buena, era la mejor.

Tessa fue hacia el armario y abrió las puertas dobles. Se quedó mirando los vestidos y camisetas colgados, cuidadosamente ordenadas por color.

—¡Guau, más impresionante aún! –sacó una camiseta de color rosado y se la puso sobre el pecho mientras iba hacia el espejo para verse–. Esta es hermosa. ¿Qué te parece?

Solo pude asentir con la cabeza viendo a mi mejor amiga, con su cabello de rizos oscuros, sosteniendo la camiseta rosa de Sarah. Era un buen color para Tessa. Podía usarla. Sabía que debería usarla, pero, parte de mí, muy en mi interior, gritaba: *No. No lo hagas. Déjala donde estaba.*

—¿Cómo era ella? Quiero decir, tu hermana. Escuché que era muy buena en la escuela y como porrista, y en todo –dijo Tessa, yendo de nuevo a la cartelera, para mirar las fotografías de Sarah y sus amigos. Se inclinó para observar una de ellas más de cerca, una de Sarah y Paula–. Pero ¿cómo era ella realmente?

Me puse de pie en su habitación mientras miraba todas sus cosas perfectas que combinaban con su vida perfecta. Ella era perfecta, eso es lo que quería decir. Era bonita e inteligente. Siempre ganaba. Siempre conseguía lo que quería.

—Era terrible –respondí–. Era realmente terrible.

10

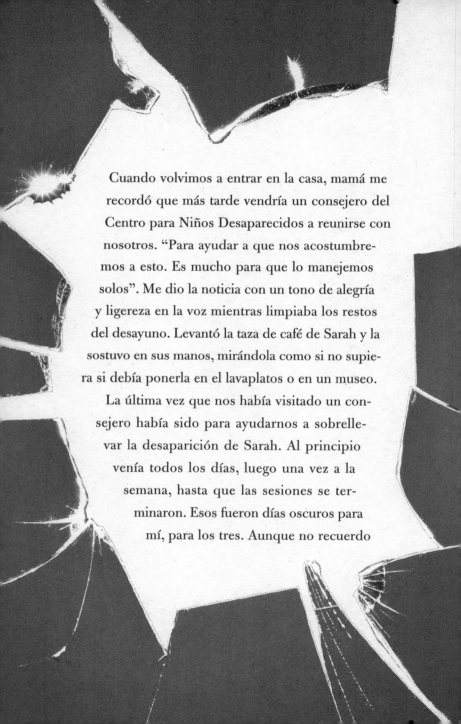

Cuando volvimos a entrar en la casa, mamá me recordó que más tarde vendría un consejero del Centro para Niños Desaparecidos a reunirse con nosotros. "Para ayudar a que nos acostumbremos a esto. Es mucho para que lo manejemos solos". Me dio la noticia con un tono de alegría y ligereza en la voz mientras limpiaba los restos del desayuno. Levantó la taza de café de Sarah y la sostuvo en sus manos, mirándola como si no supiera si debía ponerla en el lavaplatos o en un museo.

La última vez que nos había visitado un consejero había sido para ayudarnos a sobrellevar la desaparición de Sarah. Al principio venía todos los días, luego una vez a la semana, hasta que las sesiones se terminaron. Esos fueron días oscuros para mí, para los tres. Aunque no recuerdo mucho de eso, de cómo nos repusimos. Recuerdo que me recomendaron comer y que el médico de mamá le dio unas píldoras para dormir que compartía conmigo. Las pesadillas eran horribles. Pero, al igual que todo lo demás, también se detuvieron. En esta oportunidad, las circunstancias de la visita del consejero eran muy diferentes, y mamá estaba feliz de ser la protagonista de una historia exitosa; de necesitar ayuda para recibir a su hija de vuelta en casa y no para manejar una pérdida devastadora.

–Tessa traerá tus tareas esta tarde, pero pienso que el lunes es muy pronto para que vuelvas a la escuela, ¿no crees? –me preguntó.

Asentí y di una mordida al bagel que quedaba en mi plato, antes de que mamá lo levantara de la mesa. Ella tomó mi brazo y me miró directo a los ojos.

–Nico, sé que todo esto es demasiado. Sarah desaparecida, Sarah de regreso. No quiero que pienses que tu papá y yo perdimos de vista lo más importante. Lo importante que eres para nosotros. Tú y Sarah.

–Mamá, lo sé –dije, encogiendo los hombros. No solíamos tener conversaciones sobre nuestros sentimientos; me hacían sentir incómoda.

–Nico, en verdad lo siento. Los últimos cuatro años han sido duros para ti, para todos nosotros –dudó–; a veces pienso que no manejamos bien la desaparición de Sarah.

Tras escucharla sacudí la cabeza. ¿Cuál era la manera de manejarlo "bien"? ¿Qué creía que había hecho mal?

–Sé que sufriste, todos sufrimos. Yo solo… –se detuvo por un momento antes de terminar su idea– quiero manejar bien su regreso. ¿Tiene sentido lo que digo?

Le respondí que sí al notar que los ojos se le llenaban de lágrimas. Y, de pronto, sonrió.

–Nos va a llevar un tiempo. Es todo muy extraño, cada pequeño detalle. Quiero decir, mírame, estoy lavando los platos del desayuno de dos niñas, mis niñas –se quebró al decirlo; lo vi en su rostro antes de que volteara y se distrajera con los platos. Luego soltó una risita, antes de continuar–. Estoy muy feliz solo por estar haciendo las cosas de todos los días. Lo sé, soy una tonta.

–No, lo entiendo –le dije, pensando lo bien que me había sentido al preparar una taza de café para Sarah, al buscar un par de zapatos para ella–. En verdad lo entiendo.

Subí a mi habitación y descubrí que había dejado la puerta del armario abierta. La cerré de un empujón mientras pensaba en cómo debía estar Sarah, en ese momento en la estación de policía, usando mis zapatos. Me provocó una sensación muy extraña, como si estuviéramos conectadas de alguna forma.

Salí al corredor, hacia la habitación de Sarah, y me detuve frente a la puerta por un momento; esa habitación había estado vacía por cuatro años. Abrí la puerta y, una vez adentro, lo primero que noté fue que su cama estaba cuidadosamente tendida. Prolija, como siempre; todo estaba en su lugar.

En la mesita de noche había un libro de su biblioteca: *Rebecca*, de Daphne du Maurier, uno de los favoritos de Sarah. Nos había obligado a todos a ver la película en blanco y negro porque tenía que escribir una reseña para la escuela. La historia era tonta y olvidable; algo acerca de un hombre que había asesinado a su esposa porque ella lo engañaba. Esa era la gran revelación. Sarah había leído ese libro muchas veces y parecía que lo estaba leyendo de nuevo.

Me acerqué a su escritorio, abrí algunos cajones y encontré todo igual que los últimos años. El armario también estaba intacto. Miré el estante de sus zapatos, intentando descubrir si mamá había tomado las balerinas de allí o de su propio armario, pero era muy difícil darme cuenta. No había memorizado la ubicación de cada par de zapatos en el armario, pero en ese momento deseaba haberlo hecho.

¿Por qué?

Recorrí el escritorio con las manos y no encontré nada, ni siquiera una capa de polvo. ¿Qué estaba buscando ahí dentro? Al voltear me encontré con mi reflejo en el espejo del tocador: la viva imagen de Sarah cuando desapareció.

Entonces supe lo que estaba buscando, aunque no quisiera admitirlo. Buscaba algo que me probara que esa chica era realmente Sarah, que esa extraña era mi hermana.

SARAH

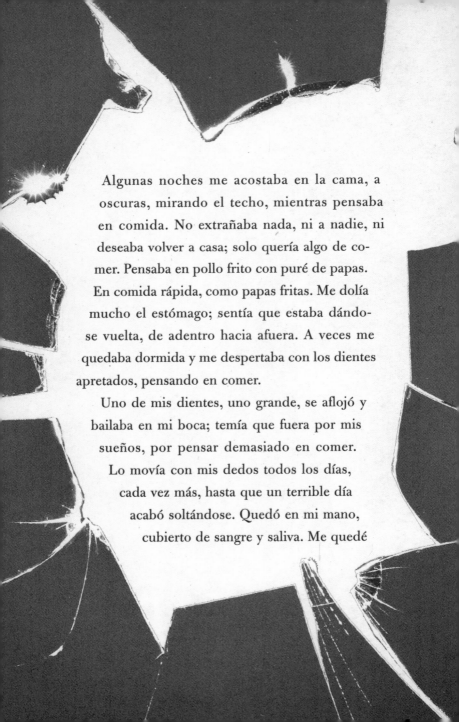

Algunas noches me acostaba en la cama, a oscuras, mirando el techo, mientras pensaba en comida. No extrañaba nada, ni a nadie, ni deseaba volver a casa; solo quería algo de comer. Pensaba en pollo frito con puré de papas. En comida rápida, como papas fritas. Me dolía mucho el estómago; sentía que estaba dándose vuelta, de adentro hacia afuera. A veces me quedaba dormida y me despertaba con los dientes apretados, pensando en comer.

Uno de mis dientes, uno grande, se aflojó y bailaba en mi boca; temía que fuera por mis sueños, por pensar demasiado en comer. Lo movía con mis dedos todos los días, cada vez más, hasta que un terrible día acabó soltándose. Quedó en mi mano, cubierto de sangre y saliva. Me quedé sentada, llorando durante horas hasta que me dormí, con el diente ensangrentado en la mano y sangre en mi almohada.

Cuando ella entró con una bandeja, como entraba algunos días, me senté y ella vio la sangre.

–¿Qué has hecho esta vez? –me preguntó, y tuve que mostrarle, aunque no quería. Abrí la mano, ella vio el diente y solo se echó a reír.

–Eres una niñita llorona, todos pierden un diente alguna vez. No es motivo para llorar –luego se fue, dejándome en la habitación con la sangre seca en mi mano y un pequeño plato de comida: algunos *pretzels* y queso amarillo en envoltorios plásticos y una soda que estaba caliente y sabía raro. Pero lo comí todo; masticando con el otro lado de la dentadura.

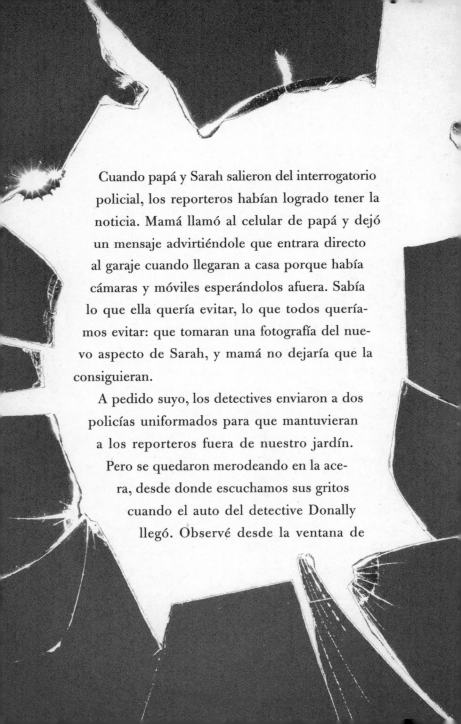

Cuando papá y Sarah salieron del interrogatorio policial, los reporteros habían logrado tener la noticia. Mamá llamó al celular de papá y dejó un mensaje advirtiéndole que entrara directo al garaje cuando llegaran a casa porque había cámaras y móviles esperándolos afuera. Sabía lo que ella quería evitar, lo que todos queríamos evitar: que tomaran una fotografía del nuevo aspecto de Sarah, y mamá no dejaría que la consiguieran.

A pedido suyo, los detectives enviaron a dos policías uniformados para que mantuvieran a los reporteros fuera de nuestro jardín. Pero se quedaron merodeando en la acera, desde donde escuchamos sus gritos cuando el auto del detective Donally llegó. Observé desde la ventana de mi habitación cómo mamá presionaba el botón para abrir el garaje, el auto entraba y la puerta se cerraba rápidamente mientras los reporteros gritaban preguntas como "¿Quién te llevó, Sarah? ¿Huiste?" o "¿Dónde has estado? ¿Te secuestraron? ¿Te lastimaron?".

Bajé las escaleras en cuanto los escuché entrar, pero el detective Donally se quedó en el auto. Cuando salió del garaje, unos minutos después, los gritos volvieron a comenzar. Los reporteros no podían ver a través de los vidrios polarizados del auto, así que lo siguieron por la acera con los micrófonos en alto y las cámaras listas para grabar, intentando tener una imagen de quien iba adentro.

En la cocina encontré a Sarah, de pie junto a papá. Levantó la vista y nuestras miradas se encontraron, y, por un momento, pareció que no me conocía. Tuve la misma sensación de malestar que había sentido en el refugio de Florida, adormecida y estremecida, con un zumbido en los oídos y el corazón acelerado. *¿Qué les habrá dicho?*

Luego sonrió, como si estuviera realmente feliz de estar en casa, de verme. Aliviada. Analicé el rostro de papá, buscando una respuesta a las preguntas que no me atrevía a formular. Todos permanecimos allí, quietos, sin saber cómo continuar.

–¿Entonces? –preguntó mamá finalmente.

–Lo intentó, pero no pudo darles mucha información –respondió papá–. En verdad no comprendo por qué insistieron en interrogar a alguien que sufre amnesia, me parece que es una pérdida de tiempo.

Aunque aún era temprano por la tarde, papá fue a la sala, dejándonos a las tres solas en la cocina, y pude escuchar el sonido de su vaso al chocar con la botella mientras se servía un trago. Para cuando la consejera del Centro para Niños Desaparecidos llegó a la casa, tras un nuevo ataque de los reporteros, papá ya iba por el tercer trago.

Durante esa primera visita de la consejera, obtuvimos más respuestas sobre la entrevista de Sarah con la policía. No había podido decirles nada. No sabía dónde había estado ni lo que había pasado con ella, nada. Su mente estaba en blanco.

La policía le preguntó sobre su bicicleta, en la que había ido al parque aquel día. La habían encontrado cuidadosamente enganchada en el soporte para bicicletas en la entrada del parque, a un kilómetro del lugar donde se suponía que se encontraría con Max. Cuando la examinaron para detectar las huellas digitales, lo único que hallaron fueron las de Paula y las mías (además de las de Sarah, lo cual era previsible). Pero eso era fácil de explicar; yo podría haber movido la bicicleta de Sarah en el garaje, y Paula dijo que la había tomado prestada alguna vez. Sarah no recordaba haberla dejado allí; tampoco recordaba en qué lugar del parque se encontraría con su novio.

Le preguntaron sobre Max y le mostraron fotografías de otros de sus amigos. Pero tampoco podía decir nada sobre ellos;

recordaba nombres pero solo eso. Con quiénes se lleva bien, con quiénes no. Si había estado peleando con alguien. Papá nos contó que solo negaba con la cabeza, sin decir casi nada.

También le preguntaron sobre lo que le había sucedido: "¿Huiste o alguien te obligó a irte?", "¿Te mantuvieron cautiva en Florida?", "¿Cuánto tiempo estuviste allí?". El primer recuerdo que tenía era haber despertado en la playa, vestida con el vaquero y la camiseta blanca, sin zapatos. Un efectivo policial la había encontrado allí y la había llevado al refugio. Su memoria comenzaba a partir de ese momento, pero todo lo anterior se había borrado o era confuso.

–Los recuerdos van a regresar solos, o quizás no regresen. Algunas veces este tipo de amnesia es un regalo de la mente. Nos permite recordar lo que podemos afrontar y olvidar lo demás –la consejera del centro nos aconsejó que no presionáramos a Sarah. Era una señora mayor que se presentó como la doctora Levine.

Lo que explicó me resultó lógico: los primeros días y semanas luego de la desaparición de Sarah estaban borrosos en mi mente. ¿Qué había comido, qué ropa había usado, qué les había dicho a los detectives? Todo parecía un sueño, un sueño horrible del que mi cerebro intentaba no ocuparse, olvidando lo que yo no podía enfrentar.

–Es posible que recuerdes algunas cosas la próxima semana, o el próximo año, o incluso dentro de diez años –explicó la consejera dirigiéndose directamente a Sarah. Parecía una abuela muy joven, que hablaba despacio y con dulzura–. En una ocasión atendí a una mujer que había sufrido terribles abusos y que solo pudo recordar su niñez en el momento en que tuvo un hijo. Y, honestamente, para entonces ya era mayor, más estable y capaz de lidiar con los recuerdos.

–¿Cómo deberíamos manejar las visitas de sus amigos y familiares? Todos quieren venir a ver a Sarah –el tío Phil, sus primos, la abuela–, pero no queremos agobiarla. ¿Cree que estaríamos forzando las cosas? –preguntó mamá luego de un momento de silencio. La doctora Levine asintió y escribió algo en el anotador que tenía sobre la falda.

–Exactamente. Su instinto no se equivoca. Podría ser muy agobiante para ella ver a todas esas personas que uno esperaría que reconozca pero que no logra recordar.

Miré a Sarah, para ver si tenía algo que agregar, pero ella solo miraba a la doctora Levine con una mirada inexpresiva, como aburrida. O quizás solo estaba cansada.

–Sarah, ¿te sientes preparada para ver gente, quizás a un familiar o dos? ¿Algún viejo amigo?

–No estoy segura. Tal vez, para ver como resulta –respondió Sarah.

–Una fiesta de bienvenida está fuera de las posibilidades, como estoy segura que comprenderá –sugirió la doctora mirando a mamá y sonriéndole.

–Max me envió un e-mail; planeaba venir a la ciudad este fin de semana. Si eso les parece bien –ofrecí, mirando a Sarah y a la doctora, mientras trataba de evaluar sus reacciones.

–Bueno, tu abuela también quiere venir. Y creo que la familia está primero –dijo mamá.

–Las respuestas a todas sus preguntas están justo ahí, en Sarah –comentó la doctora Levine–; denle un tiempo para pensar qué y a quién está lista para enfrentar, y sabrán cuando sea el momento oportuno.

Esa noche, cuando la doctora Levine se fue, Sarah subió a su habitación pero dejó la puerta entreabierta, de modo que el reflejo de la luz del interior brillaba en el corredor. Al pasar golpeé suavemente a la puerta.

–Adelante, pasa –me invitó.

La encontré sentada sobre la cama con su ejemplar de *Rebecca* en las manos. Al parecer lo estaba leyendo muy lentamente por alguna razón, ya que el señalador apenas se había movido.

–Ese es uno de tus libros favoritos. Lo has leído cientos de veces.

–¿De verdad? Lo estoy disfrutando mucho. Pero no recuerdo haberlo leído antes –admitió con una risita–. La historia me suena familiar ahora que lo mencionas.

–Supongo que eso es algo positivo de la amnesia: puedes volver a hacer toda clase de cosas; volver a leer libros, ver películas o subirte a las montañas rusas –tan pronto como las palabras salieron de mi boca me sentí extraña por bromear con eso. Miré su rostro para saber si la había ofendido. Pero Sarah bajó las piernas de la cama y me invitó a sentarme a su lado. Dudé; nunca me había sentado en su cama en toda mi vida.

–Siéntate –insistió, inclinando la cabeza hacia un lado.

–No, está bien. Debes estar muy cansada; solo quería desearte buenas noches –le dije mientras me dirigía hacia la puerta.

–¿Nico?

Nuestras miradas se encontraron y tuve la terrible sensación de que estaba a punto de decir algo como *Jamás vuelvas a entrar a mi habitación.*

–¿Podrías dejar la puerta ligeramente abierta? No me gusta estar encerrada.

–Claro –era difícil creer que esa era la misma Sarah que insistía en tener privacidad, que tenía la costumbre de cerrar la puerta de un golpe detrás de cualquiera que fuera tan tonto como para dejarla abierta. Al salir bajé la luz del corredor, fui a mi habitación y cerré la puerta.

Más tarde por la noche me desperté al escuchar un grito. *¡Déjenme salir!* Salté de la cama y mis pies estuvieron en el suelo antes de que pudiera saber dónde me encontraba. En un minuto estaba frente a la puerta de Sarah esforzándome por respirar. "¡Basta, basta!", gritaba.

–Está bien, es solo una pesadilla, vuelve a la cama –me susurró papá, de pie en el corredor en penumbras. Eché un vistazo a la habitación de Sarah y vi a mamá sentada a su lado en la cama, abrazándola y meciéndola mientras ella sollozaba y respiraba con dificultad.

–Todo está bien, estás en casa ahora, estás bien y segura –repetía mamá una y otra vez.

–Nico, vuelve a la cama –me ordenó papá.

–Dejen la puerta entreabierta, no le gusta que esté cerrada –le susurré antes de volver a mi habitación.

–Lo sé –respondió, mirándome con ojos tristes y rascándose la barba de varios días.

Una vez en mi habitación me recosté en la cama mirando al techo. Escuché a papá bajar las escaleras y presionar algunos botones del sistema de la alarma de la puerta de entrada; seguramente quería comprobar que la había activado y que la puerta estaba bien cerrada. Luego lo escuché pasar, arrastrando sus pantuflas por el piso de madera, revisando todas las ventanas y puertas, como solía hacer cuando salíamos de vacaciones. Pero no sabía de quién nos estaba protegiendo; el daño ya estaba hecho.

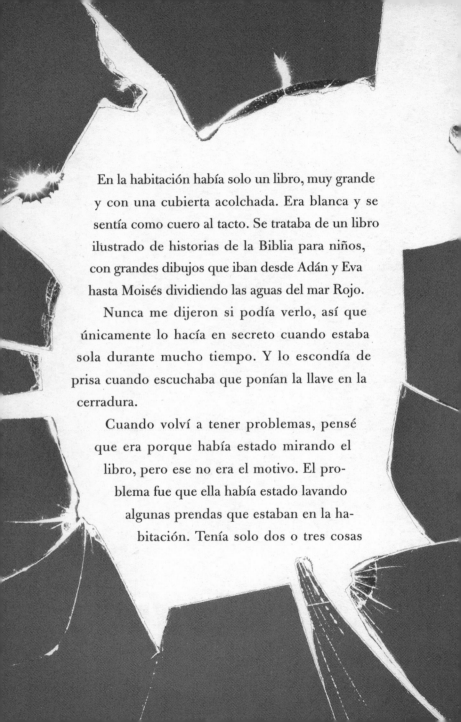

En la habitación había solo un libro, muy grande
y con una cubierta acolchada. Era blanca y se
sentía como cuero al tacto. Se trataba de un libro
ilustrado de historias de la Biblia para niños,
con grandes dibujos que iban desde Adán y Eva
hasta Moisés dividiendo las aguas del mar Rojo.

Nunca me dijeron si podía verlo, así que
únicamente lo hacía en secreto cuando estaba
sola durante mucho tiempo. Y lo escondía de
prisa cuando escuchaba que ponían la llave en la
cerradura.

Cuando volví a tener problemas, pensé
que era porque había estado mirando el
libro, pero ese no era el motivo. El problema fue que ella había estado lavando
algunas prendas que estaban en la habitación. Tenía solo dos o tres cosas

para vestirme y las usaba una y otra vez. Ella dijo que había visto algo al lavarlas.

–¿Él ha estado molestándote? –me preguntó, y como no supe qué responder, solo negué con la cabeza.

Entonces se sentó en la cama y me observó por un largo tiempo; luego tomó la manta y me envolvió los hombros con ella. Nunca había hecho nada lindo como eso antes.

Esa noche los gritos fueron tan fuertes que podía oírlos aunque presionara las manos con fuerza sobre mis oídos. Si hubieran tenido vecinos, ellos podrían haber escuchado y llamado a la policía, pero, por lo que alcanzaba a ver a través de la pequeña ventana, estábamos muy alejados de otras casas como para que alguien supiera lo que estaba pasando. No podía ver casas o autos por ningún lado. Solo permanecí sentada en la cama balanceándome por horas. En otras ocasiones tomaba el viejo libro de la Biblia y miraba los dibujos, pero no esa noche. Había demasiado ruido, gritos, y se arrojaban cosas. No era el momento para imágenes de la Biblia.

12

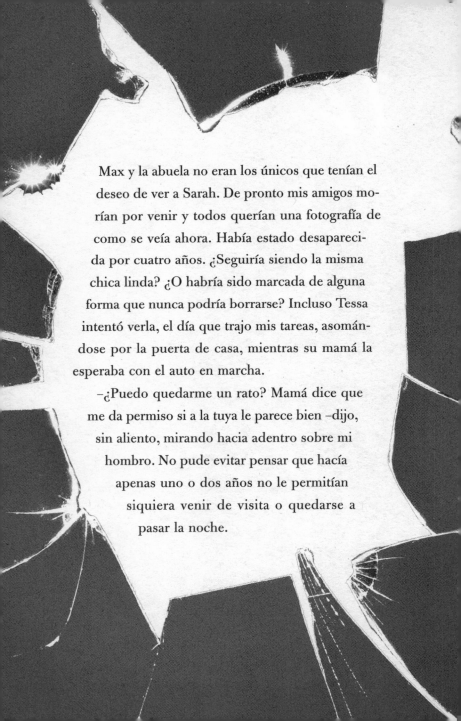

Max y la abuela no eran los únicos que tenían el deseo de ver a Sarah. De pronto mis amigos morían por venir y todos querían una fotografía de como se veía ahora. Había estado desaparecida por cuatro años. ¿Seguiría siendo la misma chica linda? ¿O habría sido marcada de alguna forma que nunca podría borrarse? Incluso Tessa intentó verla, el día que trajo mis tareas, asomándose por la puerta de casa, mientras su mamá la esperaba con el auto en marcha.

–¿Puedo quedarme un rato? Mamá dice que me da permiso si a la tuya le parece bien –dijo, sin aliento, mirando hacia adentro sobre mi hombro. No pude evitar pensar que hacía apenas uno o dos años no le permitían siquiera venir de visita o quedarse a pasar la noche.

De pronto nos habíamos convertido en celebridades y todos querían algo de nosotros.

–No es buena idea –respondí, aunque no la culpaba. Quería que pasara, así podíamos hablar, hablar en serio, sobre lo que estaba ocurriendo. Tessa sabría qué hacer.

–Lo vimos en las noticias. ¿Realmente no puede recordar nada? ¿Nada de nada?

–Sí, justo ahora está leyendo un libro que había leído antes y no puede recordarlo –le respondí, y tan pronto como las palabras salieron de mi boca sentí que había traicionado a mi familia, a mi hermana. Mamá y papá habían sido muy claros: nada de prensa ni de hablar con nadie sobre Sarah.

No sabíamos cómo se había sabido lo de su amnesia, pero mamá sospechaba que se había filtrado del refugio de Florida. No habíamos revelado nada: ni fotografías a pesar de que los periódicos clamaban por ellas. Mamá había contestado llamadas de noticieros, como *48 Hours* y *Dateline*, y de algunas revistas, incluso *People*. Pero las rechazó a todas.

–Quiero darles esperanza a otras personas, a las familias de otros niños desaparecidos. Decirles que sigan creyendo y que quizás también les pasará a ellos. Pero no quiero hacerlo a expensas de la salud mental de mi propia hija –eso es lo que respondía a la mayoría de las llamadas.

–¿Puedo verla? –susurró Tessa mientras se inclinaba hacia adentro, y tuve que negar con la cabeza.

–De acuerdo –me dijo seriamente. Dudó por un momento antes de continuar–. ¿Recuerdas que Liam dará una fiesta mañana por la noche? Me sentiría extraña si no me acompañaras.

–Está bien, deberías ir –le respondí mientras tomaba los libros que traía.

–¿Crees que tus padres te dejarán ir? Mi mamá podría llevarnos.

Miré a su mamá en el auto; solía estar hablando por teléfono, pero no ese día. Nos estaba observando, esperando para ver si Tessa iba a entrar, si yo saldría, o si Sarah aparecería.

–No lo sé, tengo que ver –en realidad sabía que ya tenía planes para el fin de semana. Max vendría a la ciudad, pero no podía contárselo a Tessa.

–De acuerdo… está bien –me miró a los ojos–. Solo avísame. ¿sí?

Tuve una extraña sensación de que me estaba alejando de ella, de que le estaba mintiendo. Solíamos contarnos todo y no me agradaba cómo me sentía guardando secretos a mi mejor amiga, si eso era lo que estaba haciendo.

Luego de la visita de la doctora Levine hablamos sobre las visitas y Sarah decidió a quién quería ver primero. Aceptó que Max viniera el fin de semana, pero estaba nerviosa, no por su amnesia, sino por algo más.

–Me preocupa lo que la gente pueda pensar de cómo me veo ahora –admitió durante la cena el viernes por la noche.

–¿Qué significa eso? –comentó mamá, con una risita. Pero yo sabía lo que Sarah quería decir. Podía ver en las fotografías que estaban por toda la casa cómo solía verse, y ya no lucía así.

–Van a pensar que soy diferente ahora. Fea.

–No eres fea, Sarah –respondió mamá rápidamente–. Eres hermosa y quiero que entiendas eso. Haremos lo que sea necesario para lograr que te sientas mejor; lo haremos, ¿verdad, Nico?

–Sí, por supuesto –asentí. Pero Sarah tenía razón. Max quedaría impactado cuando la viera, mayor, tan delgada y desmejorada. Su brillo, todo lo que caracterizaba a Sarah, se había ido, y no sabía de qué manera podría recuperarlo.

–¿Qué te parece esto? Mañana, antes de que venga Max, iremos a ver a Amanda al salón... peluquería para todas. Y luego al centro comercial; necesitas ropa nueva, zapatos, todo. ¿De acuerdo?

–Me gustaría –respondió Sarah, sonriendo y tomando un bocado de pasta de su plato–. Amo esta pasta.

–Son ñoquis –le dije–. Tus favoritos, pero casi nunca los comías, decías que tenían muchas calorías.

–¡Nico! –mamá me llamó la atención.

–¿Qué? Es cierto, ella solía decir eso.

–Bueno, son muy sustanciosos; tenía razón en eso –comentó papá alejando su plato.

En realidad, lo que Sarah solía decir era que yo no debía comer pasta porque ya estaba demasiado gorda. "Me gustaría que ordenáramos pizza, pero Nico no puede comer", les dijo a sus amigas una noche que estaban de visita. "Mamá tuvo que poner su gordo trasero a dieta, así que ahora todos tenemos que sufrir. Gracias, Nico".

Al mirar a Sarah intenté unir sus antiguas palabras con la persona que tenía sentada enfrente en la mesa. Ella también me miró y tomó otro bocado de su plato; era una versión desteñida de mi hermana. Pero en el fondo parte de mí aún la odiaba, aunque sabía que eso estaba mal. Luego de su desaparición había tratado con todas mis fuerzas de recordar solo las cosas buenas sobre ella, pero me había resultado casi imposible.

Cada año, en su cumpleaños, mamá y papá dejaban rosas blancas en la entrada del Parque MacArthur y me obligaban a ir también. El once de marzo, a pocos días de que empezara la primavera, y casi siempre estaba lloviendo o húmedo. Doce rosas blancas atadas con un lazo amarillo, malgastadas, abandonadas para que se secaran contra el muro de ladrillos de la arcada de entrada. Nunca poníamos un pie dentro del parque, sino que solo permanecíamos fuera de las puertas.

Mamá nos obligaba a decir unas palabras, algo positivo que recordáramos sobre Sarah. El primer año comenté algo acerca de lo buena que era como porrista. Al año siguiente mencioné que siempre mantenía su habitación muy ordenada. Mamá se rio por ese comentario a través de sus lágrimas.

Y, ese año, hacía apenas un mes, fue más fácil decir algo agradable sobre ella mientras el recuerdo de su crueldad iba borrándose. Fui más indulgente; dije que ella siempre quería lo mejor para mí, y era cierto, de alguna manera. Quería que fuera delgada y bonita como ella; quería que me preocupara por mi apariencia, que hiciera ejercicio en lugar de pasar el tiempo leyendo. Que tuviera más amigos, que fuera popular. Todas las cosas que me habían ocurrido después de su desaparición. Sin tener su sombra sobre mí, me convertí en lo que ella deseaba que fuera. Y estaba de regreso. Pero eso no significaba que yo había olvidado todo.

13

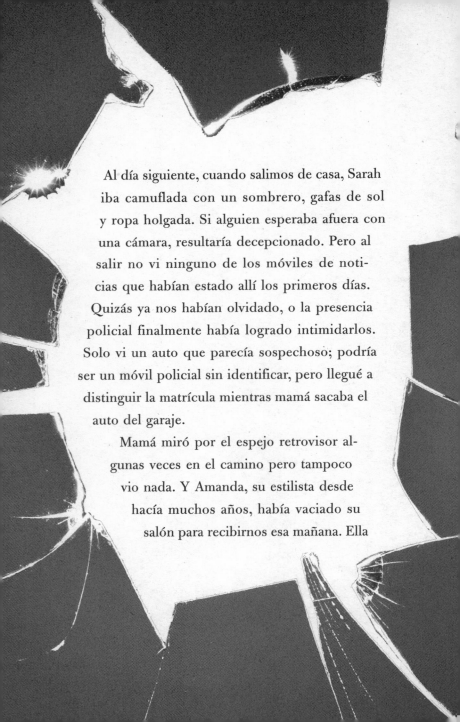

Al día siguiente, cuando salimos de casa, Sarah
iba camuflada con un sombrero, gafas de sol
y ropa holgada. Si alguien esperaba afuera con
una cámara, resultaría decepcionado. Pero al
salir no vi ninguno de los móviles de noticias que habían estado allí los primeros días.
Quizás ya nos habían olvidado, o la presencia
policial finalmente había logrado intimidarlos.
Solo vi un auto que parecía sospechoso; podría
ser un móvil policial sin identificar, pero llegué a
distinguir la matrícula mientras mamá sacaba el
auto del garaje.

Mamá miró por el espejo retrovisor algunas veces en el camino pero tampoco
vio nada. Y Amanda, su estilista desde
hacía muchos años, había vaciado su
salón para recibirnos esa mañana. Ella

ya había atendido a Sarah antes, para un corte de tanto en tanto, o para peinarla cuando tenía un baile escolar.

Al llegar al salón, Amanda, una mujer pequeña de cabello negro y corto, que hablaba con un ligero acento británico, nos recibió con un abrazo a todas, y dejó a Sarah para el final. Pude ver lágrimas en sus ojos mientras la tenía entre sus brazos.

–Siéntate aquí, vamos a ocuparnos primero de ti, nuestra invitada de honor –le dijo a Sarah, mientras la invitaba a sentarse y colocaba una capa sobre su ropa. Mamá y yo nos sentamos, una a cada lado de Sarah, y la asistente de Amanda comenzó a cortar el cabello de mamá. Amanda se ocupó de Sarah, tomando mechones de su cabello lacio.

–Parece que ha sido un poco maltratado –murmuró, pero se interrumpió antes de continuar, mientras sonreía y dividía su cabello con un peine–. Nada que no se pueda arreglar. Este es tu color natural, es como un castaño claro –señaló las raíces–. Le he hecho el color a tu mamá por años y este es exactamente su color natural –agregó en un susurro, inclinada sobre Sarah–. Ahora, ¿qué tan rubio quieres que te quede?

–Bueno, el cabello de Nico es el más bonito de todos. Me encantaría tener su mismo color si es que puedes acercarte a ese tono –respondió Sarah. Me sonrió al decirlo, y sentí cómo el calor subía por mi cuello y me hacía sonrojar por la vergüenza. No recordaba que Sarah me hubiera hecho un cumplido antes. Escucharla decir que mi cabello era bonito me dejó en shock.

–Te va a sorprender lo que puedo hacer, algunos tonos más oscuros, otros más claros –cepilló su cabello cuidadosamente–. Voy a tener que cortarte algunos centímetros para eliminar lo que está dañado, pero más allá de eso se verán como gemelas.

Cuando Amanda comenzó a trabajar, Sarah extendió su brazo para tomar mi mano y nuestras miradas se encontraron en el espejo. Su sonrisa era sincera, relajada, feliz. Al sentir los pequeños huesos de su mano apretando la mía tuve que sonreírle también.

Dos horas más tarde salimos del salón pareciéndonos más a una familia: las tres con el mismo tono de rubio y con cortes y peinados perfectos. El cabello de Sarah era un poco más corto, justo por encima de los hombros, pero el color era increíble. Nos veíamos como gemelas, justo como Amanda había prometido.

–¿Almuerzo en el centro comercial y luego de compras? –sugirió mamá mientras caminábamos hacia el auto. Sarah volvió a ponerse sus gafas de sol y, con su cabello recién aclarado, se veía mejor de lo que se había visto en días.

–Muero de hambre, y creo que estoy de humor para ir de compras. ¿A ti que te parece, Nico? –me preguntó. Quizás, esta fue la frase más larga desde que volvió.

La miré, demasiado sorprendida para responder. ¿Es que en realidad me estaba preguntando cómo me sentía, qué prefería, en lugar de insistir en que hiciéramos lo que ella quería?

–Sí, claro, ¿por qué no? –respondí al entrar al auto. Sarah se sentó a mi lado en el asiento trasero y no junto a mamá.

–Tengo la sensación de que solíamos hacer esto todo el tiempo –comentó mientras se abrochaba el cinturón de seguridad–. Ir de compras juntas, ¿no es así?

Al principio creí que estaba siendo sarcástica, la antigua Sarah, de vuelta con sus indirectas. Pero no hubo risa, no estaba fingiendo. Nunca habíamos ido de compras juntas. Ella siempre iba con sus amigas y yo simplemente no estaba invitada. Bajé la vista para mirar el vaquero holgado y la camiseta vieja que llevaba puestos. Un atuendo que Sarah habría llamado "de gordita". *Nico no va a venir con nosotras, no vamos a la tienda para gorditas. Perdón, quise decir de talles grandes. ¿No es ahí donde compras tu ropa, Nico?*

Sarah se dejó las gafas puestas en el centro comercial, aunque, al parecer, no era necesario que las usara; el lugar estaba lleno de gente y sentí que nadie prestaba atención a dos adolescentes rubias con su madre que comían en el patio de comidas o entraban en locales de ropa. Y, cuando alguien nos miraba dos veces, me recordaba a mí misma que no se habían publicado nuevas fotografías de Sarah desde su regreso y que mamá se veía muy diferente de las viejas fotografías que los medios estaban publicando. Nadie podría reconocerla.

Cuando Sarah desapareció, por algunos meses, no podíamos salir sin que alguien se acercara a nosotros. Solo querían decirnos cuánto lo sentían o que nos habían visto en las noticias. En una ocasión fue un muchacho adolescente que estaba embolsando nuestras compras en una tienda el que se dirigió a mamá.

–Son esa familia de la chica que huyó, ¿verdad? ¿O lo que sea que haya pasado con ella? –el comentario hizo que mamá se quebrara por completo, llorando tan fuerte que el encargado tuvo que acercarse y acompañarnos hasta el auto. Luego de ese día, cada vez que alguien nos reconocía como "la familia de esa chica", podía sentir cómo se elevaba mi nivel de ansiedad. No quería que nadie dijera algo estúpido o sin pensarlo que pudiera herir a mamá o a papá, pero las personas solían ser sensibles y amables. Aun así, el paso del tiempo tenía sus beneficios: la gente olvida, la historia de otra persona reemplaza la tuya en la portada de los periódicos y puedes continuar con tu vida.

Entramos en algunas tiendas, pero Sarah no encontraba nada que le gustara. "Es muy sofisticado", decía al revisar los percheros llenos de prendas sobre las que se habría arrojado años atrás. Finalmente escogió algunos vaqueros y camisetas informales para probarse. Muchas de las prendas eran más apropiadas para una discoteca que para vestir a diario, pero mamá no diría que no a nada. Al ir a los probadores, Sarah entrelazó su brazo con el mío y me arrastró con ella.

–Te espero aquí –le dije, incómoda con el contacto corporal.

–Bueno –me respondió cerrando la puerta–. Solo te mostraré lo que me parezca decente.

Un minuto después salió luciendo una camiseta con un estampado colorido y pantalones ajustados que revelaban lo delgadas que estaban sus piernas. La camiseta no tenía mangas y dejaba al descubierto sus hombros, con los huesos sobresaliendo bajo su piel.

–¿Qué te parece? –me preguntó. Aunque estaba frente a mí podía ver la marca de una quemadura de cigarrillo en su hombro en el espejo que tenía detrás. Sabía que tenía muchas marcas pequeñas en toda la espalda por el reporte que le habían dado a mamá en el refugio, pero nunca había visto una. Ahora, al verla –un punto en el que alguien había presionado un cigarrillo encendido sobre su frágil piel–, me quedé sin aliento.

–¿Qué? –insistió, volteando para verse en el espejo.

–Tienes… puedes ver…

–Uh, qué mal. Es una bonita camiseta de frente –dijo con el ceño fruncido al ver el reflejo de su hombro.

–¿Te duele? –le pregunté sin pensarlo, tocando suavemente la cicatriz. Se sentía suave y lisa, como de plástico.

–Pasó hace mucho tiempo –respondió mientras se quitaba la camiseta y la arrojaba al suelo.

Sus palabras resonaron en mi mente antes de que terminara de pronunciarlas: *Hace mucho tiempo.* ¿Cuánto tiempo? Creía que no podía recordar.

–Quiero decir, debe haber sido hace mucho, ¿verdad? –agregó al ver mi rostro en el espejo y sonrió mientras se probaba otra camiseta.

Pasó hace mucho tiempo. Las palabras seguían en mi cabeza. ¿Sarah recordaba más de lo que nos estaba diciendo?

–Nico, ¿esta te parece demasiado ajustada? –volvió a preguntar. Nuestras miradas se encontraron en el espejo. De pronto, la sonrisa desapareció de su rostro y continuó en un tono más serio–: Vamos, sé honesta. Sabes que puedes ser totalmente sincera conmigo.

Permanecimos así por un momento, sin que ninguna de las dos dijera nada, y se percibía una electricidad entre ambas que no podía comprender. Luego Sarah sonrió, con esa sincera sonrisa a la que no lograba acostumbrarme. La chica de mis recuerdos tenía siempre una mueca de disgusto, a menos que estuviera con sus amigas o con Max.

–Puedes llevarte esto. ¿Por qué no te la pruebas? –agregó, mientras se desabotonaba la camiseta. Y eso fue quizás lo más extraño de todo: su amabilidad. La dulzura con la que me trataba. La forma en la que había tomado mi mano en el salón.

Su corazón abierto, su amor. El sarcasmo y los insultos habían desaparecido. Y ya casi había dejado de esperar que hiciera algún comentario ácido cada vez que abría la boca. Casi.

Miré su reflejo en el espejo: lucía delgada y desmejorada, incluso con su nuevo y costoso corte de cabello. La camiseta rosada hacía que su piel se viera aún más pálida y su cuerpo, más pequeño. Esta chica estaba quebrada, cubierta de cicatrices. Algo horrible le había ocurrido, sin ninguna duda. De algún modo había logrado salir de eso, sobrevivir y convertirse en la persona que era, una persona asombrosa. Pero esa no era mi hermana.

SARAH

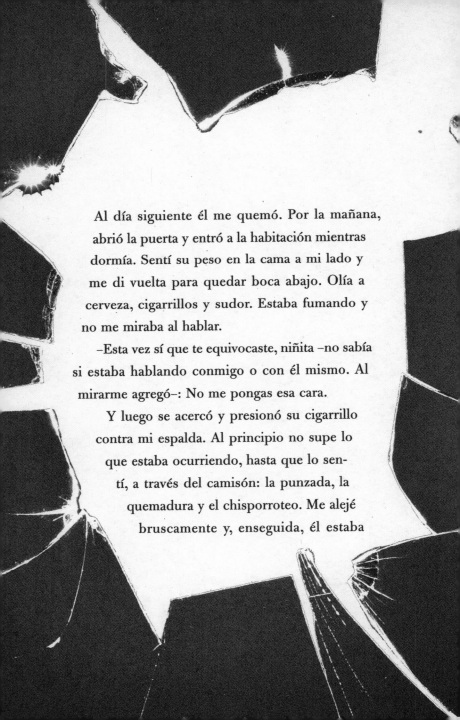

Al día siguiente él me quemó. Por la mañana, abrió la puerta y entró a la habitación mientras dormía. Sentí su peso en la cama a mi lado y me di vuelta para quedar boca abajo. Olía a cerveza, cigarrillos y sudor. Estaba fumando y no me miraba al hablar.

–Esta vez sí que te equivocaste, niñita –no sabía si estaba hablando conmigo o con él mismo. Al mirarme agregó–: No me pongas esa cara.

Y luego se acercó y presionó su cigarrillo contra mi espalda. Al principio no supe lo que estaba ocurriendo, hasta que lo sentí, a través del camisón: la punzada, la quemadura y el chisporroteo. Me alejé bruscamente y, enseguida, él estaba encima de mí, aplastándome contra la cama, con mi rostro hundido en la almohada y su brazo sosteniendo mi cuello. Y luego otra quemadura, y otra. Grité, pero la almohada tapaba mi boca. Ni siquiera podía escuchar mis propios gritos. Me aplastó con más fuerza y no podía respirar. Me quemó una vez más y sentí que me ahogaba por el dolor. Y ya no dolió más porque estaba flotando, como si hubiera una ola debajo de mí, arrastrándome, llevándome lejos.

14

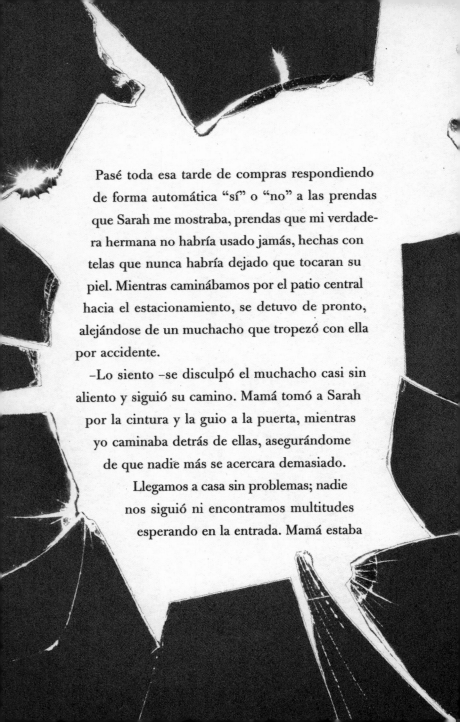

Pasé toda esa tarde de compras respondiendo
de forma automática "sí" o "no" a las prendas
que Sarah me mostraba, prendas que mi verdadera hermana no habría usado jamás, hechas con
telas que nunca habría dejado que tocaran su
piel. Mientras caminábamos por el patio central
hacia el estacionamiento, se detuvo de pronto,
alejándose de un muchacho que tropezó con ella
por accidente.

–Lo siento –se disculpó el muchacho casi sin
aliento y siguió su camino. Mamá tomó a Sarah
por la cintura y la guio a la puerta, mientras
yo caminaba detrás de ellas, asegurándome
de que nadie más se acercara demasiado.

Llegamos a casa sin problemas; nadie
nos siguió ni encontramos multitudes
esperando en la entrada. Mamá estaba

muy aliviada cuando entró el auto en el garaje. Si fuera por ella, Sarah no volvería a salir de la casa jamás. Una vez en la cocina, Sarah echó un vistazo al reloj y su rostro se puso pálido.

–¿Solo me queda una hora antes de que él llegue?

–Te ves fantástica. ¿Qué sucede? –le preguntó mamá.

Sarah miró para arriba al escuchar el comentario, y creí ver un rastro, algo de la antigua Sarah. *No lo entiendes, ninguno de ustedes.* O quizás solo quería verlo, para convencerme.

–Nico, tienes que ayudarme –me dijo mientras corría por las escaleras con sus bolsas de ropa nueva.

La seguí hasta su habitación, donde arrojó las bolsas al suelo, se sentó frente al espejo y sacó su viejo bolso de maquillaje.

–Estas cosas... –comenzó a decir sacudiendo la cabeza, pero se detuvo. Tomó la máscara para pestañas metalizada y la dejó a un lado. Todo lo demás –sombras de ojos, polvos, brillos labiales– lo barrió con la mano al cesto de basura.

Luego tomó una bolsa blanca y comenzó a sacar los productos que mamá había comprado en el centro comercial: una crema para el rostro muy costosa, base, delineador y lápiz labial. Cada producto venía en bonitas cajas que Sarah alineó a un costado sobre el tocador, con los ojos tan abiertos como un niño en Navidad.

–Que comience el show –anunció mientras abría el envase de la crema y se la esparcía cuidadosamente sobre el rostro.

Yo la observaba y pude notar las pequeñas cicatrices que debía haberle dejado el acné–. Quizás esto haga su magia.

Quizás esto haga su magia.

Sarah nunca diría eso.

–Estás a cargo de la música –me indicó mientras señalaba los parlantes que había en la biblioteca. Tomé mi teléfono celular, lo enchufé y busqué una lista de reproducción. *Nico, te vi escuchando esa estúpida banda de chicos. ¿Acaso tienes siete años o algo así? ¿En serio te gusta esa basura?*

–Me gusta –reconoció, moviendo la cabeza al ritmo de la primera canción que elegí. Me senté sobre su cama, inquieta, mientras observaba cómo se aplicaba el delineador como una profesional.

–Estaba pensando en ponerme los pantalones ajustados y la camiseta negra, la que se ata aquí. ¿Podrías sacarlos de las bolsas por mí y cortarles las etiquetas?

Hice lo que me pidió y dejé las prendas sobre la cama, luego me dirigí a la puerta para dejar que se cambiara, pero ella se sacó los pantalones y la camiseta antes de que yo saliera, lo que me permitió ver lo vacío que estaba su sostén, pegado a sus costillas.

–Estás muy callada. ¿Es porque me veo horrible?

–No –le respondí. En verdad se veía bien, casi como la antigua Sarah, aunque con más maquillaje del que solía usar–. Te ves muy bien.

Se sonrió a sí misma en el espejo, como si yo no estuviera ahí, en una perfecta imitación de la Sarah de las fotografías en su cartelera, con la cabeza ligeramente inclinada hacia abajo y los ojos entornados.

–¿Crees que se verá igual? ¿Tan guapo? –preguntó mientras se acercaba a las fotografías y las miraba detenidamente.

Después de su desaparición, Max y yo estuvimos en contacto durante algún tiempo. Con mamá siempre lo defendimos frente a la policía, asegurándonos de que no sospecharan de él, de que supieran que él no podía ser responsable. Max amaba a Sarah, quizás más que yo misma. Aun así, lo interrogaron una y otra vez, revisaron su casa y la cabaña de su familia, y encontraron sobrada evidencia. Su cabello y sus huellas digitales estaban por todos lados. Sí, ella había estado allí, pero no encontraron lo que estaban buscando: signos de lucha, sangre.

Justo cuando parecía que las sospechas sobre él habían desaparecido, dos años atrás un periódico local había publicado un artículo sobre Sarah, donde volvía a analizar su desaparición. Incluía fotografías de Max y Paula, y, por supuesto, las sospechas resurgieron. Mamá pasó mucho tiempo hablando por teléfono con sus padres cuando se publicó el artículo. Al parecer, no importaba cuántas veces nuestra familia había declarado sobre la inocencia de Max o Paula: la gente aún creía que él había tenido algo que ver con la desaparición de Sarah, quizás hasta el momento en que regresó.

—¿Cuándo lo viste por última vez? —me preguntó mientras recorría con los dedos el rostro de la fotografía.

Había encontrado a Max el invierno anterior cuando estuvo en la ciudad, para hacer las compras navideñas. Me sorprendió verlo y nos dimos un abrazo incómodo. Ninguno de los dos mencionó el nombre de Sarah. Y, sí, se veía tan guapo como antes, o tal vez más.

—No fue hace mucho tiempo. Y sí, aún se ve muy bien —admití—. Ha pasado momentos muy malos, ¿sabes?

—¡Ay, Dios! —me interrumpió en cuanto sonó el timbre de la puerta y me tomó de las manos. Cuando llegamos abajo, papá ya le había abierto a Max, así que lo encontramos de pie en la entrada. Alto, moreno y guapo, a lo que se sumaban los hombros anchos de un hombre. Volteó para mirar a Sarah y fue como si el tiempo se hubiera detenido mientras yo observaba su rostro, esperando su reacción. ¿Qué diría? Confiaba en que dijera las palabras que estaban rondando por mi mente: *Esa no es Sarah.*

Pero Max se quedó allí, rígido, con los músculos de su rostro tensos. Parecía que no parpadeaba al mirarla. El aire se sentía cargado de algo: electricidad, fuego, metal, estática.

—Guau. No quería creerlo hasta que te viera, pero ¡guau! —dijo finalmente, con una sonrisa tímida, y se acercó a ella para darle un fuerte abrazo.

Sentí mi propia respiración; no me había dado cuenta de que había estado aguantando el aliento hasta ese momento, rígida, esperando. ¿Qué estaba viendo Max? La miré a ella, con su cabello rubio, su sonrisa y su ropa. Era Sarah, claro que era Sarah. Pensé en cómo me había sentido en el centro comercial, mirándola, distante, al igual que si fuera una extraña. Manteniéndome apartada de ella. ¿Qué me pasaba?

–¡No pesas nada! –exclamó sin darse cuenta. Y luego, en la puerta, vi a alguien más, de cabello rubio oscuro corto y abrigo negro. Paula.

–Paula –la saludó mamá al verla, apartando la vista de Max y Sarah por un momento–. No te esperábamos… qué bonita sorpresa.

No estaba segura de si alguien más habría notado, por su tono de voz, que no estaba para nada feliz. Nos sentamos todos en el comedor diario, mirando extrañados a Sarah entre la conversación y los bocadillos que mamá había servido. Mis padres preguntaron por la universidad y Max y Paula les contaron sobre lo que estaban estudiando.

–Vamos a ayudar a Sarah a dar sus exámenes cuando termine de instalarse; quizás se les una en poco tiempo –les comentó mamá. Era imposible leer en el rostro de Sarah su reacción ante la noticia.

–¿Nos ves muy diferentes? –le preguntó Paula mientras se acercaba a Max y lo rodeaba con su brazo.

–Bueno, Max ahora tiene barba –admitió Sarah con una sonrisita, y todos se rieron, a excepción de Paula.

–No tiene barba; es solo que no se ha afeitado por algunos días –la corrigió, mirando a Max. Pude sentir el afecto que había entre ellos. La desaparición de Sarah los había unido al principio, pero ahora daba la impresión de que estaban realmente enamorados; o al menos Paula. Max nunca apartó la vista de Sarah.

Y ella parecía pálida al verlos juntos. No le habíamos contado que Max y Paula habían estado saliendo los últimos años. Mamá pensó que sería mejor dejar que él se lo dijera, pero ya era demasiado tarde.

–Bueno, tú sí que te ves diferente –comentó Paula, y se corrigió ante la mirada de mamá–. Te ves bien, mayor, quiero decir, como todos nosotros, ¿verdad? –Max bajó la vista a sus zapatos y se frotó las manos. Y Paula continuó hablando, nerviosa, como si intentara cubrir lo que acababa de decir con más palabras–. Yo me corté el cabello. ¿Recuerdas? Solía tenerlo tan largo como el tuyo, Nico.

Sus últimas palabras quedaron en el aire, como si nadie supiera cómo empezar una conversación que tuviera sentido. Escuché el zumbido en mis oídos cuando mi corazón comenzó a latir acelerado. Cerré los ojos por un segundo y me pedí a mí misma estar calmada. "Nada de esto será fácil", nos había dicho la consejera. Y estaba en lo cierto.

Miré a Sarah: su boca formaba una delgada línea y parte de mí quería sentirse feliz al ver que por una vez no se salía con la suya. Por tener a Paula sentada junto a Max, demostrando que era suyo. Pero esa no era Sarah, aunque se viera como ella, no era la misma Sarah de antes; esa chica no merecía que sus amigos la lastimaran. En mi mente apareció la imagen de esa pequeña cicatriz redonda en su espalda.

Mamá puso fin a la tensión preguntando si alguien quería alguna bebida.

–Me gustaría una cerveza, si tienen –respondió Max. Pensé que bromeaba al principio, pero luego recordé que ya tenía más de veinte años.

–Voy a fijarme. Nico, ¿te molestaría ayudarme? –me pidió con una mirada que decía que no era realmente una pregunta. En cuanto entramos a la cocina mamá abrió la heladera, enfadada.

–¿Quién se piensa que es esa chica para venir aquí? Se suponía que esto era para Sarah y Max –revisó entre las botellas y encontró una de las cervezas de papá.

–Mamá, son una pareja. Han estado juntos por años.

–Aun así, ¿no podía dejar que Sarah tuviera una hora sola con él? ¿Una hora? ¿Es mucho pedir?

–Estoy segura de que estaban tan emocionados por verla que no pensaron en eso. Los tres eran amigos, ¿recuerdas? –le dije, pero en mi cabeza seguía viendo a Paula mirar a Max con esa sonrisa soberbia en su rostro. No tenía por qué hacer eso.

–Tienes razón –reconoció mamá con un suspiro–. Solo estoy pensando en Sarah, quisiera que todo pudiera ser como antes. Pero eso no va a pasar, ¿cierto?

Negué con la cabeza y tomé la bandeja que mamá había preparado. Lo que había ocurrido en el centro comercial aún me atormentaba. *Pasó hace mucho tiempo.*

–¿No crees que es extraño que Sarah sea tan… –no pude encontrar la palabra– que sea tan diferente?

–¿Diferente? –preguntó mamá, inclinando la cabeza. ¿Era posible que ella no hubiera notado las cosas que yo estaba viendo?

–Por la ropa que eligió y, bueno… –pensé en todo lo demás: el cabello más oscuro, los zapatos muy pequeños. Cuando lo consideraba, todo podía explicarse fácilmente: los zapatos eran de mamá, o sus pies habían crecido; alguien podría haber teñido su cabello de un rubio más oscuro, tratando de que se viera diferente. Esas pequeñas cosas no eran tan extrañas comparadas con la forma en la que se comportaba: amable, cariñosa, como una verdadera hermana. Y cómo me sentía hacia ella: protectora, defensiva.

–A todos nos gustaría tener a la antigua Sarah de vuelta, que todo fuera como antes, pero esta es la Sarah que tenemos –respondió mamá mientras agregaba hielo en los vasos que había en la bandeja–, y estoy feliz, así que no quiero comparar las cosas con cómo eran antes. Sí, ella es diferente. Mayor para empezar, y no sabemos por lo que ha pasado. Pero está de vuelta, está con nosotros, está a salvo, y eso es lo que importa.

Se detuvo por un momento; dejó de hablar y de moverse. Puso los brazos en jarra y respiró profundo. La vi cambiar su expresión tensa por un rostro más agradable, con una sonrisa fingida en lugar de los labios apretados.

Me miró a los ojos y lo supe. Por supuesto que había notado las diferencias, todas las pequeñas cosas que no encajaban. Pero Sarah estaba de regreso, y el hueco en nuestra familia estaba lleno. Y eso era todo lo que importaba.

15

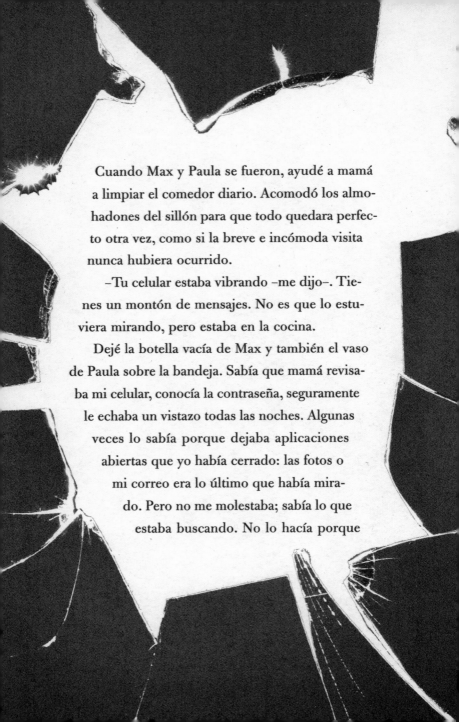

Cuando Max y Paula se fueron, ayudé a mamá a limpiar el comedor diario. Acomodó los almohadones del sillón para que todo quedara perfecto otra vez, como si la breve e incómoda visita nunca hubiera ocurrido.

–Tu celular estaba vibrando –me dijo–. Tienes un montón de mensajes. No es que lo estuviera mirando, pero estaba en la cocina.

Dejé la botella vacía de Max y también el vaso de Paula sobre la bandeja. Sabía que mamá revisaba mi celular, conocía la contraseña, seguramente le echaba un vistazo todas las noches. Algunas veces lo sabía porque dejaba aplicaciones abiertas que yo había cerrado: las fotos o mi correo era lo último que había mirado. Pero no me molestaba; sabía lo que estaba buscando. No lo hacía porque desconfiara de mí o porque temiera que desapareciera como Sarah. No sospechaba que tuviera un novio en secreto o que consumiera drogas. Ella y papá estaban preocupados por otra cosa, en sentido opuesto: que yo no estuviera llevando una vida adolescente normal. Que no tuviera amigos. Que no saliera o no me invitaran a ningún programa. A ambos les preocupaba, en mayor parte a mamá, que la desaparición de Sarah hubiera arruinado mis posibilidades de ser una chica adolescente como las demás. Y, a pesar de que mamá siempre me recordaba que lo que había ocurrido con Sarah no era nuestra culpa, sabía que se culpaba a sí misma por la forma en que lo había manejado y por cuánto de mi vida se había perdido por esa situación.

Llevé la bandeja a la cocina, busqué mi teléfono celular y miré los mensajes de Tessa. Mamá apareció detrás de mí y comenzó a colocar los platos en la lavadora. Era claro que moría por preguntarme de quién eran los mensajes.

–Es solo Tessa, por una fiesta esta noche… –le conté para acabar con el suspenso.

–Ah, ¿una fiesta? ¿En la casa de Tessa? –me preguntó, animada.

–Es en la casa de Liam. Es su cumpleaños –le respondí, encogiendo los hombros y apoyándome contra la mesada. No iba a muchas fiestas. Solo había tenido unas pocas, en su mayoría cumpleaños donde ella se quedaba para ayudar.

Incluso, solo el año anterior me había permitido ir a la casa de alguien sin que me acompañaran, y había sido un gran suceso. Ella o papá tenían que llevarme y recogerme, y hablar con los padres para asegurarse de que un adulto estaría allí todo el tiempo.

–Es esta noche, me resultaría extraño ir.

–¿Por qué? –me preguntó mientras cerraba la lavadora y volteaba para mirarme–. ¿Por Sarah?

–¿Qué se supone que voy a decirles a todos? Es raro –le respondí, bajando la vista, y mamá asintió.

–Lo entiendo. Pero apuesto a que después de cinco minutos de preguntas, todos lo van a olvidar y van a cambiar de tema. Deberías ir, cariño –sugirió, con una sonrisa–. El lunes estarás de vuelta en la escuela de todas formas; podría ser bueno verlos a todos de una vez y terminar con el tema, ¿no crees? Además, acaban de arreglar tu cabello y se ve muy bien. ¿No quieres mostrarlo?

No podía creer que mamá me estuviera animando a ir a una fiesta, casi obligándome. Su repentina desesperación por que tuviéramos una vida normal, no solo yo, sino todos nosotros, me hacía sentir algo de lástima por ella. Si iba a la fiesta, lo haría para complacerla, no porque quisiera.

–¿Y qué hay de Sarah?

–No tengo dudas de que está exhausta, física y emocionalmente. Pasó por muchas cosas hoy –respondió mientras sacaba una lasaña del congelador y precalentaba el horno–. Vamos, dile a Tessa que puedes ir. En verdad, Nico, creo que deberías ir.

Mientras subía las escaleras con mi celular en la mano, me di cuenta de que quizás quería que fuera a la fiesta por otra razón, para tener un tiempo a solas con Sarah. No lo había pensado. Desde su regreso habíamos hecho todo juntas. Incluso cuando papá no estaba en casa, yo sí estaba.

Al pasar por la puerta de la habitación de Sarah, noté que la luz estaba apagada, aunque ya estaba oscureciendo afuera. Tal vez estaba dormida. Me quedé en la puerta un momento, prestando atención, pero no escuché nada.

Una vez en mi habitación, encendí todas las luces y conecté el celular a los parlantes para escuchar una nueva canción que Tessa me había recomendado. Luego vacié las bolsas de compras sobre la cama y miré lo que me había comprado. Nada muy especial; unos vaqueros grises ajustados que fueron calificados por Sarah de "increíbles" y una camiseta blanca holgada.

"Puedes usarla con un sostén debajo, mostrando los breteles", me había dicho. No era exactamente mi estilo.

Me puse la camiseta nueva y dejé caer el cuello sobre un hombro, para que se viera un bretel de mi sostén rosado. Sarah tenía razón; quedaba bien. También me puse el pantalón con un cinturón plateado. Solo tenía un collar largo, un regalo de Tessa para mi último cumpleaños. Era una cadena plateada con un dije blanco en forma de alas de ángel. Me lo pasé por la cabeza y lo dejé caer sobre la camiseta. Luego tomé mi celular y le envié un mensaje a Tessa: *¿Cuándo me puedes recoger?*

Cené con mamá y papá. Comimos la lasaña con una ensalada que mamá había improvisado. La habitación de Sarah seguía oscura y mamá dijo que no la molestáramos, que la dejáramos dormir si quería.

–Creo que debe haber sido duro para ella ver a esos dos juntos –comentó, mientras tomaba su segunda copa de vino.

–Tal vez necesita nuevos amigos –sugirió papá.

–Sí, eso creo –coincidió mamá–. Paula… esa chica tiene problemas, serios problemas con Sarah aún. Es muy inmadura. Quiero decir, teniendo en cuenta que…

Jugué con la comida en mi plato, evitando sumar críticas contra Paula. Ellos no comprendían en verdad lo que ella había sufrido por Sarah. Cómo la había tratado. Su complicada relación. Lo extraño que debía haber sido para ella estar de vuelta. Yo podía decirlo. No quería justificar el comportamiento de Paula, pero podía explicarlo.

–Como si no hubiera pasado el tiempo y Sarah no hubiera estado en un infierno. ¿Lo pueden imaginar, proponerle que vayan a correr juntas mañana? Tendrían que haber visto la expresión de Sarah.

Era gracioso pensar que esa versión delgada y anémica de Sarah se levantaría al día siguiente con ganas de salir a correr con Paula como lo hacían antes. Por un momento creí que Sarah se echaría a reír al escuchar la propuesta de Paula, pero pareció considerarlo cuidadosamente, y respondió con timidez: *Voy a pensarlo*.

Desde la calle escuchamos la bocina de un auto que nos sorprendió a todos.

—Es Tessa. No voy a volver muy tarde ni nada por el estilo —recogí mi bolso y mi suéter y fui hacia la puerta. Los dos me miraron, con sonrisas frágiles y ojos ansiosos.

—Solo diviértete, niñita —me dijo papá, y sonó como el padre de una comedia.

—Llámanos si necesitas que te recojamos o por cualquier otra cosa, ¿ok? —agregó mamá. Me dio la impresión de que se levantaría para acompañarme hasta el auto y darme un beso en la mejilla, pero permaneció sentada en su lugar.

—Ok, adiós —intenté sonar relajada mientras cerraba la puerta. Sentí sus miradas vigilándome al entrar a la parte trasera del auto de Tessa. En el interior la música sonaba fuerte, la calefacción estaba encendida y todo el auto olía como el labial de sabor frutal de Tessa.

—¡Estoy *tan* contenta de que hayas venido! ¡Vamos a pasarlo súper! —Tessa me dio un fuerte abrazo. Su mamá bajó el volumen de la música y dio marcha atrás para salir.

–¿Cómo van las cosas, Nico? Hemos estado pensando en ti. Tessa nos contó que no fuiste a la escuela en toda la semana.

–Ha sido un poco extraño, pero estamos bien. Felices de tener a Sarah en casa –respiré profundo y pronuncié las palabras que había estado formulando en mi mente.

–Sin duda –los ojos de la mamá de Tessa buscaron los míos en el espejo retrovisor–. ¿Cómo está ella?

–Está bien, realmente muy bien. Aún se está adaptando, pero está muy bien –respondí luego de una pausa. Me preguntaba cómo responder a esa pregunta. *Ella está distinta.*

–¡Mamá! Te dije que Nico no puede hablar de eso. ¿Puedes subirle el volumen a esta canción? –interrumpió Tessa. Miró hacia arriba y murmuró las palabras *lo siento.*

–Está bien –dije. Miré por la ventanilla del auto las luces de todas las casas por las que pasábamos, y el brillo de las pantallas de los televisores. Deseaba estar sentada en la sala de mi casa, con mis padres, mirando una película como solíamos hacer los sábados por la noche. Solo nosotros tres. Y me preguntaba si estarían haciendo eso con Sarah en ese momento.

–… eso podría ser bueno o malo, porque sabes que siempre pensé que a Alex le gustaba Kelly y actuaba como si no le gustara porque ella estaba con Liam, pero supongo que esta noche lo descubriremos, ¿eh? –Tessa estaba hablando pero apenas lograba seguirle el ritmo.

–Espera, ¿cuándo rompieron Liam y Kelly?

–La semana que faltaste a la escuela. Iba a llamarte pero… te estaban pasando cosas más importantes –me respondió Tessa. Justo cuando su mamá estacionó frente a la casa de Liam, estaba poniéndose más brillo labial. Parecía que las luces brillaban en cada ventana de la casa y ya se podía escuchar débilmente el sonido de los parlantes que se filtraba por la puerta principal.

–Ya conoces las reglas –advirtió la mamá de Tessa antes de desbloquear las puertas–. Envíame un mensaje cuando estén listas para que las venga a recoger.

–Nos portaremos bien, lo prometo. ¡Te quiero, mamá! –gritó Tessa mientras bajábamos del auto y caminábamos hacia la entrada.

–Estás como diez centímetros más alta –tuve que reconocer. Tessa, que era pequeña, de pronto estaba altísima, casi de mi altura.

–Botas nuevas –me respondió mientras señalaba sus nuevas plataformas–. ¡Me matan! No sabes lo afortunada que eres de ser alta.

–Tess, ¿tus pies siguen creciendo o aún tienes el mismo talle? –le pregunté al llegar a la entrada.

–¿Qué? –puso una cara rara–. Soy talle seis, lo he sido por años. ¿Por qué? ¿Los zapatos hacen que mis pies parezcan grandes?

Negué con la cabeza.

–No, dime la verdad, Nico. ¿Crees que parecen más grandes? Debes decírmelo porque casi no los he usado y aún puedo devolverlos…

–Están bien –no pude confesarle la verdadera razón por la que preguntaba–. En serio.

Me miró con desconfianza mientras entrábamos al recibidor de la casa, desde donde vimos un grupo de chicos de la escuela en el comedor diario. Nunca había estado en la casa de Liam y me sorprendió ver lo grande que era. Sabía que era hijo único y que vivía con su papá. ¿Qué harían los dos solos en ese lugar?

–Señoritas –Miles, el mejor amigo de Liam, se acercó y nos rodeó a cada una con un brazo. Luego se dirigió a mí–: Qué sorpresa verte aquí.

–Déjala en paz –le ordenó Tessa mientras se liberaba de su brazo.

–No por todo el asunto de "la hermana secuestrada que regresó", sino porque nunca vas a fiestas –aclaró Max.

–Guau –Idina pasó y tomó mis dos manos entre las suyas. Luego me acercó a ella para darme un abrazo incómodo–. ¿Cómo estás? Te llamé hace unos días pero nadie contestó, y me parece muy bien, pero, ¡por Dios; Nico!

–Sí, lo sé. Lamento no haberte llamado… es que ha sido… –sacudí la cabeza al sentir que se me llenaban los ojos de lágrimas. *No lo hagas. No llores, bebé estúpido, siempre lloras por todo.*

—Es una locura; todos han estado hablando de ti, pero ¿estás bien, cierto? ¿Y tu hermana?

—En verdad, todo está muy bien. En serio, excelente —respondí luego de respirar profundo y esforzarme por mantener la calma. Traté de convencerme de que lo que decía era cierto. Era cierto.

—Claro que ella está fantástica, su hermana ha vuelto. No puede hablar sobre el tema por la investigación en curso —explicó Tessa mirándome. Era evidente que disfrutaba ser mi vocera oficial y a mí me alegraba que tuviera esa tarea. Enroscó sus rulos con los dedos y cambió de tema—. Dios, ¿hay algo para beber en este lugar?

Como si hubiera presionado un interruptor, Miles bajó su brazo de mi hombro y se llevó un dedo a los labios.

—Shhh, shhh, vengan conmigo, bellezas —susurró, y nos guio a través de una arcada, por unas escaleras hacia abajo, hasta una elegante sala con sofás de cuero, un enorme televisor de pantalla plana y mesa de pool. Sacó un par de cervezas para nosotras de un refrigerador que estaba bajo la barra—. El padre de Liam está arriba con su novia, pero son buena onda. Solo eviten apoyar las bebidas frías sobre la mesa de pool porque dejan marca.

—Para la chica que más la necesita —agregó mientras me daba la cerveza que acababa de abrir. Sonrió y les ofreció una a Tessa e Idina también. Tomé un trago y dejé que las burbujas bajaran por mi garganta. No me encantaba el sabor de la cerveza, pero esa tenía algo que resultaba agradable: me gustaba sostenerla, la forma de la botella y estar en la casa de Liam con mis amigos. Me sentí normal, por primera vez en mucho tiempo.

Un momento después estábamos sentados en un sofá de cuero conversando con Miles y otros chicos de la escuela. Algunos preguntaron sobre Sarah al principio, o dijeron cosas como "¡Todo esto es una locura!", pero luego, tal como mamá había predicho, la conversación tomó otro rumbo: quién quería conquistar a Kelly o el ataque de locura de Idina cuando obtuvo sesenta sobre cien en un examen de Química.

Recorrí la habitación buscando al hermano menor de Max, Gabe; verlo sería lo más extraño que podría pasar esa noche, pero al parecer no había venido, y me alegraba por eso. La cerveza hizo que los músculos de mi cuello se relajaran y que me sintiera cálida, segura.

Al levantarme para ir al baño, me sorprendió sentir las piernas débiles y flojas, como si hubiera jugado al tenis durante horas. Nunca antes había tomado una cerveza entera y esta tenía un sabor fuerte. Con la luz baja del baño puede ver que mis mejillas estaban rosadas y que tenía los ojos vidriosos. Y nadie había notado mi corte de cabello, ni siquiera Tessa.

Fui a lavarme las manos y el agua salió demasiado caliente, casi hirviendo. En ese momento traté de recordar todo lo que había dicho. ¿Había dado las respuestas correctas? ¿Estaba actuando como se suponía que debía hacerlo? Todos habían reaccionado bien cuando les conté sobre Sarah, pero ya no estaba tan segura. Mi mente estaba borrosa, errática, como cuando mamá me dio sus píldoras para dormir luego de la desaparición de Sarah, y no podía confiar en mi propia memoria. Alguien golpeó a la puerta y me miré al espejo una vez más antes de responder.

–Ya salgo –al hacerlo, choqué contra el pecho de un chico que esperaba justo al lado de la puerta. Murmuré una disculpa sin siquiera levantar la vista. Él me tomó del brazo, y giré molesta, alarmada, hasta que vi quién era: Daniel, un chico del último año que trabajaba con nosotras en el periódico escolar y en el anuario. Era alto y guapo, y realmente nunca me había hablado en los dos años que habíamos estado juntos en el periódico.

–Nico –dijo, mirándome con una sonrisa, y noté que tenía un hoyuelo en la mejilla–. No sabía que eras amiga de Liam.

–No lo soy, en realidad, quiero decir… –titubeé mientras pensaba qué responder, y soné como una idiota–. Mi amiga Tessa es su amiga. Y supongo que yo también.

–Escuché sobre tu hermana. No tenía idea, nunca hablaste de eso –al parecer no había prestado atención a mi torpe respuesta–. Es una locura.

Simplemente asentí con la cabeza, evitando reconocer que nunca había hablado sobre eso porque nunca había hablado con él antes. Daniel había asistido a otra escuela primaria y sin duda no me relacionaba con Sarah en el momento en que ambos estuvimos en la secundaria. Intenté pensar una buena respuesta, algo inteligente y relajado, pero de pronto fui sorprendida por alguien que me empujó de atrás para entrar al baño, un chico que iba cubriéndose la boca con la mano. Cerró la puerta de un golpe y escuchamos las arcadas desde afuera.

—Eso no suena nada bien —bromeó Daniel, que llevó su mano a mi cintura y me guio lejos de la puerta. Se apoyó contra una pared y tomó un trago de su cerveza—. Entonces, ¿cómo está ella, tu hermana? ¿Está bien?

—Sí, está bien, lo está llevando bien —parecía todo tan natural que casi respondo sin pensarlo. Había intentado dar la misma respuesta toda la noche, pero había algo en la forma en que Daniel me miraba que hacía que deseara contarle más, revelarle algo. Impresionarlo.

Se inclinó, más cerca de mi rostro, como para escucharme mejor, y pude ver la incipiente barba en sus mejillas. Luego tomó mi collar, tocó las alas delicadamente con sus dedos y jugó con ellas.

—¿Qué fue lo que pasó con ella? —preguntó, y pude sentir su aliento en mi rostro.

—No lo sé. Es decir, no sabemos qué le pasó todavía… —le respondí, un poco mareada. Quería que se acercara más, mantenerlo interesado. Miré hacia el sofá y descubrí que Tessa me observaba con las cejas levantadas como en un gesto de pregunta.

–Escucha, solo quería decirte que si necesitas hablar con alguien, en cualquier momento, puedes contar conmigo –sugirió. Luego tomó otro trago y llevó su mano a mi cintura. Lo miré a los ojos, que eran de color chocolate–. Y, si algún día quieres faltar a una reunión del anuario, no te preocupes, yo te cubro, ¿ok?

–Gracias, yo… –respiré profundo y de pronto apareció Miles frente a nosotros con otra cerveza para mí. Le dije que estaba bien, con la intención de que nos dejara solos, pero él me tomó la mano y presionó la botella contra la palma.

–Bebe y sé feliz –me ordenó mientras trataba de hacer una reverencia que casi lo hizo caer al suelo–. Esta chica ha tenido una semana difícil.

Daniel solo asintió con la cabeza, como si quisiera que se fuera. Miles entendió el mensaje y volvió con las chicas al sofá.

–Salud –me dijo, brindando con mi botella de cerveza. Llevé la botella fría a mis labios y bebí un largo trago. Me habría gustado tomarla toda, sentir esa sensación más intensa, en ese lugar donde era fácil olvidar. Pero no quería decir, o hacer, nada incorrecto. No esa noche, ni en ese lugar. Cuando bajé la botella, Daniel estaba analizando mi rostro.

–Nico, Nico, Nico –repitió, moviendo la cabeza, con una sonrisita.

No tenía idea de qué quería decir ni de qué responder, así que simplemente me quedé de pie y me sentí estúpida. No acostumbraba coquetear y no sabía cómo comenzar en ese momento. El único chico que había mostrado algún interés en mí antes era Gabe, el hermano menor de Max, y nunca le haría caso. Nunca.

Daniel se apoyó contra la pared como si estuviera poniéndose cómodo. Estaba a punto de decir algo más cuando escuchamos una voz desde el otro lado de la habitación.

–Ey, D, ¿juegas o qué? –volteé y vi a uno de los compañeros de Daniel que sostenía un taco de pool en alto.

–Deja de hablar con esa niñita –gritó otra voz, y todos los muchachos se rieron mientras arreglaban la mesa para otro juego. El calor de mis mejillas bajó por mi cuello y mi pecho haciendo que me sonrojara por la vergüenza.

–Sí, voy a jugar –gritó Daniel sin apartar sus ojos de los míos–. Nos vemos en la escuela, Nico, ¿ok?

–Sí, ok, genial –respondí, muy animada, mientras se alejaba de mí. Me gustaba como sonaba mi nombre en sus labios. Mis palabras quedaron suspendidas en el aire entre los dos, repitiéndose en mi mente y sonando cada vez peor. *Sí, ok, genial.* Uf.

–Daniel Simpson: muy sexy –murmuró Tessa en cuanto me acomodé en el sofá junto a ella. Apuntó con la cabeza hacia la mesa de pool, donde Daniel daba vueltas sosteniendo el taco casi al ras de la felpa verde como si supiera perfectamente lo que hacía–. ¿Qué quería?

–Nada, solo preguntar sobre Sarah –respondí, y tomé otro trago de cerveza aunque sabía que no debía. Me forcé a no beber más, a sostener la botella solo para que nadie intentara darme otra cerveza. Contrólate. *Nico, Nico, Nico.*

Traté de unirme a la conversación que se desarrollaba a mi alrededor, pero no podía dejar de repetir las palabras de Daniel. Mis ojos volvían una y otra vez a la mesa de pool para mirarlo, aunque su turno hubiera terminado y estuviera bromeando con sus amigos, todos altos y mayores, del último año, como él. Sentí mi celular vibrando en el bolsillo y lo saqué rápidamente. Por alguna tonta razón pensé que podía ser Daniel. Pero era un mensaje de mamá: *¿Te estás divirtiendo?*, seguido de un emoji sonriente. La imaginé con papá, los dos sentados, preocupados, esperando saber si yo estaba bien. De pronto, el malestar me volvió a invadir y sentí que flotaba fuera de la habitación; el ruido a mi alrededor se transformó en un zumbido difuso. Tessa e Idina seguían hablando, riéndose. Sus voces penetraban en mi cabeza como un cuchillo caliente. Cerré los ojos, pero vi a Sarah y la cicatriz circular en su espalda. ¿Quién le había hecho eso? ¿Por qué?

Le dije a Tessa que estaba lista para irme.

–Ahora son como las diez, ¿en serio? –protestó. Idina había cruzado la habitación para mostrarles algo en su teléfono celular a otros chicos de la escuela. Vi a Tessa mirándola con envidia–. Acabamos de llegar.

–Estoy muy cansada. A mis padres no les molestará recogerme, tú te puedes quedar –le respondí. En parte quería que mamá viniera para que tuviera algo que hacer, para que pudiera sentir que me estaba salvando.

–No seas tonta; por supuesto que me voy contigo –buscó su celular y le envió un mensaje a su madre–. Estará aquí en quince minutos; vamos a ver quién está arriba, rápido.

Me arrastró con ella mientras saludaba con una mano a nuestros amigos. Miré atrás desde las escaleras pero no pude encontrar la mirada de Daniel antes de que estuviéramos fuera de la vista. *Nos vemos en la escuela.* ¿No era eso lo que había dicho?

Arrojé mi botella de cerveza a la basura mientras subíamos por las escaleras y al pasar por la cocina me encontré con el padre de Liam. Estaba excesivamente bronceado para la época del año y muy en forma para ser un padre. Luego me presentó a su novia, que no parecía mucho mayor que nosotras.

–Ella está en la escuela de leyes ahora –nos contó con orgullo acariciando su cintura. Al verlos sentí el peso de la mano de Daniel en mi espalda, y cómo se sentía eso: ser elegida por alguien. Ambos estaban tomando vino tinto y al parecer no les preocupaba demasiado lo que hacía ninguno de los amigos de Liam. Me alegró que no descubrieran quién era yo, que no reconocieran que era "la hermana de esa chica", que no hubiera preguntas.

–¿Dónde has estado? ¿Recién llegas? –preguntó Liam cuando finalmente lo encontramos, luego de abrazar a Tessa y hacer que sus pies quedaran colgando.

–Nos estamos yendo –respondió con una risita cuando él la dejó en el suelo.

–Ey –me dijo, dándome una palmada en la espalda como si fuera uno de sus amigos–. ¿Cómo has estado?

–Bien –comencé a decir, hasta que me di cuenta de que no le importaba en absoluto, de que ni siquiera estaba mirándome. Parecía demasiado ebrio.

–¡No te vayas! –le pidió a Tessa, tomando su mano mientras caminábamos hacia la puerta. Tessa se ruborizó, pero era claro que le encantaba.

–Mi mamá ya está aquí. Lamento que no podamos quedarnos.

Liam hizo una mueca de tristeza. Su flequillo rubio le caía sobre la frente. Era realmente adorable, pensé, mientras nos veía subir al auto desde la entrada.

–¿Quién era ese? –preguntó la madre de Tessa.

–¡Ese es Liam! ¡Ay, por Dios, mamá! –exclamó ella.

–Ah, así que ese es Liam –murmuró–. Es lindo.

Todo el camino a casa lo único que Tessa quería saber era si había estado bien, pasando el rato y siendo genial con su mejor amiga, esforzándose por estar con Liam cuando él por fin le prestó atención.

–No quiero arriesgar nada, pero creo que realmente quería que te quedaras –le aseguré.

–¿De veras? Parece que ya terminó para siempre con Kelly. Pero igual tendría que esperar una semana al menos –sugirió. Cuando llegamos a mi casa, aún no eran las once.

–Gracias por recogerme y por todo lo demás –me acerqué a Tessa para abrazarla.

–Estoy feliz de que estés de vuelta. ¡Te extrañé! Llámame mañana, ¿ok?

–Tessa, ¿podrías dejarla en paz? –bromeó su madre.

Me reí, le agradecí a la madre de Tessa por llevarme y entré a casa. Mamá y papá estaban en la sala. Pude escuchar el televisor encendido.

–¿En casa temprano? –preguntó mamá. Se puso sus gafas para leer a modo de vincha y cerró el libro que estaba leyendo. Papá estaba mirando un programa deportivo.

–¿Dónde está Sarah? –me apresuré a preguntar.

–Bajó a comer algo y luego volvió a la cama. Se veía bien –respondió mamá–. ¿Te divertiste?

–Claro, estuvo bien –dije mientras me apoyaba contra la puerta. No quería sentarme con ellos y dejar que me observaran de cerca, aunque ya me sentía bastante normal porque el efecto de la cerveza casi había desaparecido. Recordé el rostro de Daniel, tan cerca del mío–. Tenías razón, todos fueron muy agradables con respecto a… todo.

Mamá sonrió.

–Me voy a la cama –anuncié cuando los ojos de papá volvieron a enfocarse en la pantalla. Mientras subía las escaleras pensé en el viaje de vuelta a casa. Tessa y su mamá nunca mencionaron a Sarah otra vez; ya habían cambiado de tema: Liam, la fiesta. Y mamá y papá, ¿la habrían mencionado si yo no lo hubiera hecho? Me quedé parada en el corredor, frente a su puerta silenciosa, pensando en ella. La habitación ya no estaba vacía. Sarah estaba allí. Mi hermana.

Yo había salido, a una fiesta, como cualquier chica de quince años. Había estado en la enorme casa de Liam, había visto cómo vivía con su padre y la "novia". Eso era normal para ellos. Esto era normal para nosotros. Quizás estábamos comenzando a ser otra familia común otra vez, quizás una vida normal ya no era algo tan lejano para nosotros.

16

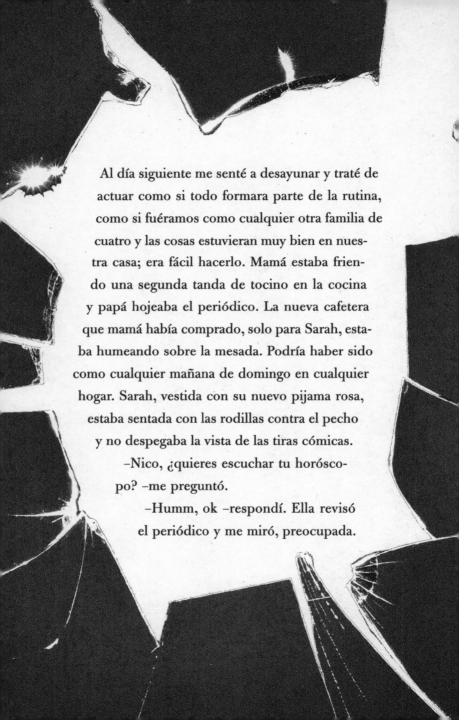

Al día siguiente me senté a desayunar y traté de
actuar como si todo formara parte de la rutina,
como si fuéramos como cualquier otra familia de
cuatro y las cosas estuvieran muy bien en nuestra casa; era fácil hacerlo. Mamá estaba frien-
do una segunda tanda de tocino en la cocina
y papá hojeaba el periódico. La nueva cafetera
que mamá había comprado, solo para Sarah, estaba humeando sobre la mesada. Podría haber sido
como cualquier mañana de domingo en cualquier
hogar. Sarah, vestida con su nuevo pijama rosa,
estaba sentada con las rodillas contra el pecho
y no despegaba la vista de las tiras cómicas.

—Nico, ¿quieres escuchar tu horósco-
po? —me preguntó.

—Humm, ok —respondí. Ella revisó
el periódico y me miró, preocupada.

–No me acuerdo de tu cumpleaños, tu signo.

En ese momento un recuerdo apareció en mi mente: Sarah arrojando al suelo las pequeñas figuras de cerámica de mi escritorio, haciendo que el gatito, y que todos sus bigotes, tan difíciles de arreglar, quedaran esparcidos por la alfombra, imposibles de encontrar. *No fue mi culpa. Tu habitación es un desastre. ¿No se supone que a los de Virgo les obsesiona el orden? Por favor, Nico. Limpia este basurero.*

–Soy de Virgo –le dije en voz baja.

–Ah, ok –asintió, y comenzó a leer algunas líneas acerca de que debería concentrarme en mi trabajo en los próximos días, lo cual era cierto, ya que no había abierto un libro desde el regreso de Sarah y tenía clases al día siguiente. La idea de encontrarme con todos, mis amigos y maestros, hizo que apartara mi plato de huevos y tocino sin terminar.

–Voy a darme una ducha –anunció Sarah, estirándose. Tomó su plato y su taza y los dejó en el fregadero, se acercó a mamá y le dio un ligero abrazo–. Gracias.

–¿Viste eso? –le preguntó mamá a papá en cuanto Sarah salió de la cocina.

–¿Ver qué? –dijo él bajando el periódico.

–Nada, solo que Sarah levantó su plato sin que se lo pida y me dio un abrazo –respondió mamá, parada con la espátula en la mano. Ella y papá intercambiaron una mirada de completa gratitud.

–Ha crecido mucho –comentó papá con una sonrisa.

Luego sonó el timbre y todos nos quedamos sin aliento por un momento. ¿Detectives? Hasta que lo recordé, y quizás mamá y papá también: Paula. El día anterior no quería irse sin que Sarah se comprometiera a salir a correr en la mañana.

–Vamos a hacer el recorrido hasta la escuela, Sarah, como hacíamos antes –le dijo, pero no habían arreglado el horario. Sarah nunca dijo que sí.

–Nico, ¿podrías decirle a Paula que Sarah no puede salir a correr y que tenemos planes familiares hoy? –me pidió mamá.

Suspiré y fui hacia la puerta. Paula vestía su equipo deportivo completo, con el pelo recogido debajo de su gorro de béisbol.

–¿Dónde está Sarah? –preguntó mientras miraba por encima de mi hombro. Su forma de pronunciar el nombre de Sarah me provocó escalofríos. Fue casi sarcástico, o como si estuviera enfadada.

–No está lista para salir a correr –le expliqué.

–De acuerdo –asintió Paula, y me miró a los ojos. Luego me indicó que saliera al porche con ella; lo hice y cerré la puerta.

–¿Por qué no caminas conmigo un momento? Hay algo de lo que me gustaría que hablemos.

¿Qué crees que haces hablando con mi amiga a mis espaldas, Nico? ¿Pensaste que no me enteraría?

–No puedo, estamos ocupados.

–¿En serio? –murmuró, inclinando la cabeza, pensativa–. Tiempo en familia. Bueno, dile a Sarah que hoy *volvemos* a la universidad, pero voy a tratar de venir a verla la próxima vez que esté en la ciudad.

–Sí, de acuerdo –respondí, y noté su uso del plural. Entré a casa y observé por la ventana cómo Paula cruzaba la calle. Se detuvo del otro lado a mirar las ventanas por un momento, antes de subir al auto.

–La película que Sarah quiere ver comienza en una hora y media, ¿de acuerdo? –mamá apareció detrás de mí, secándose las manos con una toalla.

Habíamos decidido tener un día tranquilo, pasar tiempo en familia antes de que volviera a la escuela y papá regresara al trabajo. Sarah tenía una larga lista de consultas médicas programadas para el lunes, a las que mamá debía llevarla; sabía que eso le generaba estrés.

–No sabía de la película. Tengo tarea que hacer, pero vayan ustedes –le dije, y subí las escaleras, de a dos escalones por vez. Algo de lo que había dicho Paula aún resonaba en mi mente; en realidad, no lo que había dicho, sino cómo. *Tiempo en familia.* Como si no fuéramos una verdadera familia, como si solo estuviéramos jugando. No quería que mamá viera mi expresión en ese momento.

Al dar la vuelta en la esquina del corredor tropecé con Sarah, que salía del baño, y me quedé sorprendida. Mi instinto aún me hacía protegerme, a la espera de un golpe, una cachetada.

Nico, torpe Nico, siempre cayéndote y lastimándote.

–Nico, ¡perdón! No quería asustarte –se disculpó. Puso una mano sobre mi brazo, y mi reacción fue alejarme. Estaba siendo sincera–. ¿Quién llamó a la puerta?

Hice una pausa y me quedé sin aliento. Tenía la palabra "nadie" en la punta de la lengua.

–Paula –respondí–. Pensó que quizás querrías ir a correr.

–Ah, cierto –dijo. Probablemente había olvidado la propuesta de Paula–. ¿Ya se fue?

–Le dije que no estabas lista para salir a correr... –expliqué después de asentir mientras esperaba su respuesta.

Tienes que hacer ejercicio todos los días, Nico. Serás una bola de grasa toda tu vida si no te mueves.

–¿Tienes ganas de ver esa tonta película? Sé que es para niños, pero parece linda, ¿no? –me preguntó mientras se secaba el cabello.

–No puedo, tengo una montaña de tarea. Mañana vuelvo a la escuela –le contesté mientras iba a mi habitación, pero ella mi siguió.

–¿De qué es? ¿Algo en lo que pueda ayudarte?

–Es álgebra avanzada, y tengo exámenes de mitad de año la próxima semana, así que... –comencé a explicar. Sarah nunca había sido buena en matemática.

–Déjame echarle un vistazo –se acercó a mi escritorio y abrió mi libro del segundo nivel de álgebra.

–En serio, no es necesario –me apresuré a decir, tomando el libro de sus manos.

–Voy a vestirme y traer la silla de mi habitación, así podemos acomodarnos las dos en tu escritorio –agregó, ignorando mi protesta.

Cuando mamá subió a buscarnos para ir a ver la película, ya habíamos completado casi la mitad de mi tarea. Sarah me explicó detenidamente cada una de las ecuaciones. Era extraño estar sentada tan cerca de ella, que tomara el lápiz de mi mano sin arrancarlo o tironear. *Nico, eres estúpida, más que estúpida.*

Olía a mi champú, jabón y loción.

–¿Entiendes estas cosas? –preguntó mamá mientras se inclinaba para ver mis tareas, maravillada–. ¿Sarah?

–Creo que simplemente lo recuerdo –respondió, encogiéndose de hombros–. Pero vamos a perdernos la película, ¿verdad, Nico? Solo nos quedan algunas páginas y va a poder resolver esto sin problema.

Mamá estaba parada atrás de nosotras, con la boca abierta, en shock. Su hija se quedaba a hacer la tarea de matemática en lugar de ir al cine. Sarah ayudaba a Nico con su tarea.

–De acuerdo, está bien, podemos verla otro día –dijo mientras caminaba hacia la puerta. Pude ver las lágrimas en sus ojos antes de que volteara para irse.

Por la tarde, había terminado mi tarea de matemática, y además, ya estaba lista para el examen; algo en la forma en la que Sarah me explicaba las ecuaciones hacía que todo encajara en su lugar. No fue de tanta ayuda con las ciencias sociales.

–Los mapas no son lo mío –admitió. Pero era agradable que alguien me hiciera compañía mientras respondía preguntas sobre la antigua India y China.

–Ustedes dos han estado trabajando todo el día –comentó papá–. Me parece que al menos podríamos rentar una película y ordenar pizza. ¿Qué les parece?

–O podríamos ordenar pizza y rentar una película –bromeó Sarah, haciendo una imitación de Groucho Marx. Yo estallé de la risa. Nunca la había visto hacer algo así antes, tan espontáneo y gracioso, sin tomarse tan en serio. Mamá y papá intercambiaron una mirada que no pude descifrar, algo entre asombro y desconcierto.

–Hagamos lo que sea necesario para tener una película y pizza en esta casa –concluyó mamá entre risas.

Me quedé guardando mis libros y cuadernos en mi bolso mientras Sarah bajó para escoger la pizza. Llevé la silla de vuelta a su habitación y la acomodé frente al escritorio. Pero algo la estaba bloqueando. Me agaché para ver qué era y encontré una bolsa negra que sobresalía de entre los cajones. Podía escuchar voces abajo: papá estaba ordenando la pizza por teléfono. Me arrodillé y presté atención por un momento antes de sacar la bolsa de abajo del escritorio. Era un pequeño bolso de viaje de Sarah. Lo usaba para llevar su ropa deportiva y su uniforme de porrista. ¿Qué estaba haciendo allí? Ella siempre lo tenía en el armario.

Apoyé el bolso en la alfombra; parecía casi vacío. Retuve el aliento mientras lo abría. En el interior encontré una sudadera con capucha enroscada sobre unas calzas negras y una camiseta de Sarah; prendas viejas, nada de lo que habíamos comprado la última vez. Debajo de la ropa estaban las sandalias de goma sucias que llevaba puestas cuando fuimos a buscarla a Florida.

¿Por qué tenía esas cosas escondidas? Estaba por dejarlo donde lo encontré cuando noté que había algo en el bolsillo delantero. No estaba segura de querer saber qué había adentro, pero lo abrí y lo saqué. Había una tarjeta con una banda para el cabello alrededor. *Carmen Rosa, Departamento de Bienestar y Servicios de Menores*, decía, junto con un teléfono y una dirección de Florida. Traté de recordar si habíamos conocido a Carmen en el refugio. Detrás de la tarjeta había tres billetes de veinte dólares prolijamente doblados y dos hojas de papel. Mis manos temblaron al desdoblar los papeles. Eran dos cheques en blanco, cheques de mamá y papá con nuestros nombres y nuestra dirección en ellos.

Era un bolso de escape, pero ¿por qué Sarah querría escapar? Ya estaba en casa. Segura. Con nosotros, su familia. ¿O no era así?

–Nico, si quieres opinar en la elección de la película, será mejor que bajes –me gritó papá. Me sobresalté, volví a acomodar el dinero y los cheques detrás de la tarjeta, los até con la banda elástica y los guardé en el bolsillo. Dejé el bolso donde lo había encontrado y acomodé la silla en su lugar.

Cuando bajé, todos estaban en la sala. Papá tenía un vaso de whisky con hielo en una mano y con la otra estaba recorriendo las opciones de películas con el control remoto. Sarah hizo lugar en el sofá y señaló el almohadón a su lado; me acerqué y me senté junto a ella. ¿Dónde se sentaría mamá? Solíamos ser solo los tres, mamá en un lado del sofá, papá en el otro y yo en el medio. Pero estaba en el lugar de mamá y Sarah, en el mío. Era agradable apoyarse contra el brazo del sofá y acomodar un almohadón en mi espalda. Mamá trajo una bandeja con bebidas y palomitas de maíz, la dejó sobre la mesa de café y, sin dudarlo, acercó el sillón pequeño al lado de papá.

–¿Cuál fue la decisión? –preguntó mamá mientras buscaba un título conocido–. ¿Qué opinan de esa película situada en la India? Dicen que es muy bonita.

–Mamá –protesté–. En esa película no hay nadie menor de ochenta años. Por favor.

Sarah se rio, pero cualquier opción que sugeríamos le parecía bien. Era extraño ver a través de sus ojos los títulos de las películas de los últimos cuatro años, los grandes lanzamientos y los fracasos, que ella se había perdido. El gran éxito adolescente del que nunca había escuchado, la triste comedia romántica que había ganado todos los premios. Ella estaba abierta a todas las opciones.

Cuando llegó la pizza la vi tomar una porción de peperoni con la vista fija en la pantalla. "Eso son un montón de restos de cerdo, sabes, igual que el tocino", solía decir. "Asqueroso. Ponen el hocico, la cola y todo ahí. Claro que Nico lo come; ella comería cualquier cosa. Muy desagradable".

Sarah tomó una manta del respaldo del sofá y la estiró sobre sus piernas y las mías, aún con la vista en la pantalla mientras la acomodaba con cuidado sobre mí. Recordé el bolso debajo de su escritorio, el dinero y los cheques. Traté de imaginarla empacándolos, doblando los cheques, robándolos de la chequera. Pero no pude conectar esos objetos escondidos, robados, con la chica sentada a mi lado, mi hermana.

SARAH

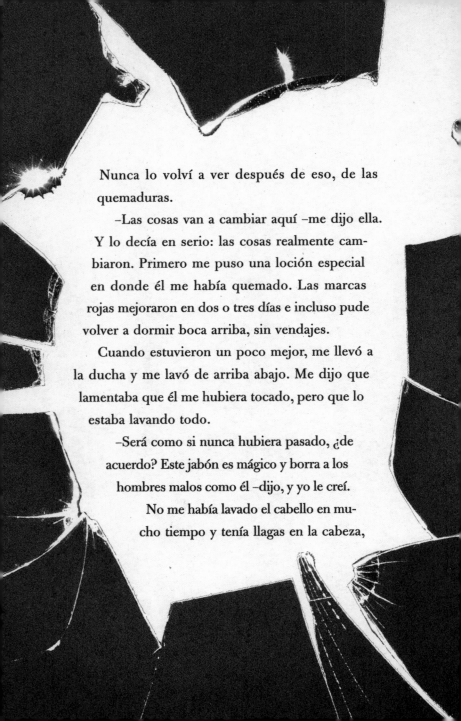

Nunca lo volví a ver después de eso, de las quemaduras.

–Las cosas van a cambiar aquí –me dijo ella. Y lo decía en serio: las cosas realmente cambiaron. Primero me puso una loción especial en donde él me había quemado. Las marcas rojas mejoraron en dos o tres días e incluso pude volver a dormir boca arriba, sin vendajes.

Cuando estuvieron un poco mejor, me llevó a la ducha y me lavó de arriba abajo. Me dijo que lamentaba que él me hubiera tocado, pero que lo estaba lavando todo.

–Será como si nunca hubiera pasado, ¿de acuerdo? Este jabón es mágico y borra a los hombres malos como él –dijo, y yo le creí.

No me había lavado el cabello en mucho tiempo y tenía llagas en la cabeza, así que ella tuvo que ponerme un champú especial y cepillarlo. Eso dolió casi más que las quemaduras. Sentía que grandes porciones de mi cuero cabelludo se estaban desprendiendo.

–Vamos a hacer esto frente a la tele –propuso, y me dejó envolverme en su bata. Era blanca y suave, y demasiado grande para mí, como un malvavisco gigante. Me senté en el suelo y ella en el sofá mientras me cepillaba el cabello y mirábamos una película antigua. Dolía, pero me gustaba estar fuera de la habitación viendo una película sobre un pequeño hombre gracioso con un grueso bigote, aunque fuera en blanco y negro.

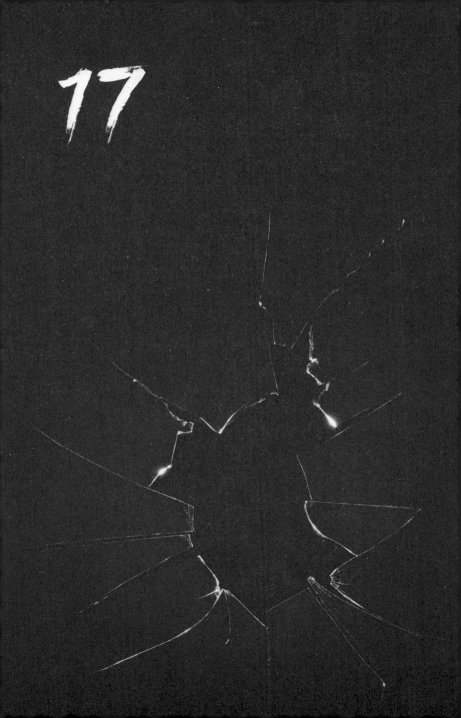

17

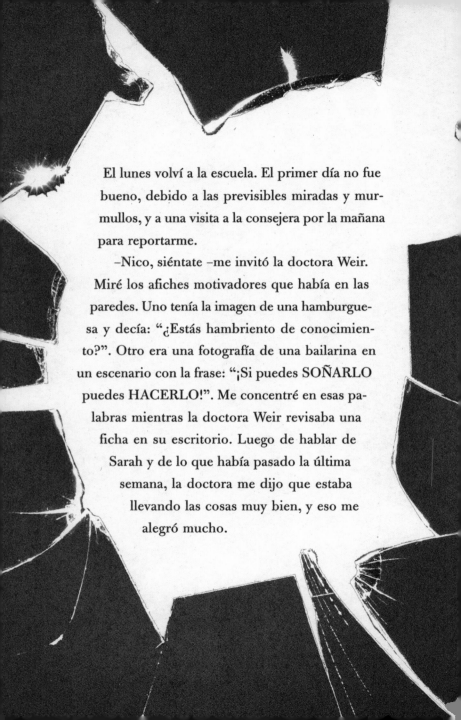

El lunes volví a la escuela. El primer día no fue
bueno, debido a las previsibles miradas y murmullos, y a una visita a la consejera por la mañana
para reportarme.

–Nico, siéntate –me invitó la doctora Weir.

Miré los afiches motivadores que había en las
paredes. Uno tenía la imagen de una hamburgue-
sa y decía: "¿Estás hambriento de conocimien-
to?". Otro era una fotografía de una bailarina en
un escenario con la frase: "¡Si puedes SOÑARLO
puedes HACERLO!". Me concentré en esas palabras mientras la doctora Weir revisaba una
ficha en su escritorio. Luego de hablar de
Sarah y de lo que había pasado la última
semana, la doctora me dijo que estaba
llevando las cosas muy bien, y eso me
alegró mucho.

–Si necesitas hablar de algo, de cualquier cosa, no olvides que mi puerta está abierta y estoy aquí para ti –rápidamente firmó el formulario que me permitiría volver a clases y me lo entregó.

Me levanté para irme, con mi bolso en el hombro, pero me detuve en la puerta por un momento.

–¿Hay algo más, Nico?

Asentí, sintiendo que se me llenaban los ojos de lágrimas. No había llorado ni una vez desde el regreso de Sarah, pero en ese momento sentí que un muro dentro de mí se derrumbaba y que finalmente estaba lista para contarle todo a alguien. La doctora Weir me invitó a sentarme otra vez y me dio una caja de pañuelos desechables. Esperó en silencio mientras las lágrimas corrían por mis mejillas.

Había pasado mucho tiempo en esa oficina porque solía ver a la doctora una vez a la semana, como algo regular; mis padres querían que tuviera con quién hablar. Luego de un mes de reuniones semanales comienzas a sentirte cómodo con una persona. Lloré muchas veces en ese lugar, casi siempre por mis padres, por cómo estaba mamá. Y por cómo me carcomía por dentro el verla sufrir y sentirme incapaz de ayudarla. Por lo difícil que era esforzarme por ser perfecta, perfecta, perfecta, y no darles nunca motivos para preocuparse. Y por tener que ser distinta de Sarah, tan distinta en todos los sentidos.

Fui totalmente honesta sobre esas cosas. Pero no podía contarle todo a la doctora Weir. Nunca le dije que luego de años de maltrato por parte de Sarah, secretamente, de alguna forma, me gustaba ser hija única. Que realmente no extrañaba a Sarah. Nunca le confesé eso a nadie. Ni siquiera podía pensarlo; sabía que eso estaba mal. Al igual que los pensamientos que tenía en ese momento. Sacudí la cabeza.

—Nico, está bien quebrarse, está bien llorar, no tienes que ser perfecta. Ya hablamos de esto. Nadie espera que seas la hija perfecta, la estudiante perfecta. Puedes tener sentimientos.

Asentí al escuchar esas palabras que me sonaban familiares. Habíamos hablado de eso y trabajado por años. Pero si la doctora Weir o mis padres supieran cuán lejos estaba realmente de ser perfecta...

—Dime qué es lo que te está molestando —continuó—. Habla conmigo.

—Es solo que Sarah es distinta ahora, es decir, *realmente* distinta, como si fuera otra persona, y, algunas veces, me sorprendo pensando cosas como... —me detuve. Empecé a llorar otra vez. Me daba miedo pronunciar las palabras en voz alta.

—Está bien, puedes contarme —me animó la doctora, con calma—. ¿Piensas cosas como qué? Déjame preguntarte algo: ¿pensabas que volverías a ver a Sarah?

—No —respondí con la voz quebrada—. Pensé que estaba muerta.

—Por desgracia, todos pensamos eso –admitió–. Así que el regreso de Sarah es como si alguien hubiera vuelto de la muerte. Cuando estabas segura de que nunca volverías a ver a alguien y esa persona regresa, es demasiado para tu mente y tu corazón, ¿no es así?

Asentí.

—Superar la muerte de alguien, que se haya ido para siempre, es un proceso doloroso que no puede deshacerse de la noche a la mañana. Y es difícil creer que realmente está vivo, porque no quieres volver a sufrir.

Pensé en todas las chicas rubias muertas que mis padres habían tenido que ver. Todos los cuerpos y las pistas falsas.

—Acostumbrarte a tener a Sarah de regreso te llevará tiempo, eso es todo. Tampoco puedes esperar que ella sea la chica que solía ser. Quizás le lleve tiempo *a ella* adaptarse a estar con su familia. Es comprensible que haya algunos traspiés en el camino.

Al salir de la oficina de la doctora Weir, fui directamente al baño de mujeres a lavarme la cara. Cubrí mis mejillas calientes con toallas de papel sin mirarme al espejo, temerosa de encontrar el rostro de Sarah en él, mirándome.

En el almuerzo, algunos amigos que no habían estado en la fiesta del sábado se reunieron alrededor de nuestra mesa y me acribillaron a preguntas. Pude evitar todas las especulaciones explicándoles que tenía amnesia y diciéndoles que no estaba autorizada a hablar de eso porque había una investigación en curso. Sin ninguna historia de terror para contar, la conversación cambió de rumbo y volvió a lo que me había perdido la semana anterior. Hasta que Gabe apareció y tocó mi hombro.

–Nico, ¿puedo hablarte un momento? –el hermano de Max parecía ansioso.

Levanté mi bandeja de la mesa y lo seguí; en el camino arrojé a la basura los restos de mi almuerzo. Gabe se veía como Max, pero en su versión más joven; era más pequeño y llevaba el cabello más largo, tan suelto como se permitía en nuestra escuela privada, y usaba un collar de cuero trenzado como un surfista. Por un momento, en nuestro primer año, pensé que él quería que fuéramos la versión junior de Sarah y Max, y comenzó a juntarse con mis amigos siempre que tenía oportunidad. En el baile escolar se paseó a mi alrededor tratando de llamar mi atención para conversar. Fue suficiente que Tessa le dijera discretamente que eso nunca iba a suceder para que dejara de hacerlo.

–Algo pasa entre Max y Paula –me dijo rápido–. Creo que están rompiendo.

–¿Por qué?

–Los escuché pelear todo el fin de semana. Hablando de Sarah. Mucho drama –respondió mientras se apoyaba contra la pared.

Pensé en cómo se había comportado Paula con Max el día que estuvieron en casa, tan posesiva, aferrándose a él. Pero Max no había hecho lo mismo con ella. Cuando Sarah desapareció Max estaba enamorado de ella, y al parecer aún lo estaba. Parte de mí se sintió entusiasmada al saber que Sarah estaría feliz con la noticia de que su novio podría ser suyo de vuelta. Pero otra pequeña parte estaba molesta. Claro, Sarah se salía con la suya, otra vez. Sin siquiera intentarlo. Paula debía estar devastada.

Me llamó la atención que Gabe fuera el único que no tenía preguntas sobre Sarah; Max debía haberle contado todo.

Al llegar a casa, estaba ansiosa por darle la noticia a Sarah, que estaba arriba. Había pasado todo el día visitando médicos y estaba tomando una siesta después de la resonancia magnética que le habían hecho. Escuché a mamá en su escritorio, enviando informes a donde tenían que ir, desde el refugio de Florida hasta la estación de policía. Necesitaba una radiografía de nuestro pediatra, pero al parecer no la tenían.

Cuando salió y vio que ya estaba en casa, levantó sus gafas de lectura sobre su cabeza. No me había hablado para verificar que volvería con Tessa ni me preguntó cómo me había ido en mi primer día.

–Nico, me alegra que estés aquí. Dime que no me estoy volviendo loca: Sarah nunca se fracturó el brazo cuando era pequeña, ¿o sí?

–No –le respondí rápido; esa había sido yo. La vez que me caí por las escaleras mientras Sarah miraba desde arriba con una sonrisa. Un "accidente", solo otro accidente–. ¿Por qué?

–No lo sé, creen que la fractura de su brazo debe haber ocurrido antes, como hace diez años, por cómo está sellada. Pero estaba segura de que eso no podía ser, ella nunca se rompió un hueso, hasta donde podía recordar. Pero quizás tuvo una fractura, es decir, que no hayamos notado... ¿en sus prácticas, en gimnasia o algo así?

Me encogí de hombros. No podía recordarlo.

–Bueno, alguien rompió su brazo –agregó, y levantó la voz, mientras sacudía una pila de papeles–. Deberías ver las cosas que le pasaron, no solo las quemaduras. Lo que le hicieron...
–Por la expresión en su rostro, me di cuenta de que estaba hablando de sexo.

–¿Qué importancia tiene? –las palabras salieron de mi boca y me arrepentí de inmediato.

–¿Qué quieres decir? –preguntó, de pie delante de mí con los ojos entrecerrados.

–Nada –murmuré mientras iba hacia las escaleras.

–Nico, detente. Quiero que me explique lo que quisiste decir, ahora.

Escuché un sonido desde el primer piso y vi una sombra que se movía; era Sarah, de pie en el corredor a oscuras escuchando cada palabra.

–Solo quiero decir que no veo qué importancia tiene todo esto, si se lastimó el brazo antes o el año pasado, ¿a quién le importa?

–Estamos armando un caso en contra de quien le haya hecho estas cosas a tu hermana. Y quiero encontrar explicaciones para cada una de ellas. Cuando este informe –dijo mamá mientras agitaba los papeles en su mano–, cuando esto llegue a la policía y a los detectives, quiero que sepan de cada quemadura, de cada hueso roto, de cada vez que fue violada.

Se detuvo y me miró, enojada. Como si todo lo que le había ocurrido a Sarah fuera mi culpa de alguna manera.

–Ok –respondí–. Lo entiendo. Quizás se lastimó el brazo antes; recuerdo que tuvo un vendaje, por algo… gimnasia.

La expresión de mamá cambió cuando tomó conciencia de algo.

–¿Sabes qué? Yo también lo recuerdo; quizás esté en el álbum fotográfico, o papá lo recuerde. Él tiene más memoria para esas cosas.

Quería preguntarle qué había demostrado la resonancia sobre su daño cerebral, si tenían alguna explicación de por qué había cambiado tanto, pero mamá ya estaba buscando los álbumes en el armario. Y me alegró no haber preguntado porque, al subir, vi que Sarah cerraba silenciosamente la puerta detrás de sí.

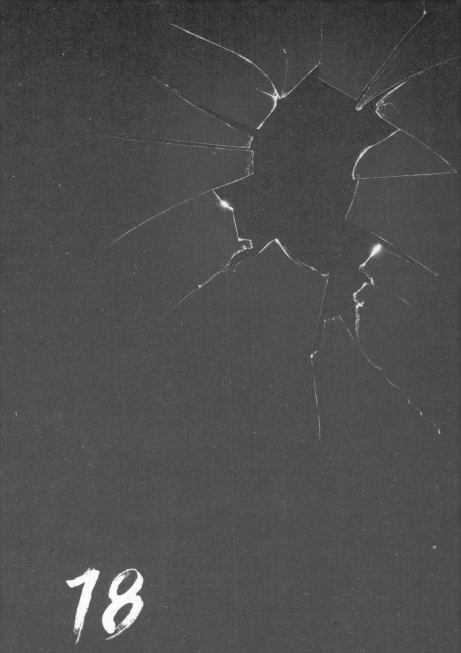

18

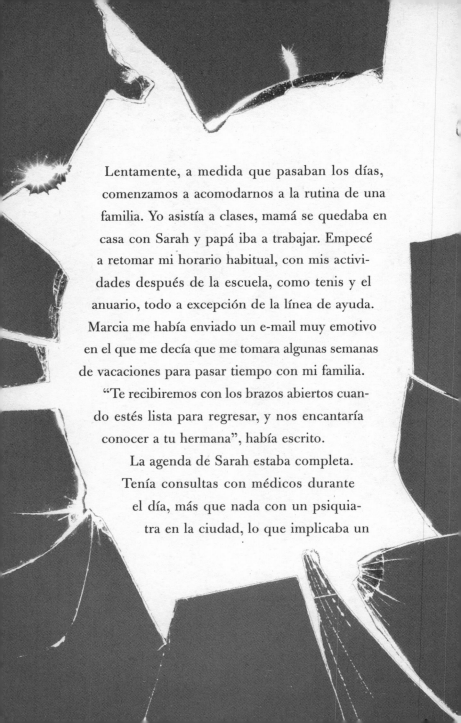

Lentamente, a medida que pasaban los días, comenzamos a acomodarnos a la rutina de una familia. Yo asistía a clases, mamá se quedaba en casa con Sarah y papá iba a trabajar. Empecé a retomar mi horario habitual, con mis actividades después de la escuela, como tenis y el anuario, todo a excepción de la línea de ayuda. Marcia me había enviado un e-mail muy emotivo en el que me decía que me tomara algunas semanas de vacaciones para pasar tiempo con mi familia.

"Te recibiremos con los brazos abiertos cuando estés lista para regresar, y nos encantaría conocer a tu hermana", había escrito.

La agenda de Sarah estaba completa. Tenía consultas con médicos durante el día, más que nada con un psiquiatra en la ciudad, lo que implicaba un viaje de dos horas, aunque no parecía ayudar más que con su readaptación a nuestra vida.

–Aún no logra recordar nada, ni una sola cosa. Ni cómo la llevaron a Florida, o cuántas personas eran o si eran hombres, mujeres o ambos –escuché que mamá le contaba a papá una tarde. Los detectives no habían vuelto a nuestra casa, pero sabía que los médicos de Sarah estaban obligados a compartir sus reportes con la policía. Cualquier detalle podría ser la clave que les permitiera encontrar a su captor o captores.

El mayor temor de mamá era que quien hubiera secuestrado a Sarah la hubiera dejado ir pero tuviera a otras chicas cautivas. ¿Y si estaban manejando una red de prostitución de menores y las liberaban cuando ya eran demasiado grandes para atraer a los clientes?

–Pueden haberla reemplazado por otra chica, lo que significa que hay otra familia en algún lugar sufriendo lo mismo que sufrimos nosotros –comentó. Su cruzada seguía, buscando respuestas y solucionando lo que estaba mal. Como si lo hubiera estado haciendo por tanto tiempo que ya no pudiera dejarlo, incluso luego de que Sarah finalmente regresó a casa.

Parte de mí deseaba que lograra dejarlo ir, así todos podíamos seguir adelante. Sarah estaba de regreso, nuestra familia estaba unida, yo ya no quería preguntar dónde había estado ni qué le había pasado. Pero era muy difícil para todos olvidar porque pasábamos los días recordándole a Sarah sin cesar cosas del pasado: lo que había hecho, lo que le gustaba o que no le gustaba. Eran cuestiones simples, como sus comidas favoritas, o sus actores o cantantes preferidos. En una ocasión pareció recordar algo de lo que le contamos.

–Sí, ya vi todas esas películas de vampiros –admitió, pero no pude distinguir si era cierto o si solo quería hacernos creer que recordaba.

Y por las noches, no todas, pero algunas veces a la semana, se despertaba a los gritos por las pesadillas. Mamá solía ir a su habitación y lograba calmarla rápidamente, pero todos en la casa permanecíamos despiertos hasta que se le pasaba, en todas las ocasiones con su voz penetrando en la oscuridad: "DÉJAME SALIR. BASTA, BASTA".

Cuando llegaba a casa después de mis clases de tenis o de las reuniones del anuario, la mayoría de las veces Sarah estaba con mamá en la cocina preparando la cena. Con frecuencia se sentaba conmigo para ayudarme con mi tarea; su forma tranquila y sencilla de explicar las cosas era un alivio frente a las estridentes quejas de mamá porque la escuela nos daba demasiada tarea (además del hecho de que mamá estaba tan confundida como yo en matemática y ciencias). Por algún motivo Sarah tenía una clara comprensión de los temas que estábamos viendo y los que deberían venir después.

–Supongo que después van a estudiar las placas tectónicas –comentó mientras pasaba las páginas de mi libro de ciencia.

Y estaba en lo cierto: la profesora se salteó dos capítulos, justo como Sarah lo había predicho.

–Deberías ser maestra –le sugerí una noche, pero ella sacudió la cabeza.

–¿Yo? –preguntó, con el ligero acento sureño–. Me gusta ayudarte, pero solo porque eres mi hermana. No podría con toda una clase de niños.

Me gustó la forma en que dijo *hermana*. Mi hermana. Luego buscó el libro que mamá le había conseguido para preparar sus exámenes y estudiamos las dos juntas.

Ya les había contado a todos sobre Max y Paula, que al parecer no eran más una pareja, y la expresión de mamá había reflejado que estaba complacida, pero nunca lo admitiría.

–Seguramente será por algo que estaba pasando entre ellos antes y no por culpa de Sarah –afirmó.

La reacción de Sarah era más difícil de descifrar; yo creía que estaría encantada con la posibilidad de que Max volviera a ser suyo, pero en cambio parecía cautelosa. Max planeaba volver el fin de semana siguiente para pasar un tiempo con ella, a solas. La idea de que saliera de casa sin nadie de la familia nos preocupaba a todos y fue el principal tema de conversación el miércoles por la noche en la siguiente visita de la doctora Levine, la consejera del centro.

–Como ya les dije, si Sarah se siente lista para salir sola, seguramente lo esté –nos aconsejó la doctora. También se refería a una visita de la abuela, que estaba ansiosa por ver a Sarah aunque sus problemas de salud le hacían muy difícil viajar. Planeaba visitarnos el fin de semana siguiente o el otro para ver a su nieta mayor y quedarse con nosotros unos días.

Esa noche, cuando terminé de cepillarme los dientes, me llamó Sarah desde su habitación. Estaba sentada en la cama, leyendo *Rebecca*, aún por la mitad.

–Podrías contarme… –se mordió el labio y esbozó una sonrisa–. Dios, ¡esto es tan vergonzoso!

Me senté en la cama y esperé a que continuara.

–Es solo… sobre Max, cómo era con él, qué hacíamos juntos. No recuerdo nada de eso, y me preocupa. No quiero decepcionarlo. Ha sufrido mucho, ¿verdad?

Ella no sabía, no tenía forma de saber, cuánto.

–Es muy extraño tener una cita con alguien con quien no has estado en años –agregó. Asentí, y pensé en su relación. ¿Qué podía decirle?

–Una vez se escaparon, a una cabaña –le conté, pero Sarah me interrumpió.

–Sí, fuimos a la cabaña de sus padres en las montañas y pasamos la noche allí, ¿cierto? Por eso pensaron que había huido otra vez cuando desaparecí. Pensaron que lo había hecho otra vez.

Por la forma en que lo explicó supe que la información no era de su memoria, sino que la había leído en la historia de algún periódico sobre el caso. Ella no sabía, y no podía recordar, lo mucho que esa noche había cambiado nuestras vidas. A pesar de que había pasado hacía cuatro años, mis recuerdos seguían muy vívidos. Mamá y papá estaban frenéticos. Cuando se hicieron las dos de la mañana y Sarah no había regresado y no contestaba su teléfono, llamaron a la policía. Luego mamá se comunicó con los hospitales de la zona y les dio una descripción de Sarah, pero no tenían ningún paciente como ella. Por supuesto que no lo tenían. Yo ya sabía eso.

Porque sabía exactamente dónde se encontraba. En esa ocasión.

Sarah estaba con Max, en su cabaña familiar en el norte, a dos horas de viaje. No estaba en un hospital, no le había ocurrido un accidente, ni había sido secuestrada, violada y abandonada hasta morir en algún lugar. Estaba con su novio.

Finalmente, luego de esperar por horas, no pude soportarlo más. Mis padres estaban sufriendo, así que se lo dije. En gran parte, porque no era justo que mamá pensara que su preciosa hija podría estar herida, o en alguna morgue, pero en parte también porque en algún punto quería que Sarah se metiera en problemas.

Sin embargo, en lugar de estar aliviados cuando les conté la verdad, mis padres se enojaron aún más. Conmigo, por no contárselo antes, y con Sarah, por hacer que se preocuparan. Me mandaron a la cama llorando y mareada, sin saber si había hecho lo correcto o si había cometido el peor error de mi vida. Solo tenía once años, pero sabía una cosa con certeza: Sarah me haría pagar por eso. Siempre lo hacía.

Luego de ese día, se cuestionaban y dudaban ante cualquier decisión. Incluso conmigo. Un día le dije a mamá que no me sentía bien para ir a mi clase de tenis después de la escuela; Sarah había cerrado "accidentalmente" la puerta del baño en mi mano, dolía y dos uñas se me habían puesto negras. Mamá me dejó quedarme en casa, pero tuvimos una profunda conversación en la cena con ella y papá. Querían saber si sentía que me estaban presionando demasiado y si realmente quería tomar clases de tenis dos veces a la semana, porque si no quería, estaba bien para ellos. Todo estaba bien para ellos, solo querían que supiera eso.

Incluso con sus concesiones, y todo lo que hacían, no fue suficiente. Al final del verano ella volvió a desaparecer. Por supuesto, la primera persona a la que interrogaron fue Max.

–Los policías fueron muy duros con Max –seguí contándole–. Y también con Paula; los detectives pensaban que ellos habían tenido algo que ver con tu desaparición.

–¿Y fue así? –me preguntó Sarah con inocencia. Me miró a los ojos y me di cuenta de que en verdad no tenía idea.

–No –le respondí honestamente. Max había sido su primer sospechoso. Revisaron la casa y la cabaña de sus padres, hasta su auto. Mamá pasó horas con los detectives tratando de convencerlos de que él no podía haberlo hecho. Él nunca lo haría. Él la amaba.

–Max nunca haría nada para lastimarte, lo sé –me apresuré a agregar.

–¿Y Paula? –preguntó, buscando mi mirada por un momento–. ¿Qué piensas acerca de Paula?

–Paula y tú tenían algunos problemas… –respiré profundo antes de seguir. Recordé el artículo que había reabierto el caso de Sarah dos años atrás. El periodista había expuesto los problemas entre las chicas en la escuela, la feroz competencia, las peleas, y todo estaba documentado con publicaciones de las redes sociales, a pesar de que Paula había intentado borrar algunas cosas. Investigaron la llamada que recibió Sarah el día que desapareció y quisieron entrevistar a Paula. Ella no quiso a hablar, pero eso no detuvo sus especulaciones.

Más adelante escuché que el artículo le trajo problemas a Paula para entrar a la universidad, ya que cualquiera que buscara su nombre podía encontrar su relación con el caso. El fantasma de la desaparición de Sarah los perseguía a Paula y Max, arrojando un manto de sospecha en cada cosa que trataban de hacer. ¿Era de extrañar que ellos se hubieran encontrado y se hubieran convertido en pareja a raíz de lo que había sucedido?

Sarah y yo nos quedamos sentadas, incómodas por un momento, en absoluto silencio. Yo traté de pensar qué más podía contarle para que estuviera más tranquila.

–Max podría querer ver... –señalé mi cadera derecha–
donde te hiciste el tatuaje de sus iniciales. Las pequeñas M y V.

–¿Me hice el tatuaje a mí misma? –preguntó mientras se
tocaba la cadera con cuidado–. ¿Por qué?

–Fue cuando mamá y papá te prohibieron verlo con el argu-
mento de que era muy grande para ti. Y Paula decía que salías
con él solo para lastimarla. Que querías probar algo –dejé de
hablar al recordar a Sarah saliendo de la ducha, envuelta en
una toalla. Sabía que yo había visto el tatuaje.

*Ahora él es mío. Si le cuentas a alguien, te juro que te arre-
pentirás. Voy a matarte, lo digo en serio, Nico.*

–Lo vi por accidente. Me contaste que lo hiciste con un
alfiler y tinta. Deben seguir en tu primer cajón –le dije, y
dirigí la vista a su escritorio blanco, hacia abajo, donde había
encontrado el bolso. ¿Estaría todavía allí?

–Max también tiene tus iniciales, en el mismo lugar, en
caso de que no lo recuerdes. Pero creo que fue tu idea –la
miré y le sonreí. Ella asintió, lentamente, como si estuviera
asimilando lo que le había contado. Me levanté para irme.

–Nico –me llamó Sarah, con lágrimas en sus ojos–. Gracias.

–¿Para qué están las hermanas, eh? –le dije, encogiéndome de
hombros, apoyada contra el marco de la puerta por un segundo.

–Cierto –respondió, mirándome a los ojos.

Salí, dejé la puerta entreabierta, como a ella le gustaba
ahora, y seguí por el corredor oscuro.

SARAH

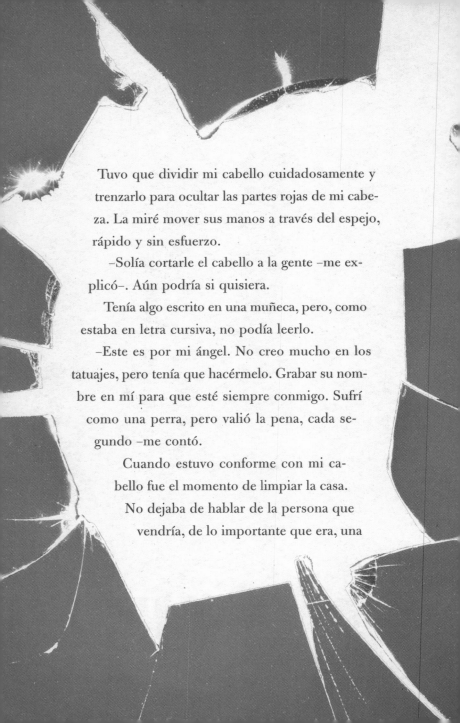

Tuvo que dividir mi cabello cuidadosamente y trenzarlo para ocultar las partes rojas de mi cabeza. La miré mover sus manos a través del espejo, rápido y sin esfuerzo.

—Solía cortarle el cabello a la gente —me explicó—. Aún podría si quisiera.

Tenía algo escrito en una muñeca, pero, como estaba en letra cursiva, no podía leerlo.

—Este es por mi ángel. No creo mucho en los tatuajes, pero tenía que hacérmelo. Grabar su nombre en mí para que esté siempre conmigo. Sufrí como una perra, pero valió la pena, cada segundo —me contó.

Cuando estuvo conforme con mi cabello fue el momento de limpiar la casa.

No dejaba de hablar de la persona que vendría, de lo importante que era, una "visita muy especial", decía. Cuando esa persona llegara yo no debía hablar de *él*, ni de nada de lo que había pasado antes.

Teníamos que limpiar y limpiar todo; luego, un día llegó a casa con una nueva manta para mí, estampada con princesas de Disney. Era blanca y rosada, suave y perfecta, lo más bonito que había visto. Sabía que la manta era solo parte del show, para la "visita muy especial", y que no la había llevado para mí porque me amaba o se preocupaba por mí, pero eso no me importaba. La conservé hasta los diecisiete años, a través de todas las mudanzas y casas, departamentos o remolques en los que vivimos, hasta que no fue más que harapos; hasta ese punto la amaba.

19

La visita de Max el fin de semana no fue tan
buena como esperábamos. Mamá y papá querían que Sarah fuera rearmando su vida anterior:
Max, la escuela, sus amigos, todo. Pero Max y
sus amigos habían cambiado y ya estaban en
la universidad. Max ya no era un adolescente,
era un hombre. Y la Sarah que había regresado
ya no era la que ellos recordaban, ni la Sarah de
la que Max se había enamorado.

Por supuesto que esa noche todos nos quedamos despiertos esperando a que Sarah regresara. Pero llegó temprano, antes de las diez. Yo
estaba en mi habitación y cuando escuché
el auto afuera bajé para recibirla. Lucía
pálida cuando entró y cerró la puerta.

–¿Cómo te fue? –le pregunté. Quería
decir algo más casual: ¿Cómo estuvo la

cena? Pero lo que en verdad deseaba saber era: ¿Están juntos de vuelta? ¿Sería posible que volvieran a empezar donde habían dejado y que fueran esa pareja famosa otra vez? Moría por saber si Max en verdad había terminado con Paula y si lo había hecho por Sarah.

Por su expresión supe que la respuesta era no. Pero cuando mamá y papá salieron de la sala, fingió una sonrisa para ellos. Se quedaron allí de pie, esperando, pero Sarah no hablaba, así que permanecimos por un momento en un silencio incómodo.

–¿Qué tal el nuevo restaurante? –quiso saber mamá con una sonrisa forzada. Deseaba tanto que eso funcionara, para Sarah, para todos nosotros–. Tu papá y yo estábamos pensando en ir.

–Es bueno, un poco costoso, pero agradable –nos quedamos en silencio por un momento esperando que continuara–. Además, no tuvimos que esperar –agregó finalmente, pero se detuvo. Cuando levantó la vista sus mejillas estaban cubiertas de lágrimas–. Lo lamento, muchachos, no creo que yo le siga gustando –su voz se quebró–. Debo estar demasiado cambiada ahora.

–Voy a traerle algo para tomar –se limitó a decir papá, que se había contenido de hacer otro comentario, y se dirigió hacia la cocina. Mamá y yo llevamos a Sarah al sofá para poder sentarnos una a cada lado de ella.

–Está bien, Sarah, todo está bien –mamá la consoló, en tanto le quitaba el cabello de su rostro. El maquillaje que se había aplicado tan cuidadosamente unas horas antes –delineador y máscara de pestañas– corría por sus mejillas y las manchaba de negro y verde. Nunca había visto a mi hermana quebrarse de esa forma y tampoco mamá. Aunque estuviera furiosa e hiciera un escándalo, rara vez lloraba. Era muy conmovedor ver sus delgados hombros temblar con cada sollozo; estaba devastada.

–¿Pasó algo? –le preguntó mamá mientras acariciaba su espalda. Sarah aceptó el pañuelo que le ofrecí y se limpió la nariz, negando con la cabeza.

–No, nada de eso. Él es muy dulce y amable.

Papá volvió con una soda para Sarah y la dejó sobre la mesa, pero mamá le indicó que se fuera. Él se quedó mirándonos desde arriba por un momento.

–Quizás un té estaría bien –le sugirió mamá, para darle algo que hacer.

–Es solo que es tan evidente que ya no me encuentra atractiva. No trató de besarme –continuó Sarah en voz baja en cuanto papá dejó la habitación.

–¡Eso no significa nada! –protestó mamá–. Puede estar tomándose las cosas con calma. Dale tiempo.

–Nico, tú entiendes lo que quiero decir, ¿cierto? ¿Cuándo simplemente sabes que un chico no te quiere? –me preguntó, tomando mi mano y mirándome con los ojos enrojecidos y en carne viva.

Asentí, al recordar la mano de Daniel en mi espalda en la fiesta, su sonrisa ansiosa. ¿Él me deseaba? Casi tuve que sacudir la cabeza para borrar ese recuerdo.

–Creo que tal vez he cambiado mucho –miró mi mano y la apretó con fuerza.

–No, no es tu culpa –la consoló mamá con suavidad–. Va a llevar tiempo que se conecten de nuevo. Las personas cambian, eso es todo.

Pero Sarah seguía negando con la cabeza y yo tenía la triste sensación de que estaba en lo cierto. Ya no era la misma chica y Max no podía fingir no estar decepcionado.

Cuando ya estuvo más calmada, y luego de que las tres tomamos un té de manzanilla, acompañé a Sarah arriba. Ella se sentó en el borde de la bañera con su nuevo atuendo.

–¿Podrías ayudarme a limpiar este desastre de mi rostro?

Busqué el frasco de desmaquillante y algunas esferas de algodón. Presioné el frasco contra el algodón y despacio, con cuidado, lo pasé por sus ojos y mejillas, para remover las líneas de colores. Analicé su rostro mientras sus ojos estaban cerrados, cómo las pestañas acariciaban sus mejillas, las pequeñas pecas que cubrían su nariz, las cicatrices de acné.

–Listo –le dije. Me levanté para irme, pero ella me retuvo.

–Quédate –me pidió, así que me senté sobre la tapa del retrete mientras ella se enjuagaba el rostro y luego se cepillaba los dientes. Se miró al espejo y me habló con espuma de pasta dental en la boca.

–Sabes, pasé como dos horas preparándome para esta noche. Me depilé. Todo –me miró y entendí a lo que se refería–. Qué desperdicio.

Tuve que reírme. Era una terrible molestia perder el tiempo arreglándose para alguien que no lo apreciaba. Yo había pasado quince minutos extra cada mañana preparándome para la escuela, solo por si llegaba a ver a Daniel. Entonces, si hacía los cálculos, había perdido más de dos horas para verme bien para él y solo lo había encontrado dos veces desde la fiesta.

–¿Sabes qué? –dijo, furiosa, después de escupir el agua en el lavabo–. Ahora me estoy sintiendo un poco enojada. ¿Quién se cree que es? ¡Como si fuera tan increíble! Tal vez *a mí* ya no me gusta.

–Sí, no es tan increíble –coincidí. Pero, al pensar en el rostro de Max, era difícil convencerme a mí misma de eso. Era muy guapo–. Creo que puedes tener algo mejor, en serio. Quiero decir, él es tu novio de la escuela, ¿no? Tal vez ya estás más allá de eso.

–Tal vez lo esté –asintió mientras se secaba el rostro y me miraba detenidamente. Levantó el mentón y se miró de costado en el espejo–. Tal vez lo esté.

En el desayuno, al día siguiente, mamá no pudo contenerse. Tuvo que hablar sobre Max y la posibilidad de que Sarah le diera otra oportunidad.

–Ya lo veremos –respondió ella en voz baja sin levantar la vista de su yogur–. Dudo que él me llame y yo *no* voy a llamarlo.

–¿Por qué no? –preguntó mamá.

–Antes ni siquiera querían que saliera con Max, ¿recuerdan? Y ahora se deprimen porque no están profundamente enamorados –comenté, con una risita.

–Eso no es cierto, Nico –protestó mamá, molesta–. Siempre nos agradó Max.

Sarah y yo nos cruzamos miradas a través de la mesa.

–Solo espero que él no sienta que ha estado esperando por mí o algo así –dijo Sarah desde el otro lado de la mesa.

–No estaba esperando; salía con Paula –murmuré. Quería que mamá dejara de insistir con el tema. ¿Por qué no podía dejarlo pasar?

–Nico, ya fue suficiente. ¿Estás tratando de lastimarla? –preguntó mamá.

Empujé mi silla y me levanté para dejar mi tazón en el fregadero sin responderle. ¿Qué los hacía pensar que sería fácil para Sarah simplemente encajar en su antigua vida? ¿Para cualquiera de nosotros? Yo no quería a la antigua Sarah de vuelta, aunque Max o mis padres lo quisieran.

A la semana siguiente finalmente la abuela se sintió bien para viajar y estaba ansiosa por verla. Había pasado casi un año, y, aunque sabía que se encontraba enferma, me sorprendió verla bajar del avión en silla de ruedas.

–Estoy bien; puedo sola –dijo, con un tono vacilante, mientras se levantaba de la silla con la ayuda de un bastón, para buscar su equipaje. De la noche a la mañana se había convertido en una anciana. Apenas podía reconocerla.

–Envejecer es algo terrible –murmuró, como si leyera mis pensamientos.

–Quizás deberías sentarte hasta que lleguen tus maletas –le ofreció mamá, pero la abuela le lanzó una mirada molesta.

–Veamos, me dijeron que te veías diferente, pero no lo creo. Aún eres mi pequeña Sarah, ¿no es así? –dijo, tomando el rostro de Sarah entre sus manos y acercándose para verla lo más cerca posible a través de sus gruesas gafas. Luego, mientras mamá buscaba sus maletas, me preguntó sobre la escuela.

–Sus calificaciones son muy buenas –respondió Sarah por mí–. Le está yendo increíble.

–Tengo que admitir que no me apasiona el álgebra avanzada, pero Sarah ha estado ayudándome con mis tareas y así al menos logro entenderlo –agregué, encantada por el cumplido. Me alejé un poco, para ver cómo reaccionaría Sarah a mi reconocimiento por su ayuda, pero ella no me estaba mirando a mí. Estaba observando a un muchacho sentado cerca de la cinta de equipaje.

Seguí su mirada y vi al muchacho golpeando un paquete de cigarrillos contra la palma de su mano. Sus ojos fijos en Sarah mientras abría la caja y tomaba un cigarrillo. En un movimiento rápido lo llevó a sus labios y lo prendió con un pequeño encendedor de plástico, que guardó en el bolsillo de su chaqueta mientras le dirigía a Sarah una media sonrisa. Ella parecía en trance mientras lo observaba. El olor a papel quemado y a sulfuro invadió mi olfato.

El muchacho tomó otro cigarrillo de la caja y se lo ofreció a Sarah, sin decir una palabra. Ella se quedó dura, sin siquiera parpadear.

–No puedes fumar aquí, muchachito –protestó la abuela mientras se alejaba de él–. ¡Por Dios!

El chico se recostó en el asiento y dio una larga pitada a su cigarrillo con la vista fija aún sobre Sarah. Noté que tenía un tatuaje oscuro que rodeaba su muñeca y subía por debajo de la manga de su chaqueta.

–La encontré –dijo mamá con un tono alegre mientras se acercaba con la maleta de la abuela hacia nosotras. Pareció no notar al chico del cigarrillo. Siguió caminando hacia la puerta y la seguí, pero Sarah no se movió, como si estuviera bloqueada en ese lugar–. Vamos, su papá debe estar afuera esperando en el auto.

–¿Sarah? –la llamó, al darse cuenta de que no nos seguía, y la sacó de su trance. Su rostro se suavizó cuando vio a mamá. Sonrió y se movió rápidamente, tomando a la abuela del brazo para ayudarla a caminar hasta el auto. Cuando salimos y las puertas de vidrio se cerraron, volteé y vi que el muchacho seguía allí, largando humo, mirando a Sarah.

Luego de que preparamos la habitación de invitados para la abuela y de que ella descansara un rato, insistió en que saliéramos a tomar un helado. Era algo que solíamos hacer cuando Sarah y yo éramos pequeñas; en cada visita subíamos al auto que hubiera alquilado (por lo general, uno brillante y convertible), y nos llevaba a una granja a media hora de distancia de casa. Más adelante me di cuenta de que quizás lo hacía para darles un respiro a nuestros padres, ya que estábamos fuera por unas cuantas horas. Y también nos daba tiempo para estar con la abuela, las tres solas.

Me encantaban sus visitas porque Sarah siempre se portaba lo mejor que podía. La abuela no toleraba "tonterías", como ella las llamaba, así que Sarah sabía que no debía actuar como una perra rabiosa cuando ella estaba cerca. También sentía que, al contrario de mis padres, la abuela veía a Sarah como realmente era y se ponía de mi lado muchas veces. La miraba en una forma que decía *Puedo ver a través de tus mentiras*, y eso solía hacerla callar como nunca había visto que nadie lo hiciera. El viaje a la granja incluía ir escuchando la radio, con la capota baja y el viento agitando nuestro cabello. Yo ni siquiera discutía con Sarah por el asiento delantero o por el control de la radio, así evitábamos cualquier pelea.

–¿Yogur? No quiero yogur, helado o lo que sea –se quejó la abuela cuando papá le explicó que la granja había cerrado y se ofreció a llevarnos a tomar yogur helado. Finalmente nos decidimos por una antigua cafetería y heladería en la ciudad. Papá estacionó y con Sarah tuvimos que ayudar a la abuela a bajar, levantándola del asiento. Al tomarla del brazo sentí su piel, cálida y suave, contra mi mano.

El lugar estaba lleno de unas veinte variantes de hipsters bebiendo capuchinos y lattes. Pero la abuela no se sintió intimidada, sino que se acercó a la barra y ordenó a viva voz.

–Dos helados de pistacho en vaso de plástico y uno de menta en cucurucho –pidió. Cuando estuvieron listos, tomé el mío y llevé el de la abuela a la mesa. Sarah miró el helado de pistacho, confundida.

–¿Para mí? Pensé que era para ti –dijo, mirando a papá.

–Es tu favorito, querida, y también el mío. Es lo que siempre ordenamos –le comentó la abuela, sorprendida, de camino a la mesa. Sarah tomó el helado verde sin muchas ganas y se sentó a la mesa. Mientras comíamos, la abuela nos puso al día sobre sus problemas de salud más recientes y los resultados de sus estudios. Era bastante difícil de entender; sus niveles de calcio estaban altos, su densidad ósea baja, tenía un nervio pinzado y estaba mal de la cadera. Papá le hacía preguntas y asentía mientras tomaba su café, Sarah y yo nos mirábamos a través de la mesa. Ella miró hacia arriba ante las quejas de la abuela y tuve que esconder la sonrisa detrás de mi helado. Era agradable no ser la única nieta con toda la atención puesta en mí, como había sido los últimos cuatro años. La abuela no hizo ninguna pregunta difícil. Fue como si todos hubiéramos tomado nuestros antiguos roles. Sarah dejó su helado de pistacho casi intacto en la mesa, pero al parecer nadie más lo notó.

Al regresar a casa, la abuela nos pidió que la ayudáramos a sentarse en el jardín trasero "solo por un rato" aunque el aire de la primavera todavía era fresco por la tarde.

–Sarah, ven afuera a sentarte conmigo. Cierra esa puerta al salir.

Mamá comenzó a preparar la cena y papá sirvió tragos para los dos mientras la abuela y Sarah hablaban afuera. Se podían escuchar sus voces desde la cocina.

–Nico, ¿podrías poner la mesa? Dejemos que la abuela se siente en esta cabecera para que pueda levantarse con su bastón –me pidió mamá.

Rodeé la mesa poniendo servilletas de tela y cubiertos de plata mientras intentaba entender lo que estaban hablando afuera, pero solo se oían murmullos, no mucho más. Hasta que mamá encendió la luz del jardín y abrió la puerta.

–La cena estará en diez minutos, ustedes dos.

Al cabo de un momento Sarah entró con la abuela, sosteniéndola del brazo, como antes. Cuando se sentaron a la mesa, noté que los ojos de la abuela estaban húmedos y rojos, y la máscara de las pestañas de Sarah se había corrido.

–Tienes un poco de... –le dije, señalando sus ojos.

–¿Mejor? –me preguntó luego de limpiarse con su dedo índice.

Asentí.

–Tomémonos de las manos, recemos y demos gracias por que Sarah, mi bebé, está finalmente con nosotros –propuso la abuela cuando estuvimos todos sentados. Sus ojos se llenaron de lágrimas otra vez cuando bajó la cabeza.

20

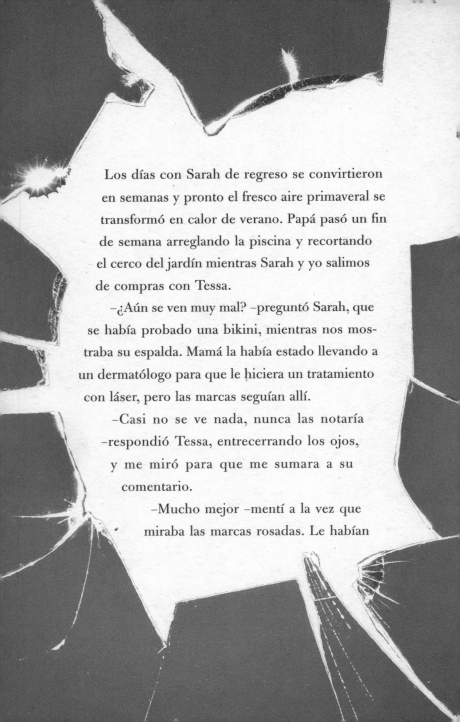

Los días con Sarah de regreso se convirtieron
en semanas y pronto el fresco aire primaveral se
transformó en calor de verano. Papá pasó un fin
de semana arreglando la piscina y recortando
el cerco del jardín mientras Sarah y yo salimos
de compras con Tessa.

–¿Aún se ven muy mal? –preguntó Sarah, que
se había probado una bikini, mientras nos mostraba su espalda. Mamá la había estado llevando a
un dermatólogo para que le hiciera un tratamiento
con láser, pero las marcas seguían allí.

–Casi no se ve nada, nunca las notaría
–respondió Tessa, entrecerrando los ojos,
y me miró para que me sumara a su
comentario.

–Mucho mejor –mentí a la vez que
miraba las marcas rosadas. Le habían

dicho que podían tardar meses o años en curarse por completo y que, incluso entonces, las cicatrices podrían ser visibles, aunque no tanto como antes.

Durante el almuerzo en el patio de comidas, Sarah parecía más relajada. Ya habían quedado atrás los días en los que se sentía muy nerviosa cuando estaba en público, asustada de que en los lugares llenos de gente alguien la pudiera reconocer.

Más tarde probamos las muestras de maquillaje en Sephora, y Sarah le hizo a Tessa un delineado estilo egipcio como una profesional, de modo que parecía una actriz de películas de otra época. Mientras tomaba algunas fotografías con mi teléfono celular, veía lo que todos a nuestro alrededor podían ver: tres adolescentes que se divertían juntas un sábado por la tarde.

—Voy a comprar este —dijo Tessa, dándole una palmadita al delineador y abrazando a Sarah—. Pero ¿podrías venir a casa a arreglar mis ojos… cada mañana?

—Por supuesto —respondió Sarah con una sonrisa.

—Ella es asombrosa, eres muy afortunada. Desearía tener una hermana —me confesó Tessa más tarde.

Ella no había conocido a Sarah antes, y me alegraba que hubiera olvidado, o que hubiera elegido olvidar, la descripción que le había hecho de mi hermana antes de que regresara.

Al pasar los días, cada vez más cálidos y largos, todo se volvía más sencillo, justo como nos había dicho la doctora Levine. Los detectives y reporteros dejaron de llamar. Parecía que la investigación del caso estaba siguiendo el mismo rumbo que la desaparición de Sarah: iba borrándose poco a poco de la mente de las personas.

La doctora Levine también fue de ayuda respecto de otro tema, como consejera matrimonial de mamá y papá. Comenzaron a tener una "noche romántica" cada viernes, según su recomendación, mientras nos dejaban a Sarah y a mí hacer nuestros planes. Por lo general, ordenábamos pizza y rentábamos una película –nada especial–, y en ocasiones también venía Tessa, pero la mayoría de las veces solo éramos Sarah y yo. Lo único que no podíamos hacer era ver películas de terror, nada en donde hubiera chicas amenazadas o en peligro. Al parecer disparaban las pesadillas de Sarah, que aún aparecían en promedio una vez a la semana, pero podían ocurrir a diario si veía algo que la asustara antes de dormir.

Aunque era un plan sencillo, ansiaba que llegara nuestra noche. Comenzaba a planear el pedido de pizza y a hablar sobre películas con Sarah con varios días de anticipación. Un viernes por la tarde llegué de la escuela y encontré una bandeja de galletas de chocolate enfriándose en la mesada. "Para la noche de película", me dijo Sarah mientras lavaba la asadera. Ella también ansiaba que llegara esa noche.

Decidí que ya estaba lista para regresar al trabajo en la línea de ayuda. Volví una tarde de primavera, luego del cambio de clima; era extraño estar allí mientras el sol seguía alto, iluminando la sala luego de un largo invierno de tardes oscuras. Parecía otro lugar. Y esa no era la única diferencia: tan pronto como entré, Marcia me tomó en sus brazos, en un cálido abrazo que se sentía sincero y que sostuvo por un momento.

–Quiero que conozcas a alguien, Nico –me dijo en voz baja. Me guio al lugar en el que solía responder mis llamadas, pero estaba ocupado por una chica de cabello oscuro y corto.

–Ella es Shivani, es tu aprendiz –me explicó, sonriendo.

–Hola, soy Nico –me presenté estrechando la mano de la chica y noté el flequillo recto y grueso que apartaba de su rostro: era muy llamativo–. Me encanta tu corte.

–Sé quién eres –me respondió, sonrojada, con una sonrisa–. Eres famosa.

–Shivani pidió especialmente practicar contigo y me pareció una buena idea –interrumpió Marcia. Yo estaba sorprendida, con la guardia baja. ¿Famosa por qué? Luego lo entendí: Sarah.

No supe qué responder a ninguno de sus comentarios. Al hecho de que Marcia pensara que ya estaba lista para ayudar a alguien en la línea, o a que Shivani me considerara como una mentora.

–Vamos a responder algunas llamadas juntas para empezar, ¿qué te parece? –le pregunté mientras acercaba una silla y buscaba unos auriculares para escuchar con ella.

Me sorprendí a mí misma por lo rápido que había adoptado ese rol, la estudiante mayor, la instructora con su practicante. Había pasado apenas un año desde que había estado en el lugar de Shivani; todo había cambiado mucho en los últimos meses. Como por un acto divino de buena suerte, las llamadas que llegaron fueron de rutina: una chica que estaba pensando en huir, otra que estaba deprimida por el divorcio de sus padres. Nada en lo que Marcia tuviera que intervenir. Mientras hablaba con cada una de las personas que llamaban y las aconsejaba, escuchaba la calma y la confianza en mi voz por los auriculares, y yo misma estaba sorprendida.

Cuando llegó la hora de irnos por la noche, salimos juntas. Al pasar de la calidez del vestíbulo a la fresca noche de primavera, se podía ver nuestro aliento en el aire.

–Nico, solo quería agradecerte mucho –me dijo Shivani mientras caminaba al auto de sus padres–. Esto significa todo para mí.

Sospechaba que la chica de primer año les contaría a sus amigas de la escuela que ya éramos amigas, que éramos voluntarias juntas, como si fuera una señal de honor y prestigio. Seguramente presumiría sobre eso, pero no me molestaba. Desde el regreso de Sarah había notado que algunas personas, sobre todo en la escuela, se interesaban en mí de una nueva forma, intrigadas. Para algunos esa sensación se fue desvaneciendo después de que Sarah ya había pasado algunas semanas en casa. Pero para otras personas fue como si yo hubiera sido invisible y ahora pudieran verme. Una de ellas era Daniel.

Desde la fiesta en casa de Liam, había estado actuando de manera diferente conmigo en las reuniones del anuario. Por mencionar solo una cosa, sabía mi nombre. Los días en los que nos encontrábamos después de la escuela, pasaba horas por la mañana arreglándome, probándome uniformes frente al espejo que tenía detrás de mi puerta, buscando alguno en el que la pollera me quedara bien con el cárdigan azul marino sobre una camiseta blanca. Me lavaba y secaba el largo cabello rubio y lo dejaba suelto, en lugar de atarlo en una cola de caballo o en un rodete flojo como solía usarlo.

–Debe ser miércoles –me provocó Tessa un día mientras se acomodaba a mi lado en el aula y examinaba lo mucho que me había arreglado.

–¿En serio? –bromeé, haciendo de cuenta que miraba al calendario junto al escritorio de la profesora. Por supuesto que Tessa sabía que me gustaba Daniel, pero a diferencia de cómo yo alentaba que estuviera enamorada de Liam, ella era decididamente negativa sobre mis sentimientos.

–Tiene una nueva novia cada semana. Eso no es una buena señal. Lo mejor que podría ocurrirte es que fueras esa chica, por una semana. ¿En verdad quieres eso?

La verdad era que no quería eso, quería algo más, algo que no podía siquiera confesarle a Tessa o a Sarah, que apenas podía reconocerme a mí misma. Había visto a Daniel y, sí, al parecer salía con una chica distinta cada fin de semana y era un experto seductor, casi con cualquiera. Pero, hasta donde yo sabía, aún no había encontrado a quién invitar al baile de graduación. A media que se acercaba la fecha, una fantasía iba creciendo en mi mente. Estaríamos trabajando en el anuario, mirando fotografías, y él se inclinaría sobre mi hombro para ver algo en la pantalla de mi computadora.

–Está muy bien, ¿podrías mover esta un poco más hacia la izquierda, así queda más lugar para la central? –sugeriría él, y yo contendría la respiración, expectante, con su cuerpo muy cerca del mío. Esperando que me mirara a los ojos como lo había hecho en la fiesta. Con esa sonrisa ansiosa.

A veces me miraba así. En especial si me quedaba hasta tarde, si éramos un grupo pequeño y ordenábamos algo para cenar con el señor Stillman, nuestro maestro de arte, como el único chaperón. Se sentaba cerca de mí y me molestaba por ser la más joven del grupo.

–Esta chica está en problemas –bromeaba mientras ponía una mano en mi espalda–. Luce muy inocente y bonita; si alguien escondiera una broma en el anuario, sería Nico.

Me sonrojaba y solo murmuraba algo. Pero, a pesar de su coqueteo, nunca hizo nada cercano a mi fantasía, al sueño que había despertado en mi imaginación en la fiesta de Liam: que yo era alguien especial para él.

Un día de lluvia que tuvimos Educación Física adentro, escuché a unas chicas hablando sobre el baile en el vestuario y una de ellas mencionó a Daniel. Él tenía una cita, la había tenido por semanas; se trataba de una chica con la que había salido algunas veces. Iba al mismo año que yo, pero tenía el cabello oscuro y buen cuerpo, todo lo contrario a mí. Me metí en el baño y sentí cómo las lágrimas corrían por mis mejillas. ¿Cómo podía haber sido tan estúpida? Todo se aclaró para mí, de repente: Daniel solo había notado mi presencia porque Sarah había regresado. En todo el tiempo que yo había pasado soñando con él, él no había pensado ni una vez en mí.

Cuando la fecha del baile estuvo cerca, mamá y papá se preguntaban si Sarah querría ir, ya que se había perdido su propio baile. Pero a ella le causó gracia esa idea.

–Está bien. No siento que necesite fotografías de mi graduación para cerrar mi experiencia como adolescente –admitió. Una de nuestras noches de viernes vimos una película de los noventa acerca de un baile que terminaba mal y me pareció que Sarah estaba feliz por haber estado ajena a esas complicaciones.

Se hicieron toda clase de fiestas antes del baile. Tessa, de alguna forma, se las arregló para que nos invitaran a la que tuvo lugar en la casa de Liam:, su fantasía de estar con él no se había desvanecido.

–Él estará en el último año el año próximo y yo en primero; es perfecto –nos explicó a Sarah y a mí mientras nos arreglábamos para ir. Sarah asintió, de pie detrás de ella frente al espejo, mientras trenzaba su cabello enrulado como una corona alrededor de su cabeza.

–Una chica con un plan, me gusta eso –comentó–. ¿Y qué hay de ese chico que te gustaba, Nico? ¿Estará ahí esta noche?

–Daniel –dije, encogiéndome de hombros, intentando sonar indiferente. Por dentro estaba nerviosa de que fuera a la fiesta de Liam, y de que, en esa ocasión, llevara a su nueva chica. Tenía que lucir perfecta, por si llegaba a notar mi presencia. Quizás aún había posibilidades de que se preguntara por qué no me había prestado más atención. De demostrarle que había cometido un gran error, de que había invitado a la chica equivocada.

–Es súper guapo, pero un poco desaliñado –agregó Tessa mientras dejaba caer un bucle por el costado de su rostro–. Estoy segura de que Nico puede estar con alguien mejor que Daniel Simpson.

–Siempre me gustó el nombre Daniel, y esa historia sobre la guarida del león –mencionó Sarah, mirándome como si intentara leer mi rostro, y sonrió.

–¿Qué guarida del león? –preguntó Tessa.

–Ya sabes, esa historia de la Biblia: Daniel, la guarida del león. Lo metieron allí, pero el león no se lo comió porque Dios lo protegía... –respondió Sarah mientras buscaba algo en su bolso de maquillaje con la mente en otra cosa. Y, de pronto, levantó la vista para mirarme y no vio ninguna señal en mi rostro de que reconociera la historia.

–Uh, no sé nada sobre la Biblia. Mi familia no es muy religiosa –admitió Tessa. Estuve a punto de comentar que la nuestra tampoco lo era, pero me contuve. Tessa se acercó al espejo para ver su cabello y luego se dirigió a Sarah.

–¿Me maquillarías los ojos como lo hiciste en el centro comercial? –le pidió. Sarah sacó su delineador líquido.

–Deberías venir a la fiesta con nosotras –le dije de repente–. Así conoces a Liam y a Daniel tú misma.

–Muy extraño –respondió Sarah luego de un momento en el que pareció considerarlo. Luego sonrió y sacudió la cabeza–. Además, tengo que estudiar.

Tessa y yo nos quejamos. Se estaba tomando sus exámenes demasiado en serio. Y, aunque yo no lo admitiría, estaba muy orgullosa de ella.

Y mamá y papá también lo estaban: ellos recordaban muy bien a la Sarah de antes; la chica que no habría abierto un libro a menos que fuera amenazada con un toque de queda o algún castigo.

–No te perdiste de nada –le confesé a Sarah cuando llegué de la fiesta y la encontré estudiando en la cocina, con los libros sobre la mesa–. Y estas plataformas me están matando.

–¿Y Daniel? –me preguntó, levantando las cejas.

–Apareció –le respondí, encogiéndome de hombros, mientras buscaba algo para beber en el refrigerador. ¿Qué tanto debía contarle? ¿Que estaba ebrio, que su cita había sido un desastre, con el lápiz labial corrido por toda su boca y por la de él? La verdad era que, para cuando él llegó, ya estaba entretenida hablando con un chico de mi año del equipo de tenis, Kyle. Y había algo más, algo más grande y oscuro que rondaba mis pensamientos al ver a Daniel. Una revelación que lo volvía repulsivo para mí.

–De todas formas, él está en su último año, le queda un mes en esta ciudad y se habrá marchado. No quiero eso. ¿Te imaginas a mamá y a papá? Sería como si… –le recordé, pero me detuve, sacudiendo la cabeza. En la fiesta tuve una horrible epifanía cuando Daniel cruzó la puerta con un brazo alrededor de su morena curvilínea.

Él estaba en el último año, ella en el primero.

Era la historia de Max y Sarah, que se repetía. Lo había ansiado, soñado, deseaba seguir sus pasos sin haberme dado cuenta. ¿Cómo podía haber sido tan inocente? Al mirarme al espejo, veía el mismo rostro, la misma figura que Sarah tenía a los quince años; pero yo no era ella, nunca lo sería.

–Pero yo no fui al baile con Max. No me habrían dejado –dijo Sarah, y observé su rostro cuando se dio cuenta por sí misma y me miró esperando una confirmación.

–Ese fue el momento en el que huyeron por primera vez, a la cabaña; estabas tan enojada... Fue como si lo hubieses planeado durante meses y ellos no te dejaran tener tu premio, presumir de él.

–Y los tatuajes iguales fueron después de eso, ¿cierto? –asintió, como si recordara. Cerró uno de los libros que estaba en la mesa y continuó–: Te prometo que habrá otros Daniel, Nico. Cuando estés lista.

Antes de las vacaciones de verano, Sarah logró pasar todos sus exámenes con las mejores calificaciones y también pudo ayudarme a obtener el segundo puesto en la feria de ciencias. Hubo una foto mía en el anuario, en la que posaba como una tonta con mi listón rojo. Terminé el año con un 93 sobre 100 en matemáticas, por primera vez.

Mamá y papá no habían planeado ningún viaje para los tres meses en los que yo no tendría clases, porque no estaban seguros de lo que querría hacer Sarah. Pero ella estaba conforme con recostarse junto a la piscina, con una pila de revistas junto a ella y las gafas de sol, o yendo con mamá y conmigo al club, en donde otro extraño efecto de su amnesia era evidente: había perdido por completo su habilidad para el tenis. Ni siquiera podía recordar cómo se anotaba y sus viejas polleras de tenis le quedaban grandes.

–Sarah, tienes que retroceder a la línea de base; esto es dobles –le expliqué por décima vez, pero ella solo sonreía y se movía al otro lado de la cancha, por lo que mamá y su compañera nos volvían a ganar. Y al parecer tampoco le importaba; Sarah solía ser competitiva, arrojaba su raqueta contra el suelo y salía de la cancha furiosa cuando las cosas no salían como quería.

–Treinta a cero es malo, ¿verdad? –me preguntó mientras se acomodaba la visera.

–Sí, es malo. A menos que estés intentando dejar ganar a mamá –le respondí.

–Supéralo, Nico. Tú tienes toda la coordinación entre la vista y las manos, y yo nada –bromeó, y se rio luego de otra humillante derrota.

–Solías tenerla –remarqué, pero me arrepentí–. Lo siento, yo...

–Apenas puedo levantar mi raqueta luego de esa derrota –admitió Sarah, sonriendo, mientras se secaba la nuca con una toalla.

Luego, también les sonrió a mamá y a su amiga Erin cuando entraron al vestuario.

–¿Las ganadoras tienen que pagar el almuerzo de las que han perdido otra vez? –bromeó mamá, sabiendo que los gastos del club se cargaban a su cuenta.

–Hola a todas –saludó una chica de cabello rubio corto haciendo malabares con su raqueta, en cuanto ordenamos las ensaladas y té helado.

–Ah, ¡Paula! –al parecer, a Sarah le llevó un momento recordar quién era, quizás por las gafas de sol o porque no la había visto en semanas–. Qué bueno verte.

–Las vi jugando en la cancha y no lo podía creer, Nico. Eres muy buena –comentó, con una voz forzada.

–Y sé que soy la vergüenza de la familia Morris –bromeó Sarah antes de que Paula pudiera criticarla. Corrió una silla y la invitó a sentarse.

–Para nada –se apresuró a decir mamá mientras le palmeaba el brazo–. Ya vas a recuperar tus habilidades; solo estás algo oxidada.

–Todos saben que la familia Morris juega bien al tenis, ¿cierto? Está en sus genes –interrumpió Paula. Hizo una pausa y miró a Sarah–. Estoy segura de que la habilidad volverá a ti.

–Ya ordenamos, si quieres acompañarnos –le ofreció mamá a Paula mientras le pasaba un menú, luego de un momento de silencio. Por su tono de voz supe que solo estaba siendo amable.

–No puedo quedarme –respondió Paula, mirándome–. Te envié algunos e-mails, Nico, pero creo que debo tener la dirección equivocada.

–Sí, puede ser –le respondí, jugando con mi ensalada. Había recibido sus e-mails.

–Habrá un torneo de tenis en algunas semanas; deberías anotarte para el sub-16 –continuó, como si explicara el motivo de sus e-mails. Pero no tenían nada que ver con el tenis.

–Sí, Nico, deberías anotarte –me animó Sarah–. Vas a ganar. Vendré a verte, y trataré de no avergonzarte.

–La planilla de inscripción está casi completa; si quieres, deberías ir pronto –remarcó Paula.

–Hazlo, Nico –sugirió mamá.

–Te mostraré dónde anotarte –se ofreció Paula mientras seguía haciendo malabares con su raqueta.

–Lo haré cuando salgamos –le respondí, tragando saliva con fuerza.

–Para entonces seguro ya estará completa. Vamos, tengo que ir hacia allá de todas formas –insistió, con una sonrisita.

Me puse de pie y sentí las piernas temblorosas.

–Fue bueno verlas a todas. Podrías organizar un juego pronto, ¿sí? –se despidió sonriendo antes de guiarme fuera del comedor hacia la entrada del club.

Cuando llegamos a la entrada, Paula me acompañó hasta la pizarra en la que los jugadores se estaban inscribiendo para el torneo. Había una mujer mayor delante de nosotras, que completaba sus datos. Esperamos allí, incómodas, por un momento antes de que Paula hablara en voz baja.

–La familia feliz de paseo –comenzó–. ¿Dónde está Max? ¿Esos dos no están juntos de nuevo?

–Tuvieron una cita, o algo, pero... –comencé y sacudí la cabeza porque sentí que ya había dicho demasiado. Era claro que Max y Paula no habían quedado en buenos términos. Me preguntaba qué tan duras habrían sido esas últimas semanas para ella. Quien los viera pensaría que su antigua mejor amiga había regresado y le había robado a su novio otra vez. No sabía cómo expresar que Sarah no tenía malas intenciones, que no había intentado que se separaran. Solo había pasado–. No es que estén saliendo.

–Ah, en serio –comentó, con una voz tensa. Estaba registrando el hecho de que Max había roto con ella, su novia hacía dos años, por nada. Menos que nada. Debía dolerle–. Sabes que luego de que Sarah desapareció los policías me hicieron muchas preguntas. A Max y a mí, pero en especial a mí. ¿Tienes idea de por qué?

–¿Por qué la llamaste ese día? –arriesgué mientras trataba de recordar los días antes de su desaparición. Estaban muy borrosos.

–Porque mis huellas digitales estaban en su bicicleta. ¿Te acuerdas de eso?

–Sí, pero tú la habías tomado prestada o algo así –recordé.

Cuando la señora se movió, Paula tomó el marcador y lo destapó como si estuviera enojada y me lo entregó.

–Eso fue lo que les dije, que había usado la bici, pero sentí que no me habían creído. Por un largo tiempo fue como si pensaran que había tenido algo que ver con que Sarah desapareciera. O Max. Me interrogaron dos veces, una con un abogado en la estación de policía, ¿sabes lo que se siente?

–Estoy segura de que fue horrible –comenté. Miré a la pizarra tratando de descubrir dónde tenía que poner mi nombre.

–Tuve que hacer una prueba con el detector de mentiras. Y luego ese reportero escribió ese artículo, donde Max y yo parecíamos asesinos. "Horrible" no es suficiente –me miró detenidamente–. Para ser honesta, parte de mí se alegró de que Sarah desapareciera; pensé que tal vez había huido de nuevo, pero esta vez había dejado a Max. Quizás él era demasiado pueblerino para ella. Incluso pensé que tú la habías ayudado. Por eso no le conté *todo* a la policía sobre ese día. Pero ellos sabían que escondía algo. Mi historia simplemente no cerraba.

Sostuve el marcador sobre la pizarra, asustada hasta de escribir mi nombre. Por un momento estuve a punto de escribir *Sarah Morris*. Su nombre estaba siempre en el fondo de mi mente, y había estado allí por años. Con Paula de pie a mi lado, susurrando en mi oído, yo era la que corría el riesgo de desaparecer. ¿Nadie podía darse cuenta?

–¿Sabes lo que le dije a Sarah cuando la llamé ese día? –me susurró, cada vez más cerca.

No le respondí y mantuve la mirada al frente. *Nico*, escribí finalmente. *Nico Morris.*

–Nadie lo sabe, nadie excepto yo. Y Sarah –agregó, y su tono cambió, su voz fue más sombría mientras susurraba–. Le dije que iba a estar esperándola en el parque. Estaba tan enfadada con ella que podría haberla matado. Pero eso no fue necesario.

Me concentré en respirar mientras pensaba qué diría ella a continuación. Paula miró alrededor para asegurarse de que nadie más pudiera escuchar lo que estaba diciendo.

–Y ahora Sarah está de regreso. Alguien la secuestró; esa es la historia, ¿no? Y la llevaron a Florida.

Sabía por su tono sarcástico que no era realmente una pregunta, así que me enfoqué en la pizarra mientras escribía lentamente mi información de contacto en el apartado para el grupo de mi categoría.

–El asunto es, Nico… –continuó hablando cerca de mi oído–. Tan pronto como la vi, lo supe. Y tú también, ¿no es así?

–¿Saber qué? –pregunté. Sentí que un torrente de sangre subía a mi cabeza y un sonido pulsante en los oídos.

Paula tomó el marcador de mi mano temblorosa y lo volvió a tapar. Lo dejó debajo de la pizarra con cuidado antes de responder.

–Ella no es Sarah.

Mi respiración se detuvo.

Sentí que el suelo bajo mis pies me tragaría, como si un gran hoyo negro se abriera otra vez, el que Sarah había dejado cuando desapareció.

–Entonces, ¿quién es esa chica que está viviendo en tu casa?

SARAH

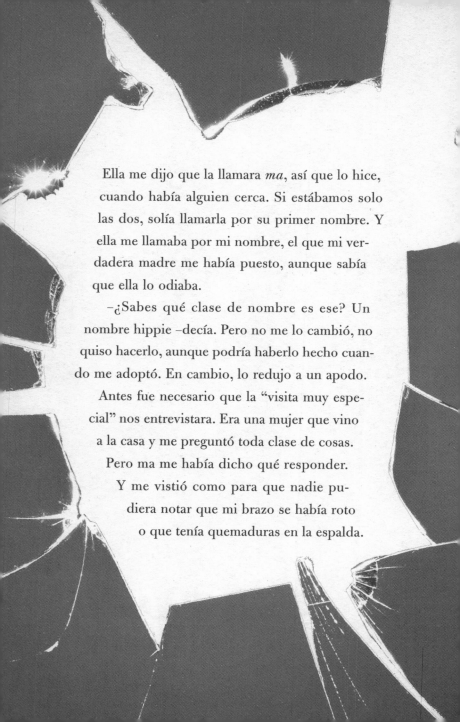

Ella me dijo que la llamara *ma*, así que lo hice, cuando había alguien cerca. Si estábamos solo las dos, solía llamarla por su primer nombre. Y ella me llamaba por mi nombre, el que mi verdadera madre me había puesto, aunque sabía que ella lo odiaba.

–¿Sabes qué clase de nombre es ese? Un nombre hippie –decía. Pero no me lo cambió, no quiso hacerlo, aunque podría haberlo hecho cuando me adoptó. En cambio, lo redujo a un apodo.

Antes fue necesario que la "visita muy especial" nos entrevistara. Era una mujer que vino a la casa y me preguntó toda clase de cosas. Pero ma me había dicho qué responder.

Y me vistió como para que nadie pudiera notar que mi brazo se había roto o que tenía quemaduras en la espalda.

Y también me hizo trenzas en el cabello para que no se viera que, a los cinco años, tenía dermatitis en el cuero cabelludo.

–¿Crees que esté lista para comenzar el jardín en el otoño? –le preguntó a ma luego de hacerme muchas preguntas, y ella asintió.

–Ah, ella es muy lista, más que yo. Muéstrale ese libro que te gusta tanto, Liberty.

Corrí a mi habitación, toda arreglada y bonita, con mi nueva manta en la cama, cortinas y una alfombra rosada. Busqué el libro ilustrado de la Biblia en la biblioteca y se lo llevé a la señora. Parecía muy interesada, así que le conté sobre él.

–Mi favorita –le dije– es esta historia en la que la ballena se traga a un hombre. O esta, con los bonitos leones.

–Liberty, eres un verdadero encanto. Qué afortunada que eres de tenerla. No solemos encontrar a alguien apropiado para estos niños, pero creo que esta vez lo hemos hecho, en verdad lo creo –comentó. Las dos se rieron por mi historia. Ma asintió mientras me sonreía. Esa noche hubo helado, con chispas de chocolate, mi preferido.

–Lo hiciste bien, niña. Somos un buen equipo, ¿no es así? –me dijo, y luego de esa noche fuimos eso. Un equipo.

21

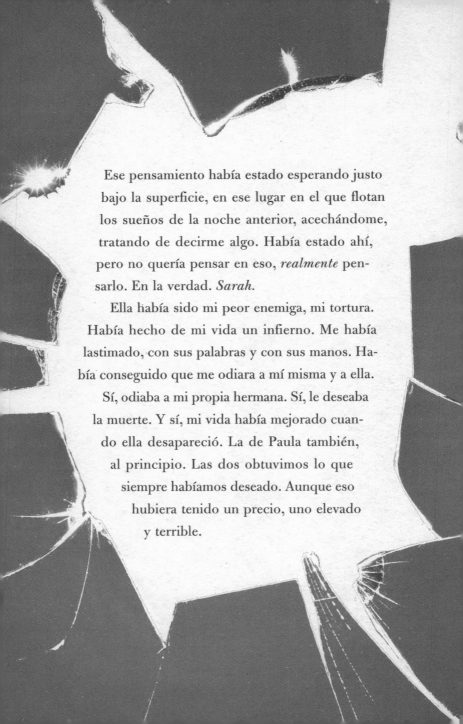

Ese pensamiento había estado esperando justo bajo la superficie, en ese lugar en el que flotan los sueños de la noche anterior, acechándome, tratando de decirme algo. Había estado ahí, pero no quería pensar en eso, *realmente* pensarlo. En la verdad. *Sarah*.

Ella había sido mi peor enemiga, mi tortura. Había hecho de mi vida un infierno. Me había lastimado, con sus palabras y con sus manos. Había conseguido que me odiara a mí misma y a ella. Sí, odiaba a mi propia hermana. Sí, le deseaba la muerte. Y sí, mi vida había mejorado cuando ella desapareció. La de Paula también, al principio. Las dos obtuvimos lo que siempre habíamos deseado. Aunque eso hubiera tenido un precio, uno elevado y terrible.

Y entonces Sarah regresó, pero no era la misma Sarah. Era la hermana que yo siempre había deseado, que siempre había necesitado. Era amable, abierta, cariñosa conmigo, con mamá y con papá. Me agradaba, la quería incluso. No iba a dejar que Paula arruinara eso para mí o para mi familia. No.

–Si crees que alguien murió y esa persona regresa, puede llevarte un tiempo acostumbrarte a verla de vuelta –escuché cómo las palabras de la consejera escolar salían de mi boca. Hablé rápido y Paula inclinó la cabeza hacia un lado y se llevó una mano a la cintura–. La psicóloga de la escuela me lo explicó; en verdad es muy normal tener dudas.

–¿Has terminado de inscribirte? –preguntó un hombre, impaciente, detrás de nosotras.

–Sí, lo siento –me disculpé, y lo dejé pasar, esperando que no hubiera escuchado nada de lo que habíamos estado hablando.

–Me tengo que ir. Debo regresar –le dije a Paula mientras trataba de liberarme de ella, que me había tomado por el brazo para llevarme hacia la puerta principal.

–¿Volver? ¿A dónde? ¿Con esa chica que dice ser Sarah? Esa extraña. ¿Tus padres también lo descubrieron? ¿Siquiera sabes quién es? –susurró.

–¡Ella es Sarah! –protesté, y logré liberar mi brazo. Escuché de mi propia voz la mentira que me había estado diciendo a mí misma por meses, porque no podía enfrentar la verdad;

lo que realmente le había ocurrido a mi hermana ese día en el parque. Si Sarah estaba de regreso, eso no había ocurrido. Nada de eso.

Me alejé, deprisa, mientras imaginaba a Paula a mis espaldas, pero cuando volteé ella ya no estaba. Me detuve antes de bajar las escaleras que llevaban al comedor y miré a mi familia, a mi mamá y mi hermana, sentadas tan cerca una de la otra, con sus cabellos de un rubio idéntico, y las raíces oscuras de Sarah que comenzaban a asomar.

Pensé en la noche en la que regresó de su cita con Max, en cómo se había desmoronado, quebrado. En los gritos de terror por las noches. Al verla, no podía soportar la idea de que alguien lastimara a esa chica. De que alguien la hubiera quemado, torturado, hecho sentir no querida, indigna. Pero alguien lo había hecho.

Mi respiración se calmó mientras las miraba, riendo; mamá agregaba azúcar en su té helado y Sarah le pedía un postre al mesero. Ella levantó la vista y me miró a los ojos, con una expresión cálida y abierta, me sonrió y me saludó. No pude evitar sonreír.

Sarah ya había estado en casa por meses y todos pensaban que era ella. Todos sabían que era ella. Max, el tío Phil, hasta la abuela cuando vino a visitarla.

Sus problemas con Max también eran fáciles de explicar. Sarah me había contado todo sobre su última conversación:

Max le había confesado que se culpaba a sí mismo. Se suponía que se encontraría con ella el día en que desapareció. Como ella no apareció, él asumió que se había molestado y se había marchado. Pensó que volvería a verla.

"No puedo dejar de pensar en qué habría pasado si yo llegaba quince o veinte minutos antes, a la hora que dije que llegaría" –le había confesado Max.

Durante todos esos años no había sabido de eso: que él había estado viviendo con esa culpa. Y, al ver cómo estaba Sarah, el daño que le habían hecho, al parecer no pudo soportarlo. Sarah me contó que había llorado casi toda la cita.

Intenté decirme a mí misma que, al pasar los largos y calurosos días de verano, Paula terminaría con su locura y nos dejaría en paz, tan pronto como se fuera a la universidad. Pero, cada vez que salíamos, en especial al club, temía verla otra vez y que pudiera decir algo que preocupara a mis padres o a Sarah. En cambio, lo que terminó haciendo fue peor, mucho peor.

SARAH

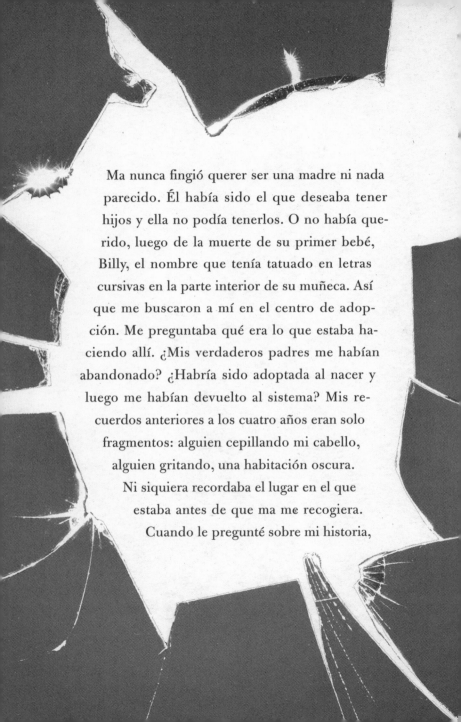

Ma nunca fingió querer ser una madre ni nada parecido. Él había sido el que deseaba tener hijos y ella no podía tenerlos. O no había querido, luego de la muerte de su primer bebé, Billy, el nombre que tenía tatuado en letras cursivas en la parte interior de su muñeca. Así que me buscaron a mí en el centro de adopción. Me preguntaba qué era lo que estaba haciendo allí. ¿Mis verdaderos padres me habían abandonado? ¿Habría sido adoptada al nacer y luego me habían devuelto al sistema? Mis recuerdos anteriores a los cuatro años eran solo fragmentos: alguien cepillando mi cabello, alguien gritando, una habitación oscura.

Ni siquiera recordaba el lugar en el que estaba antes de que ma me recogiera.

Cuando le pregunté sobre mi historia,

me dijo que no sabía mucho, o nada en realidad, sobre mí o cuánto tiempo llevaba en ese lugar.

–Yo *consumía* en ese tiempo, Libby –me explicaba siempre–. Podría haberte dejado en mi puerta una familia de payasos totalmente disfrazados y no lo recordaría.

Sabía que era difícil para ella hablar sobre esos tiempos, así que solo se lo pregunté una o dos veces, y luego abandoné el tema.

Cuando él se fue, ella dejó de consumir. Le costó mucho esfuerzo y algunas recaídas: noches de llantos y gritos, días sin comer nada. Luego no sintió deseos de regresar a su trabajo como mesera. Decidió que le gustaban los cheques. Le gustaba estar sin trabajar. Y, para ser honesta, empecé a agradarle un poco. O comenzó a enderezarse entonces. Cuando lo echó, pensé que querría tener a alguien nuevo en casa. Durante el día veía las telenovelas con ella y comenzó a llevarme algunas veces cuando iba a la tienda. Siempre se animaba cuando alguien le decía: "¡Qué niña más bonita! y "Eres igualita a tu madre". Con su cabello de color rubio teñido, sus dientes manchados por tantos años de consumir drogas, amaba la idea de que la vieran como la madre de alguien, casi como la Virgen María.

Antes de que comenzara el jardín de infantes en el otoño, tuvimos otra conversación seria, como la que habíamos tenido antes de que viniera la "visita muy especial". Hablamos sobre lo que podía y lo que no podía decir en la escuela. No tenía permitido mencionarlo a él, jamás. Nadie podía ver las marcas en mi espalda. Si alguien preguntaba sobre mi brazo, eso había ocurrido antes de que fuera a vivir con ma. Lo repetimos una y otra vez hasta que lo memoricé por completo. Éramos un equipo, las dos. Ma y yo. Teníamos que contar la misma historia o no dejarían que siguiéramos juntas.

–Y nunca sabes dónde podrías ir a parar después –me advirtió.

Fue entonces, a los cinco años, cuando aprendí: cuanto más tiempo te cuentas una mentira a ti mismo, más la creerás, hasta que, finalmente, se convierte en tu verdad.

22

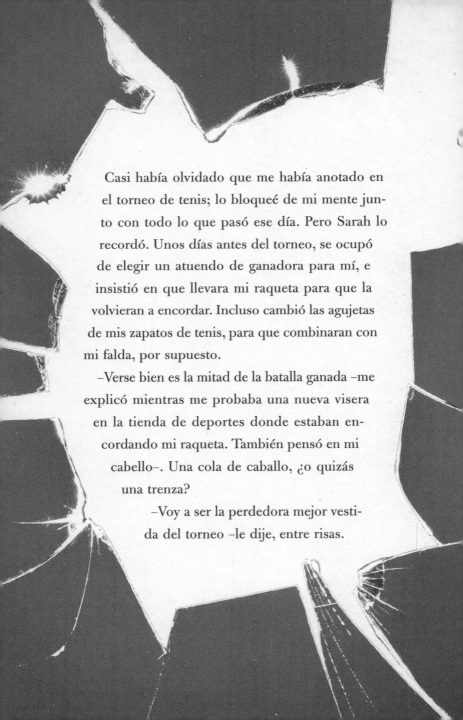

Casi había olvidado que me había anotado en el torneo de tenis; lo bloqueé de mi mente junto con todo lo que pasó ese día. Pero Sarah lo recordó. Unos días antes del torneo, se ocupó de elegir un atuendo de ganadora para mí, e insistió en que llevara mi raqueta para que la volvieran a encordar. Incluso cambió las agujetas de mis zapatos de tenis, para que combinaran con mi falda, por supuesto.

–Verse bien es la mitad de la batalla ganada –me explicó mientras me probaba una nueva visera en la tienda de deportes donde estaban encordando mi raqueta. También pensó en mi cabello–. Una cola de caballo, ¿o quizás una trenza?

–Voy a ser la perdedora mejor vestida del torneo –le dije, entre risas.

–Ni siquiera lo menciones –se quejó–. Si a ti misma te dices que no puedes hacerlo, entonces así será; una maestra me enseñó eso una vez, y tenía razón.

Me pregunté quién le habría dicho eso a Sarah.

–Tienes que creer en ti misma, en tu valor. Recuerda cuando estábamos haciendo tu tarea de matemáticas y no dejabas de decir: "Ah, soy tan mala en matemáticas" o "Nunca voy a entender esto", pero lo hiciste, ¿no es así? Obtuviste la mejor calificación este año –agregó, y cambió la visera rosada por una de color turquesa brillante mientras permanecía parada frente a ella como un maniquí. Luego se detuvo y me miró a los ojos–. Por mucho que yo crea que vas a ganar, tienes que creerlo tú para que suceda. Pero no con este color, te hace ver pálida.

Tenía las manos en mis hombros y me miraba seria. Me quitó la visera turquesa y la regresó a su lugar, optando por la rosada.

Fuimos a la caja, donde Sarah sacó la tarjeta de crédito que mamá y papá le habían dado y pagó sin mirar las etiquetas de precios. Ellos querían que tuviera algo de independencia, que se sintiera como una chica de diecinueve años, así que le abrieron una cuenta bancaria y le dieron una tarjeta de crédito. Pensé en los cheques en blanco que había escondido en el bolso de viaje detrás del escritorio mientras trataba de convencerme a mí misma de que había una razón para que estuvieran allí. Tal vez mamá y papá se los habían dado para alguna emergencia. Mamá también la había anotado en lecciones de manejo, pero ella apenas las necesitaba.

–¡Esto es tan natural para ti cómo si lo hubieras estado haciendo por años! –exclamó el instructor. Podía estacionar junto al borde de la acera con una sola mano, como hacían los muchachos del servicio de aparcacoches en el club.

De todas formas, no la había visto abusar de su tarjeta, pero sí que apreciaba las cosas de buena calidad; un rastro de la antigua Sarah. Los mejores restaurantes, ropa, maquillaje, zapatos. Pero mamá y papá querían que se diera sus gustos, así que nunca se quejaban. Desde su perspectiva, Sarah estaba recuperando el tiempo perdido y merecía todos los lujos luego de lo que había tenido que pasar.

Salimos al estacionamiento y subimos al Mercedes de papá –el auto que no dejaba siquiera que mamá manejara–, y Sarah nos condujo hábilmente a casa mientras hablaba del partido que jugaría al día siguiente y de que necesitaba ingerir carbohidratos en la cena.

–¡Lo tengo! –gritó, golpeando el volante con las dos manos–. ¿Qué te parece el restaurante italiano que mamá adora?

–¿Palermo?

–Sí, vamos a cenar ahí esta noche, pasta, pasta, pasta. Y pan, eso es lo que necesitas.

–Es muy elegante, y costoso –protesté.

–¿Cuántas veces mi hermanita juega un torneo de tenis? Vamos, le preguntaré a mamá cuando lleguemos a casa –me respondió mientras me miraba y esbozaba una sonrisa.

Y sabía que mamá no se negaría a un pedido de Sarah de ninguna forma.

No fue hasta el día siguiente cuando me di cuenta de que mis nervios no se debían tanto al torneo, sino a la posibilidad de cruzarme con Paula. Sabía que se había anotado en la categoría superior, así que verla era inevitable. Pensé en fingir que estaba enferma y escapar de todo eso, pero Sarah estaba tan emocionada por mí que no podía decepcionarla.

En cuanto llegamos revisé el itinerario para saber en qué cancha me tocaba jugar, y busqué el nombre de Paula, pero no lo encontré por ningún lado. Tal vez se había acobardado, o estaba avergonzada por las cosas estúpidas que había dicho y hecho como para aparecerse por allí.

Fui a mi primer partido llena de confianza; el alivio de no tener que ver a Paula me invadió y me sentí invencible en la cancha. Lo terminé sin mucho esfuerzo, con una victoria por 6-1 en la que apenas llegué a sudar.

–¡Te dije que la pasta era lo que se necesitaba! –Sarah me interceptó apenas dejé la cancha y me tomó entre sus brazos. Mamá y papá nos miraban sonriendo discretamente; creo que ninguno de nosotros se había acostumbrado a cuánto Sarah nos abrazaba y tocaba a todos.

Seguí ganando por la tarde, los ojos de Sarah estuvieron pegados a la cancha con una intensidad similar a la de un entrenador de Wimbledon. El partido fue más peleado, 6-4, pero aun así lo superé, y me abrí paso a las semifinales del fin de semana siguiente.

Esa noche, mientras celebrábamos en casa, la nube negra sobre mi cabeza comenzó a aclararse. No teníamos que ver más a Paula o tratar con ella nunca más; supe eso entonces. Ella se iría de regreso a la universidad en poco tiempo, continuaría con su vida y nos dejaría en paz. Una vez que hubiera superado lo del rompimiento con Max, se olvidaría de Sarah y dejaría de enviarme estúpidos e-mails. Podríamos continuar con nuestras vidas y dejar los días de la desaparición de Sarah atrás.

Me dije eso a mí misma, y realmente lo creí. Hasta la mañana del lunes, cuando sonó el timbre de casa. Papá ya estaba en su trabajo y mamá en el gimnasio con su entrenador. Yo estaba arriba poniéndome la bikini, así que fue Sarah la que abrió la puerta. Escuché voces mientras bajaba, voces de hombre. Reconocí al detective Donally tan pronto como llegué al recibidor; vestía su uniforme completo de tres piezas incluso bajo el intenso sol del verano.

–Ey, buenos días –dijo, mirándome–. Justo la chica a la que queríamos ver.

–Nuestros padres no están en este momento –interrumpió Sarah en tono protector.

–¿Sabes cuándo estarán en casa? –preguntó el detective.

–No estoy segura. No regresarán hasta la noche –respondió Sarah enseguida. Eso no era cierto; mamá volvería en menos de una hora.

–De acuerdo, volveremos más tarde entonces. Que tengan un buen día, señoritas –respondió el detective Donally. Me miró entornando los ojos, como si estudiara mi rostro. Sarah cerró y trabó la puerta cuando se fue, mientras miraba por la ventana cómo su Ford se alejaba de nuestra entrada.

–¿Qué querían? –le pregunté en voz baja mirando por encima de su hombro.

–Dijo que tenían algunas preguntas para ti –comenzó a decir. Luego volteó hacia mí y noté que su rostro se había vuelto blanco como un papel–. Dijo que alguien relacionado con el caso les había brindado nueva información.

–¿Paula? –le pregunté, y sentí que mi voz se quebraba con cada sílaba.

–No lo dijo –me respondió; se acercó y tomó mis manos–. ¿Por qué crees que fue Paula?

Los e-mails. Habían comenzado dos años atrás. Poco después de que Azul estuviera en casa, por su estúpida visión. Entonces, cuando recibí el primer correo de alguien que se hacía llamar "un Amigo de Sarah" no sabía quién era, pero tenía mis sospechas. El primero decía: *Te he visto*. Solo eso. Tres palabras.

Luego, una semana más tarde, llegó otro mensaje de la misma cuenta "un Amigo de Sarah". Y otra vez, solo dos palabras, pero esa vez fueron: *Lo sé.*

Te he visto. Lo sé.

Los eliminé, rápidamente, y fingí que nunca habían llegado. Pasaron semanas sin un nuevo correo. Pero luego llegó otro: *¿Dónde está ella?*

Luego nada por un tiempo. *Voy a hablar.*

Me di cuenta de que solo podía tratarse de una persona: Azul. Chantajeándome, o intentando hacerlo. Intimidándome para obtener dinero; ya había obtenido doscientos cincuenta dólares de mis padres por nada. La forma en la que había dicho: "Hay alguien que no les está diciendo todo…". ¿Realmente habría tenido una visión o sería solo una intuición? Me miró como si supiera. Sabía que era yo la que no estaba hablando. Tal vez no era una mala vidente después de todo.

No me costó mucho rastrearla. Trabajaba medio tiempo en una tienda de espiritismo a un pueblo de distancia. Les dije a mis padres que me quedaría en la escuela hasta tarde, trabajando en el periódico, y que la mamá de Tessa nos llevaría a casa. En cambio, después de la escuela, tomé un autobús a los suburbios. Tuve que tomar otro autobús y caminar por la nieve hasta llegar al Emporio de la Mente Sana. Cuando llegué ya estaba oscureciendo; el sol del invierno se estaba escondiendo detrás de los edificios grises.

La puerta resonó con campanillas metálicas cuando la abrí, y un fuerte aroma a incienso me golpeó de frente en cuanto entré. Tal vez por eso Azul olía tan raro; pasaba el día en ese lugar y su ropa y su piel absorbían ese aroma.

–Quisiera ver a Azul –le dije al muchacho rubio detrás del mostrador.

–Está con un cliente. ¿Tienes una cita? –preguntó él.

–La esperaré –respondí, y seguí recorriendo la tienda, tomando algunas cartas de tarot y velas, mirando las cosas como si estuviera realmente interesada en ellas antes de devolverlas a su lugar. Finalmente, salió una mujer mayor a través de las cortinas con motivos hindúes y le pagó al muchacho del mostrador.

–¿Señorita? Ya puede pasar a ver a Azul –me dijo en cuanto sonaron las campanas de la entrada con la salida de la mujer.

Atravesé la cortina y un corredor oscuro, y encontré a Azul sentada detrás de una mesa en una habitación pequeña. Lucía diferente, y me llevó un momento darme cuenta de que tenía un pañuelo alrededor de la cabeza, que cubría su desaliñado cabello. Cuando entré estaba mezclando un enorme mazo de cartas.

–Hola –saludó y me miró como si nunca antes me hubiese visto–. ¿Vienes por una lectura de cartas o una videncia?

–Usted sabe por qué estoy aquí –pude decir luego de respirar hondo. Azul dejó de mezclar por un momento, analizó mi rostro con sus cejas fruncidas, y de repente se echó a reír.

–Ah, ya entendí. ¡Una *broma* de videntes! Yo *debería* saber por qué estás aquí. Humm... arriesgaría que por lectura de cartas –agregó, con una sonrisa inocente–. ¿Estoy en lo cierto? Toma asiento, querida.

Aparté la silla que estaba frente a ella y me senté lentamente, lista para saltar si necesitaba escapar. Pero, cuanto más la miraba, más me daba cuenta de que ella no tenía idea de quién era yo.

–¿Alguna vez te han leído las cartas antes? –me preguntó mientras partía el mazo. De cartas.

–No –negué con la cabeza–. Quiero decir... no busco que me lea las cartas. No es por eso que estoy aquí.

–¿Por una videncia? –arriesgó mientras ponía sus manos sobre la mesa–. ¿Cuántos años tienes, de todas formas? Si no tienes dieciocho, deberías venir con uno de tus padres.

–Usted estuvo en mi casa –le recordé–. Por mi hermana.

El rostro de Azul estaba en blanco.

–Dijo que había tenido un sueño sobre ella, una visión. Luego tuvo esa videncia, sosteniendo su oso de felpa...

–Sí, es cierto. Ajá, ¿y eso les resultó de ayuda? –preguntó vagamente, como si intentara recordarme. Luego volvió a tomar sus cartas y a mezclarlas con la mente ausente–. ¿Entonces, esta sería una sesión de seguimiento?

–Mi hermana lleva años desaparecida. Y usted dijo que quizás estuviera muerta –le recordé.

–No creo que haya dicho eso. Debo haber mencionado que quizás no la volverían a ver en este plano de existencia. ¿Cómo era tu nombre? –me preguntó.

–Soy Nico Morris. El nombre de mi hermana es Sarah. Sarah Morris

–Correcto –asintió. Y de repente, me reconoció–. Sí, lo recuerdo. Ustedes viven cerca del Parque MacArthur, ¿verdad? Esa chica desaparecida, rubia. Salió ese gran artículo en el periódico.

El artículo del periódico. De repente, me di cuenta de que los e-mails no habían sido de Azul. No podrían haber sido de ella. Había obtenido sus doscientos cincuenta dólares y se había marchado. No tenía interés en nosotros. Ni siquiera nos recordaba a Sarah ni a mí.

–¿Usted me envió una carta o algo? –le pregunté, solo para estar segura.

–No, cariño –me respondió, inclinando la cabeza–. Si pagaron por la visita, no habría razón para enviar una factura ni nada. A menos que quisieran que la enviara. ¿Por eso estás aquí?

–Me tengo que ir –respondí, rayando el piso con las patas de madera de la silla al empujarla–. Esto fue un error.

–Bien, regresa si alguna vez quieres que te lea las cartas, ¿de acuerdo? –me sugirió, mientras me apresuraba a atravesar las cortinas para salir.

El chico del mostrador no me dijo nada cuando salí y golpeé las estúpidas campanillas metálicas contra la pared al abrir la puerta. Corrí por la acera que ya estaba cubierta de hielo, patinando hasta la parada del autobús, en donde esperé bajo la fría luz azulada a que llegara mi autobús. Tenía las mejillas rojas, no por el frío sino por la vergüenza. ¡Qué estúpida había sido! Por supuesto que no había sido Azul. Y, de repente, me sentí mareada, y sentí que el almuerzo de la escuela subía hasta mi garganta. Vomité todo dentro del basurero negro que estaba junto a la parada del autobús, segura de una cosa: si no había sido Azul la que había enviado esos e-mails, lo había hecho alguien más. Alguien que sabía. Alguien que había visto.

Entonces, supe quién era esa persona. Dos años atrás, cuando había salido el artículo, Azul claramente lo había leído. Tomó a mis padres por tontos, y su plan funcionó. Pero Paula también había sido mencionada en el artículo. Con una fotografía suya y de Max juntos, sonriendo. Y así comenzaron las preguntas: ¿Por qué la mejor amiga de Sarah estaba saliendo con su novio? ¿Ella sabía algo; ellos dos? Las especulaciones. Todas las miradas estaban sobre Paula. Recordé las consecuencias del artículo. Cómo las universidades la rechazaron, y hasta sus amigos la comenzaron a mirar diferente. Sus padres se separaron y finalmente se divorciaron. En lugar de hacer que su vida fuera mejor, la desaparición de Sarah había hecho que las cosas empeoraran y mucho. Max era el único a quien podía recurrir. Y yo. Y luego Sarah regresó, y todo giraba en torno a ella, incluso Max. La frágil historia que Paula había construido se estaba desmoronando. Necesitaba tener a quién culpar. Pero había llegado más lejos que a los e-mails; había ido a la policía.

–¿Nico? –Sarah volvió a preguntar, y me sacó de mis recuerdos oscuros, de vuelta a la realidad a la que nos enfrentábamos–. ¿Por qué crees que fue Paula?

–Porque ella… –no podía terminar la frase, no podía decírselo–. Porque ella sabe.

Me quebré. Me apoyé y lloré sobre el hombro de Sarah mientras ella acariciaba mi espalda con ternura sin pedirme más detalles. Luego se separó de mí, puso sus manos en mi rostro y me miró directo los ojos.

–Nico, vamos a arreglar eso. No te preocupes. Somos un equipo, ¿no es así? Tú y yo –me dijo mientras se acercaba y me tomaba entre sus brazos–. Somos un equipo.

SARAH

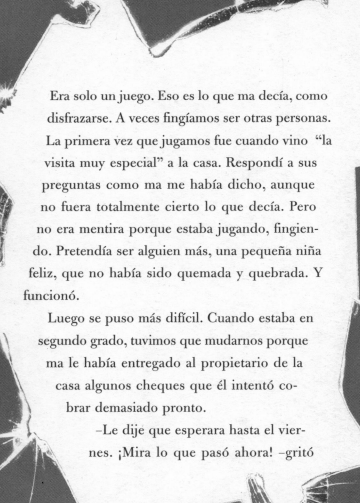

Era solo un juego. Eso es lo que ma decía, como disfrazarse. A veces fingíamos ser otras personas. La primera vez que jugamos fue cuando vino "la visita muy especial" a la casa. Respondí a sus preguntas como ma me había dicho, aunque no fuera totalmente cierto lo que decía. Pero no era mentira porque estaba jugando, fingiendo. Pretendía ser alguien más, una pequeña niña feliz, que no había sido quemada y quebrada. Y funcionó.

Luego se puso más difícil. Cuando estaba en segundo grado, tuvimos que mudarnos porque ma le había entregado al propietario de la casa algunos cheques que él intentó cobrar demasiado pronto.

–Le dije que esperara hasta el viernes. ¡Mira lo que pasó ahora! –gritó mientras metía nuestra ropa en bolsas de residuos, que tendrían que funcionar como maletas, y las arrojaba dentro de su remolque.

Cuando llegamos a nuestro nuevo hogar, un apartamento con una sola habitación, ma me dijo cómo actuar, cómo ser, qué decir. Dijo que yo era la hija de su hermana. Su hermana estaba muriendo de cáncer y nosotras estábamos reuniendo dinero para ayudar a pagar su atención. Las personas eran muy generosas, nos miraban con compasión y nos daban dólares.

–No queremos cheques –decía–. Efectivo.

Por supuesto que ma ni siquiera tenía una hermana, pero nadie debía saberlo. Era "el juego de las extrañas". Éramos extrañas y podíamos ser quienes quisiéramos; quienes quisieran que fuéramos.

–Eres increíblemente buena en esto –me dijo ma, mirándome, mientras estábamos sentadas frente al remolque, contando el dinero dentro de la lata de café que me había dado para que sostuviera en la esquina de una calle. La lata tenía una fotografía instantánea de una mujer que lucía enferma y un letrero que decía "Por favor, ayuda a mi mami". Tenía ocho años y contaba los billetes mientras hacía las cuentas mentalmente. Luego le di el montón de billetes a ma y le dije el total de la suma.

–Son setenta y ocho dólares, o cerca de cuarenta dólares por hora.

–Eres demasiado buena en esto, Libby –dijo ella mientras tomaba los billetes arrugados y los estiraba sobre su falda.

Cuando estaba en octavo grado, mi maestra de Matemáticas, la señora Lay, me llamó un día aparte después de clases.

Me dijo que tenía un don especial, una habilidad para resolver mentalmente problemas matemáticos, incluso los más difíciles, sin necesidad de utilizar ni un lápiz ni un papel.

–¿Desde cuándo eres capaz de hacer eso? –me preguntó.

–No lo sé –le respondí. Miré al reloj y vi que ya casi era la hora de mi clase de Educación Física. Recordaba que había contado billetes para ma, y ordenado la recaudación de nuestra colecta falsa para el cáncer según su valor, desde que tenía seis o siete años–. Desde siempre, creo.

La señora Lay quería hablarme después de la escuela sobre algo llamado los Mateatletas.

–Es un grupo de chicos que reuní, mis mejores estudiantes. Vamos a competencias por todo el estado. Creo que serías perfecta para participar.

Cuando le dije que lo pensaría, ella se puso en contacto con ma directamente.

Para mi sorpresa, ma estaba muy orgullosa de mí.

–Tu maestra de Matemáticas dice que eres algo especial, una especie de genio o algo así –me contó cuando llegué a casa. En realidad, ma estaba interesada solo en cómo podría obtener dinero de esa situación; una competencia de matemática en otro pueblo no estaba en su lista de tareas. Pero dijo que podía ir si la señora Lay me llevaba.

Así que viajé en el auto de la señora Lay con otros chicos de octavo grado. Su auto era bonito, plateado por fuera y con aire acondicionado; no como el viejo remolque de ma. En el viaje nos pusimos a prueba entre nosotros, con ecuaciones difíciles. A pesar de que las resolví muy bien durante el viaje, antes de la competencia estaba bastante nerviosa. Nunca había estado en un escenario en mi vida, y allí estábamos, frente a otro grupo de genios matemáticos, compitiendo. La señora Lay debió haberlo notado porque se sentó junto a mí antes de que entráramos.

–Libby, necesito decirte algo. No solo eres buena en matemáticas, eres la mejor y más prometedora estudiante que he tenido –me confesó mientras se sacaba las gafas. Me sonrió y se inclinó para abrazarme antes de que saliéramos al escenario–. Puedes hacerlo. Creo en ti.

Llevé la sensación de ese abrazo, de sus brazos a mi alrededor, al escenario y durante la competencia. Las primeras preguntas fueron difíciles, pero luego entendí cómo funcionaba y trabajé con mi equipo, haciendo que sumáramos muchos puntos. Destruimos al otro equipo y ganamos una copa plateada y un certificado. La señora Lay nos llevó a comer hamburguesas de camino a casa para celebrar. Caminó detrás de mí cuando volvimos al auto.

–Estoy muy orgullosa de ti, Libby –me dijo. Y por su mirada supe que en verdad lo sentía. Estaba profundamente orgullosa.

En el camino a casa, y por varios días, repetí esa oración en mi mente una y otra vez. Incluso después de que tuvimos que mudarnos repentinamente, por otro desalojo, y comencé en otra escuela a mitad de año, la señora Lay se mantuvo en contacto animándome para que siguiera estudiando y para que me esforzara. Perdí el contacto con ella cuando dejé la escuela secundaria unos años más tarde. Pero, algunas veces, cuando ma me gritaba o cuando me sentía una perdedora, cerraba los ojos y dejaba que el recuerdo de ese día y de las palabras de la señora Lay me hicieran sentir mejor. *Estoy muy orgullosa de ti*. Esa sensación. Había hecho algo bien, alguien se interesaba en mí, creía en mí. Había logrado que alguien se sintiera orgulloso.

23

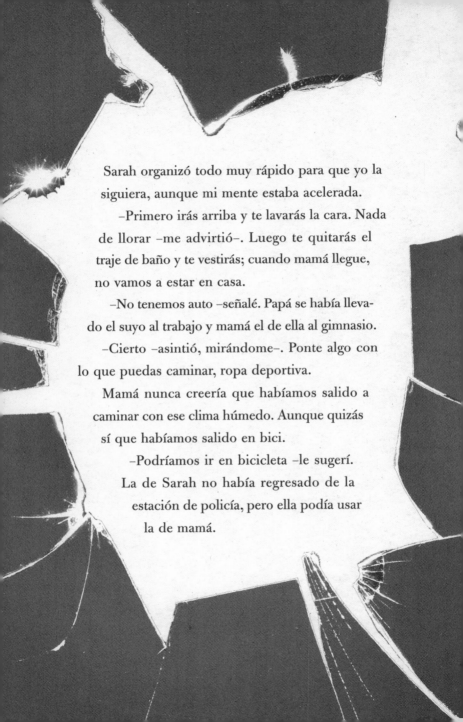

Sarah organizó todo muy rápido para que yo la siguiera, aunque mi mente estaba acelerada.

–Primero irás arriba y te lavarás la cara. Nada de llorar –me advirtió–. Luego te quitarás el traje de baño y te vestirás; cuando mamá llegue, no vamos a estar en casa.

–No tenemos auto –señalé. Papá se había llevado el suyo al trabajo y mamá el de ella al gimnasio.

–Cierto –asintió, mirándome–. Ponte algo con lo que puedas caminar, ropa deportiva.

Mamá nunca creería que habíamos salido a caminar con ese clima húmedo. Aunque quizás sí que habíamos salido en bici.

–Podríamos ir en bicicleta –le sugerí.

La de Sarah no había regresado de la estación de policía, pero ella podía usar la de mamá.

–Buena idea, vamos, vamos –me apuró para que subiera mientras ella salía a abrir el garaje. Cuando bajé luego de cambiarme, un momento más tarde, escuché el *sonido metálico* familiar de mi bicicleta de diez velocidades. Miré por la ventana y vi su cabeza rubia y los pantalones blancos de tenis que usaba sobre el traje de baño. Sarah estaba sacando la bicicleta del garaje. Más sonido metálico. El del garaje cerrándose.

–¿Nico? –me llamó, y me arrancó de mis recuerdos. Me puse los zapatos y tragué la bilis que estaba subiendo por mi garganta–. Solo sígueme, ¿ok? No hagas preguntas; solo sígueme.

Subimos a las bicicletas sin decir nada y doblamos hacia la izquierda en la acera. Luego de un tiempo de pedalear en silencio, Sarah giró a la derecha y supe a dónde nos estaba llevando. Y sabía por qué.

Era el momento de la verdad.

El Parque MacArthur.

El último lugar en el que habían visto a Sarah, donde habían encontrado su bicicleta.

Pero yo no quería ir allí. No podía ir. No había estado dentro del parque en cuatro años. Apenas podía mirarlo; cuando nos acercamos, cerré los ojos y contuve la respiración. Mis padres me hacían ir allí en el cumpleaños de Sarah, pero solo hasta la entrada.

Te he visto.

El e-mail de Paula brillaba en mi mente como si fuera un letrero de neón. *Te he visto.*

Claro que ella no podía decírselo a la policía, no podía decirles que había estado allí ese día. Ella sabía qué pensarían sobre eso. Pero lo había hecho, había estado allí para enfrentar a Sarah, para herirla, y en su lugar había visto… ¿qué?

Seguí pedaleando hacia la cerca de hierro forjado, el arco sobre la entrada principal, las puertas abiertas. La gente iba y venía, y había algunas personas sentadas en la fuente que estaba justo en la entrada. Mantas de picnic extendidas sobre el césped, niños que corrían tras burbujas en el sector de juegos. Un grupo de campistas vestidos con camisetas verdes formados para iniciar una caminata mientras un supervisor contaba cuántos eran. Podría haber sido ese día. Habían pasado años, pero todo seguía igual.

Sarah detuvo su bicicleta y se bajó junto al portón. Se volteó hacia mí, pero sus gafas de sol eran tan oscuras que no podía ver sus ojos. Cuando dejé mi bicicleta junto a la suya, me habló en voz baja.

–Haz lo que yo hago, actúa de manera normal, ¿sí? –asentí, pero ella ni siquiera me miró. Se dirigió hacia un hombre con un carro de refrescos.

–¿Tienes helados de limón en palito? –preguntó, animada. El hombre le ofreció uno.

–¿Te parece bien este?

–Dos por favor, uno para mí y uno para mi hermana –le pidió. Vi cómo le entregaba un billete de veinte dólares perfectamente doblado que sacó de su bolsillo. Él le dio el cambio y ella guardó solo los billetes, y le dejó las monedas como propina–. Gracias.

Tomamos nuestros helados y nos sentamos en una banca cercana. Sentía cómo el sudor bajaba por mi espalda debajo de la camiseta. Sarah sacó el papel de su helado y comenzó a comerlo, como si todo estuviera bien.

–¿Qué es lo que vamos a hacer? –tuve que preguntar luego de un momento.

–Buenos, vamos a hacer lo que tengamos que hacer, ¿no es así? –respondió, suspirando.

Sacudí mi cabeza.

–Nico, come tu helado; te sentirás mejor. Escucha, los detectives tienen preguntas y les daremos respuestas, ¿ok?

Le retiré el papel a mi helado, el primer mordisco fue tan agrio y bueno que subió directo a mi cabeza, como si encendiera mi mente por primera vez en un largo tiempo.

–Paula les contó algunas cosas; necesitan respuestas para esas cosas específicas, sean cuales fueren. Y todo estará bien. Ya verás –continuó Sarah.

–Pero, ¿qué les ha dicho? –pregunté.

–No lo sé, cuéntamelo tú, Nico –me dijo Sarah con su helado en la mano.

SARAH

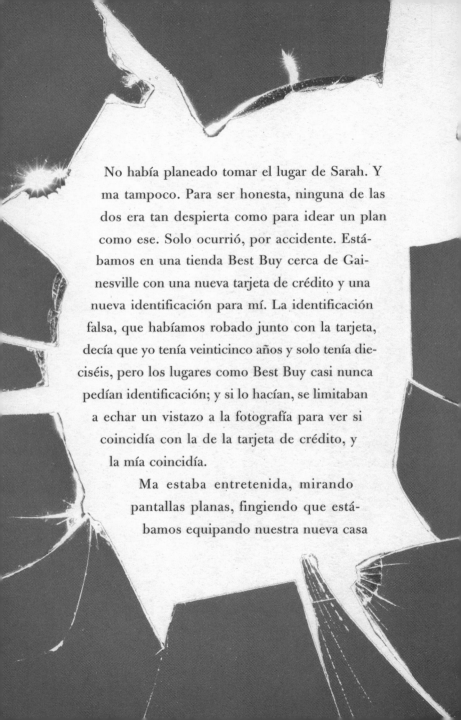

No había planeado tomar el lugar de Sarah. Y ma tampoco. Para ser honesta, ninguna de las dos era tan despierta como para idear un plan como ese. Solo ocurrió, por accidente. Estábamos en una tienda Best Buy cerca de Gainesville con una nueva tarjeta de crédito y una nueva identificación para mí. La identificación falsa, que habíamos robado junto con la tarjeta, decía que yo tenía veinticinco años y solo tenía dieciséis, pero los lugares como Best Buy casi nunca pedían identificación; y si lo hacían, se limitaban a echar un vistazo a la fotografía para ver si coincidía con la de la tarjeta de crédito, y la mía coincidía.

Ma estaba entretenida, mirando pantallas planas, fingiendo que estábamos equipando nuestra nueva casa

–su versión preferida del juego de las extrañas–, cuando un vendedor llegó para ayudarnos. En medio de su descripción de las nuevas tecnologías, volteó hacia mí.

–¿Sabes a quién te pareces? A esa chica que desapareció en Pensilvania. ¿Cómo se llamaba? Una chica rubia –dijo mientras me miraba con sospecha.

–No lo sé –le respondí honestamente, negando con la cabeza. Nunca había escuchado sobre el caso. Al parecer, el vendedor lo dejó pasar, así que seguimos con nuestras compras. Cuando terminamos, un empleado tuvo que ayudarnos a llevar lo que habíamos comprado en un carro hasta el remolque: un nuevo televisor con pantalla gigante, un sistema de sonido envolvente y un reproductor de DVD. Todo completo. Y la tarjeta de crédito había pasado sin problemas. Pero, mientras el muchacho estaba cargando las cosas en el remolque de ma, dos móviles policiales de Gainesville aparcaron en el estacionamiento, y supimos que nos traerían problemas.

–Deshazte de las tarjetas –me susurró ma, así que abrí mi billetera y arrojé las tarjetas de crédito y la identificación debajo del auto junto al nuestro. Una lástima; la identificación falsa había sido difícil de hacer y se veía perfecta.

–Buenas tardes, damas –un oficial se acercó y otros dos entraron a la tienda.

–¿Podemos ayudarlo? –le preguntó ma, sosteniendo su recibo con fuerza.

–No se trata de sus compras de esta noche; es que solo nos informaron que su hija se parece a una persona desaparecida en otro estado y queríamos venir a corroborarlo.

–¿Quién, Libby? –ma se rio mientras me miraba–. Bueno, ella no está desaparecida. ¡Se lo puedo asegurar!

Se rio demasiado fuerte; aliviada de que los policías estuvieran allí por una tontería y no por el hecho de que estuviéramos robando miles de dólares en mercadería de una tienda de electrodomésticos.

El oficial sacó un pequeño anotador negro y me hizo algunas preguntas; yo las respondí y le di un apellido falso, pero diferente al de la tarjeta. ¿A dónde había ido a la escuela? ¿Cuándo era mi cumpleaños? Anotó algunas cosas. Me observó, estudiando mi rostro, y luego miró a un papel que tenía doblado en su mano.

–Sí, puedo ver el parecido. Pero tú no eres ella –dijo finalmente.

–¿A quién están buscando? –pregunté. Ma me lanzó una mirada que decía que cerrara la boca y me metiera en el auto.

–A esta chica, que tiene tu edad –respondió mientras me mostraba el papel. Era una fotografía de una bonita chica rubia, con su nombre debajo, y las palabras *Desaparecida* y *Posiblemente secuestrada* llamaron mi atención. La miré rápido antes de que volviera a doblarla y guardarla en su anotador.

–Odio reconocerlo, pero deberían estar buscando un cuerpo a estas alturas –dijo el policía–. Ha estado desaparecida por meses y, bueno, saben cómo terminan estas cosas. De cualquier modo, lamento haberlas molestado. Que tengan una buena noche.

Se despidió, con una inclinación de cabeza, y volvió a su auto. Ma le ofreció una propina de cinco dólares al chico del carro.

–Gracias por tu ayuda. ¡Estamos tan emocionadas de tener todas estas cosas en casa! –agregó, animada. Yo sabía que no instalaríamos nada en casa, sino que lo venderíamos, seguramente a la mañana siguiente, con una rebaja de precio. Aun así, sería una venta en efectivo, y ese dinero sería nuestro. Subimos al remolque y ma condujo fuera del estacionamiento mientras verificaba que no hubiera luces siguiéndonos.

–Quería hacer una parada en la licorería de camino a casa, pero ahora no lo sé; creo que deberíamos seguir de largo –se quejó. Sabía que estaba molesta por la identificación y la tarjeta de crédito, pero siempre podríamos obtener más del mismo lugar.

24

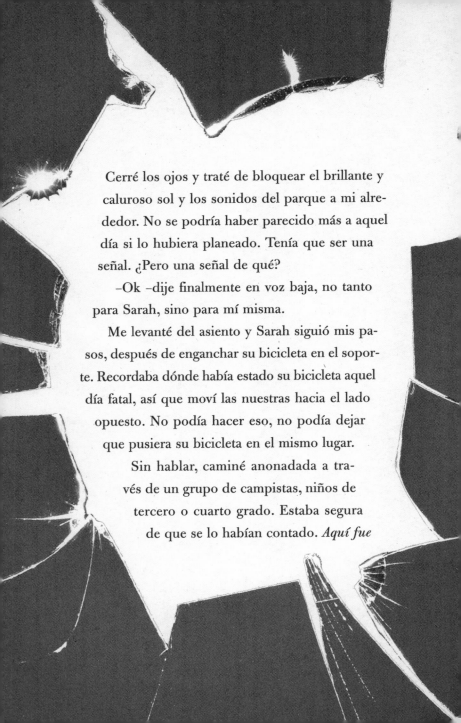

Cerré los ojos y traté de bloquear el brillante y caluroso sol y los sonidos del parque a mi alrededor. No se podría haber parecido más a aquel día si lo hubiera planeado. Tenía que ser una señal. ¿Pero una señal de qué?

–Ok –dije finalmente en voz baja, no tanto para Sarah, sino para mí misma.

Me levanté del asiento y Sarah siguió mis pasos, después de enganchar su bicicleta en el soporte. Recordaba dónde había estado su bicicleta aquel día fatal, así que moví las nuestras hacia el lado opuesto. No podía hacer eso, no podía dejar que pusiera su bicicleta en el mismo lugar.

Sin hablar, caminé anonadada a través de un grupo de campistas, niños de tercero o cuarto grado. Estaba segura de que se lo habían contado. *Aquí fue*

donde desapareció una chica, unos años atrás, y nunca fue
encontrada. Así que caminen en línea, no salgan del camino...

Pasamos por la fuente, por el roble con una placa conmemorativa de una batalla que había tenido lugar en MacArthur, hasta la cuesta al fondo del parque, en donde comenzaban los senderos. Sabía dónde estaba el sendero de atrás, el que llevaba al área de picnics. Era más corto que el sendero principal, pero empinado. Demasiado empinado para hacerlo en bicicleta. "El sendero de cabras", así lo habíamos llamado.

Me detuve al comienzo del sendero principal y miré el letrero tallado en madera por un momento:

LAGO CRYSTAL 800 METROS
ÁREA DE PICNIC 1300 METROS

Empezamos a subir por el sendero principal y luego, más adelante, giramos hacia la derecha. Me sorprendió recordar exactamente a dónde debíamos ir, como si estuviera en un sueño.

–Por aquí –me abrí paso a través de un arbusto al costado del camino, pasando sobre una barandilla de madera, por donde las pisadas habían abierto un camino que no estaba señalizado.

–Con cuidado –le dije a Sarah cuando me di cuenta de que ella no lo sabría–. A veces hay hiedras venenosas por aquí.

Subimos en silencio; el camino era cada vez más empinado a medida que avanzábamos, y tan angosto que había que poner un pie delante del otro. Se volvió tan inclinado que la tierra formaba escalones hundidos en la colina. Me detuve para recuperar el aliento y deseé que hubiéramos llevado agua. El dulzor agrio del helado de limón permanecía en mi boca, por lo que la sentía seca y pastosa. Sarah me miró desde abajo, descansando sobre sus rodillas y respirando con dificultad.

–Ya casi llegamos –le avisé. Porque ella nunca antes había estado allí.

Más escalones se convirtieron en un sendero, aún en subida, pero no en un ángulo tan pronunciado. Me estaba obligando a continuar, sintiendo la respiración de Sarah detrás de mí mientras avanzaba. Al principio no quería ir allí, pero luego sí lo quise. Había estado esperando por mucho tiempo. Y ahora era real.

Eso no era un sueño.

En donde "el sendero de cabras" se reconectaba con el principal había un árbol de roble, cuyas ramas cubrían tanto el camino que estábamos casi dentro de él, y nos bloqueaba la vista del lago que reposaba justo debajo del risco. Me quedé de pie allí, con las ramas sobre mi rostro, hasta que Sarah llegó. No dijo nada; solo se quedó atrás, respirando con dificultad. Salí de la oscuridad del "sendero de cabras" hacia el principal, más amplio, donde se filtraba la luz del sol reflejada en el lago.

–Ella subió por aquí, sabía que lo haría porque tenía su bicicleta –expliqué–. Se encontraría con él en el área de picnics.

Dejé mi bicicleta abajo y tomé el camino de atrás para subir, "el sendero de cabras", así que llegué aquí primero.

Sarah levantó sus gafas de sol y se secó el sudor del rostro con el dorso de la mano.

–Pensé que subiría en bicicleta. Pero esas botas. Tenían suelas resbalosas, sin forma. No eran buenas para los pedales. Había olvidado eso. Así que estaba subiendo a pie, llevando la bicicleta junto a ella.

Sarah miró a ambos lados del camino, para verificar que no hubiera otras personas caminando, pero estábamos solas.

–No quería asustarla, solo quería detenerla –casi me echo a reír al recordar su rostro, la O que formaron sus labios. Al principio fue fantástico, la adrenalina, el placer de sorprender a Sarah, de ser quien tenía el control, de haber llegado antes que ella. Pero luego vino el enojo.

¡Nico! ¿Qué haces aquí, perra estúpida?

–Mamá y papá le habían dicho que me llevara con ella o no podría ir. Pero no lo hizo. Me dejó, como yo sabía que lo haría. Siempre hacía lo que quería –seguí hablando mientras jugaba con una roca debajo de mi pie. No quería decir en voz alta lo que, en el fondo, sabía sobre mí misma.

Odiaba a Sarah.

Odiaba a mi propia hermana. Y ella me odiaba a mí.

Algo se había quebrado en mi interior ese día, cuando se echó sobre mí con el suéter. Ya había tenido suficiente.

Estaba cansada de andar siempre de puntillas a su alrededor. Siempre se trataba de Sarah, de lo que ella quería. Nadie siquiera pensaba en mí.

–Supe que cuando llegara a casa haría que mintiera por ella, que dijera que me había llevado. O que nunca había ido. Y se saldría con la suya de nuevo, con mi ayuda; porque ella siempre se salía con la suya.

Sarah estaba en silencio, observando mi rostro.

–Siempre se salía con la suya –miré hacia el lago–. Pero no esta vez.

Mamá dijo que tenías que llevarme contigo. No puedes ir sin mí.

Nico. Me miró desafiante. *Quítate de mi camino. Muévete. Ahora.*

–Quiso pasar por un costado, pero no me moví. Me quedé ahí parada –continué. Todo había ocurrido tan rápido.

¡Mueve tu gordo trasero!

–Se movió hacia este lado –di un paso en dirección al lado del camino que caía hacia el lago, no tan cerca. Debajo sobresalían las rocas y una cuesta empinada; solo había un fragmento de una baranda metálica oxidada entre dos postes, que no habían cambiado desde hacía años.

Ella había lanzado un fuerte suspiro e intentó pasar con su bicicleta. Pero yo no me moví. Me quedé allí, de brazos cruzados. Nunca antes me había enfrentado a ella. Nunca la había desafiado. Era evidente que ella estaba confundida, molesta. Esa no era la Nico que ella conocía. ¿Qué pensé que pasaría? Que ella diría: "Nico, tienes toda la razón. Ven conmigo. Ven a estar con mi novio y conmigo. Puedes ver cómo nos besamos y abrazamos".

De pronto, dejó caer su bicicleta para golpearme, pero logré esquivarla. Di un paso atrás y sentí cómo resbalaba mi pie derecho, por el borde, apenas a unos centímetros del final de la baranda. Me di vuelta, y de repente me resbalé, me caí y la tierra pareció moverse debajo de mí, lastimándome con rocas y polvo mientras resbalaba. Miré hacia arriba y me estiré para agarrarme de la baranda metálica justo cuando escuché que algo golpeaba contra ella. Me tomó un momento darme cuenta de que había sido mi propia cabeza. Parpadeé y vi todo negro; sentí un silbido en mis oídos.

Luego silencio.

"Nico", escuché gritar a Sarah. Sonaba tan lejana.

Intenté incorporarme y me di cuenta demasiado tarde de que mis piernas colgaban por el borde del camino, sobre el lago que estaba cientos de metros más abajo. Afortunadamente, mi cabeza había dado contra el poste y frenado mi caída, y mi tronco aún estaba sobre el camino, pero apenas. Me arrastré, sosteniéndome de la baranda, con un dolor punzante en mi cabeza. A mi lado vi la bicicleta de Sarah caída, con una rueda colgando sobre el risco. Toqué la parte trasera de mi cabeza, donde el dolor era más fuerte, y noté que mi cabello estaba aplastado y húmedo. Cuando me miré la mano, mis dedos estaban cubiertos de sangre. Sentí náuseas y me arrastré con los pies y las rodillas. Sarah iba a estar en problemas, realmente en problemas. Mamá y papá no podrían ignorar eso.

Cuando traté de ponerme de pie, todo se movió en cámara lenta y mi visión se cubrió de manchas negras.

Me sostuve de la baranda y volteé para buscar a Sarah. No la veía por ningún lado. Me había dejado, se había ido al área de picnics a encontrarse con Max sin mí, como sabía que haría. Estaba sola. Me había dejado allí, herida y sangrando.

Pero también había dejado su bicicleta. Eso no tenía sentido. ¿Por qué había dejado su bici?

Me dolía tanto la cabeza que apenas podía tener los ojos abiertos. Desde abajo, más allá del borde, escuché un sonido de rocas y arena que caían. Me asomé por el costado del camino y vi algo de color gris colgando de una raíz a mitad de camino hacia el lago. Su suéter. Una brisa se lo llevó y voló, hasta que aterrizó en el agua sin emitir sonido. Lo vi caer, suave, flotando, como una paloma gris.

Su bicicleta estaba de costado, con la rueda todavía girando y haciendo ese familiar sonido metálico. Observé cómo su suéter se oscurecía por el agua hasta que se hundió bajo la superficie.

SARAH

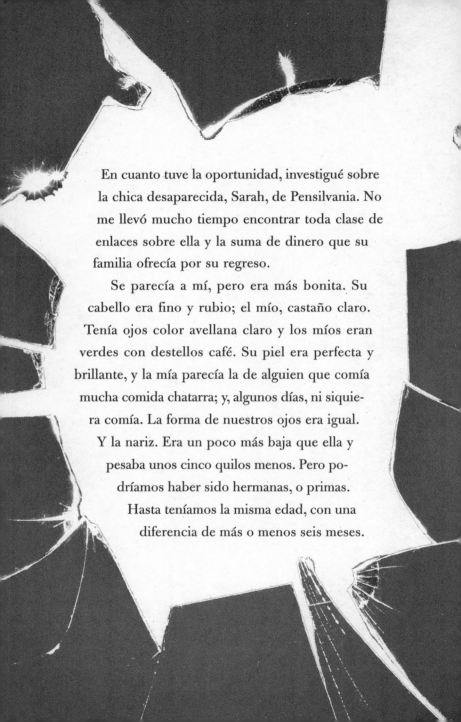

En cuanto tuve la oportunidad, investigué sobre la chica desaparecida, Sarah, de Pensilvania. No me llevó mucho tiempo encontrar toda clase de enlaces sobre ella y la suma de dinero que su familia ofrecía por su regreso.

Se parecía a mí, pero era más bonita. Su cabello era fino y rubio; el mío, castaño claro. Tenía ojos color avellana claro y los míos eran verdes con destellos café. Su piel era perfecta y brillante, y la mía parecía la de alguien que comía mucha comida chatarra; y, algunos días, ni siquiera comía. La forma de nuestros ojos era igual. Y la nariz. Era un poco más baja que ella y pesaba unos cinco quilos menos. Pero podríamos haber sido hermanas, o primas.

Hasta teníamos la misma edad, con una diferencia de más o menos seis meses.

Me di cuenta de por qué el empleado de la tienda pensó que podía ser ella. Porque podía.

De tanto en tanto, cuando tenía tiempo y nada más que hacer, la buscaba en Internet para ver cómo seguía su caso. Me preguntaba cómo sería ser tan amada, tener una familia que te extrañaba y quería de regreso. Miré las fotografías de sus bellos y perfectos padres, y de su hermana. Los artículos sobre su novio, tan apuesto y preocupado, mientras salía de la estación de policía luego de ser interrogado. Su mejor amiga, de la que encontraron huellas en la bicicleta, con el rostro contraído como si hubiera probado un limón. Pero, después de un tiempo, no hubo nada nuevo. Solo las mismas viejas fotografías una y otra vez, de hacía dos años, luego tres. Comenzaba a parecer que nunca iban a encontrar a Sarah Morris, viva o muerta. Hasta que, de pronto, ocurrió.

25

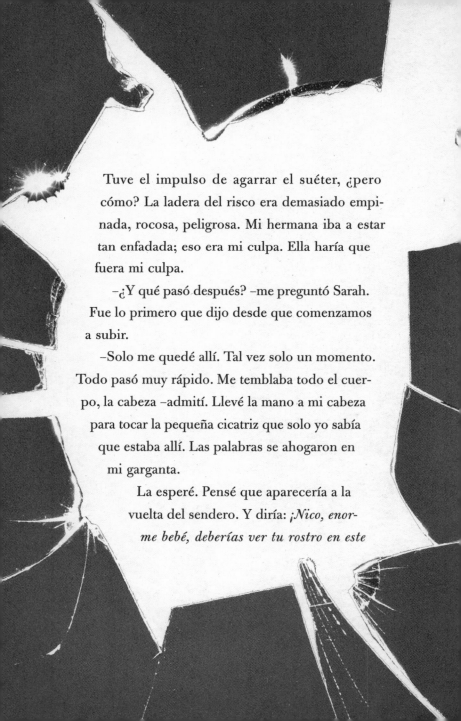

Tuve el impulso de agarrar el suéter, ¿pero cómo? La ladera del risco era demasiado empinada, rocosa, peligrosa. Mi hermana iba a estar tan enfadada; eso era mi culpa. Ella haría que fuera mi culpa.

–¿Y qué pasó después? –me preguntó Sarah. Fue lo primero que dijo desde que comenzamos a subir.

–Solo me quedé allí. Tal vez solo un momento. Todo pasó muy rápido. Me temblaba todo el cuerpo, la cabeza –admití. Llevé la mano a mi cabeza para tocar la pequeña cicatriz que solo yo sabía que estaba allí. Las palabras se ahogaron en mi garganta.

La esperé. Pensé que aparecería a la vuelta del sendero. Y diría: *¡Nico, enorme bebé, deberías ver tu rostro en este* *momento! Vamos, andando. No les digas nada de esto a mamá y a papá, o sabes lo que te pasará.* Me había jugado bromas antes. Esperé a que saltara de su escondite para asustarme. Pero no lo hizo.

Tal vez no había ocurrido nada malo. Tal vez ella estaba bien. El *sonido metálico* cada vez más débil de la rueda hizo que llevara la vista hacia el lago.

–¿Y luego qué?

Miré a Sarah, tratando de leer su rostro, pero las gafas ocultaban sus ojos.

–No supe qué hacer, así que levanté su bicicleta y la llevé rápido abajo. Estaba buscando a alguien para que me ayudara. Pero luego… –me detuve. Esa parte era tan difícil de explicar.

Cuando salí de la oscuridad del sendero a la luz del parque, estaba lleno de niños y familias felices, haciendo picnics, columpiándose y jugando en la fuente. Y, de repente, me di cuenta de lo que pensarían si buscaba a alguien y subíamos a encontrar a Sarah. Lo que pensarían mis padres. ¿Qué podía decirles? ¿Qué había pasado? Realmente no lo sabía. Solo sabía que algo estaba mal, cómo Sarah y yo siempre peleábamos. Quizás había ido a ver a Max sin mí. Quizás estaba bien. Traté de convencerme de eso, pero la imagen de su suéter, en el agua oscura…

Todo había salido mal. Tan mal. A menos que yo nunca hubiera estado allí.

–Llevé su bicicleta todo el camino abajo hacia la entrada y la enganché en el soporte. Revisé el manubrio, para asegurarme de que no estuviera manchado con mi sangre. Luego desenganché mi bici y regresé a casa.

En cuanto llegué, me saqué la ropa y la arrojé a la lavadora. Lavé mi calzado deportivo con la manguera del jardín. Las raspaduras de mis hombros quedaron cubiertas fácilmente con una camiseta. Me bañé y me lavé el cabello con cuidado; el agua caía roja desde un pequeño corte que podía sentir con mis dedos. Se formó un bulto justo bajo la superficie, que me dolió durante los días en que los policías estuvieron haciendo preguntas, los primeros días después de la desaparición de Sarah. Pero sanó, luego de un tiempo, como todas las heridas.

–¿Cómo volviste? –me preguntó Sarah, arrancándome de mis recuerdos–. ¿Qué camino tomaste para volver a casa? ¿Seguiste el mismo camino que tomamos para llegar hasta aquí?

–Humm, sí. Eso creo –traté de recordar. Me agradaba cómo estaba actuando: tan calmada, tan precisa. Sin dejarse llevar por las emociones. Sin decir: *¿Cómo pudiste, Nico? ¿Qué pasa contigo? ¿Siquiera la buscaste? ¿Por qué no llamaste a alguien?*

–Así que cualquiera que hubiera venido al parque ese día podría haberte visto –dijo Sarah mirando hacia el lago con una mano a modo de visera–. ¿Qué tan profundo es el lago?

–Tiene alrededor de diez metros, aunque algunas partes son más profundas –le respondí con la voz quebrada–. Ahora es parte del parque, así que no se permiten botes, pesca ni nada.

–¿Se puede nadar? –Sarah me miró y pude ver mi rostro reflejado en sus gafas, una imagen distorsionada de mí.

–Una parte pertenece a la reserva Seneca, así que nadie puede nadar –le dije, negando con la cabeza.

–¿Nunca la buscaron en el lago? –me preguntó.

–Nunca tuvieron motivos para hacerlo; todos creyeron que había desaparecido en la parte baja del parque, por el lugar en el que encontraron su bicicleta –le respondí.

–Vamos –me dijo, asintiendo. Me tomó de la mano, aunque estaba húmeda por el sudor, y me guio hacia abajo por el sendero principal. Cuando el camino fue lo suficientemente ancho para caminar una al lado de la otra, y el lago ya no estuvo a la vista, entrelazó su brazo con el mío.

–¿Qué es lo que Paula sabe? –me preguntó finalmente.

–Solo dijo que me vio –le respondí.

–¿A dónde te vio, en tu bicicleta, o en el parque? –quiso saber, mirándome.

Sabía lo que quería preguntarme. Si Paula había visto lo que había pasado con Sarah. Si había visto la pelea, la caída.

–No lo sé. Lo único que dijo fue que me vio; lo escribió en un e-mail.

–¿Qué más te dijo?

Esa no es Sarah.

–Nada –mentí.

–Seguramente te vio aquí –arriesgó, cuando llegamos al final del camino y me llevó hacia donde estaban nuestras bicicletas. Se detuvo allí mientras miraba alrededor–. O cuando regresabas a tu casa.

Asentí. Eso tenía sentido. No quería pensar en qué más podría haber visto, quizás hasta más que yo. ¿Había visto el cuerpo de Sarah caer al agua? ¿La había visto morir?

–¿Por qué no se lo contó a los policías entonces? –me preguntó.

–Luego de que Sarah desapareció, Paula dijo que había estado en su casa todo el día. No podía cambiar su historia; los policías ya sospechaban de ella. Creo que debió haber pensado que todo pasaría. Y así fue, por un tiempo.

Traté de no pensar en cómo habían sido los primeros tiempos luego de la desaparición de Sarah. Estar a la espera de que alguien descubriera la verdad. De que alguien me descubriera. Luego de dos años, sentí que tal vez había una esperanza. Todos estaríamos bien. Pero luego llamó el reportero del periódico y todos los terribles eventos de ese día y las especulaciones resurgieron. No se podía escapar de Sarah.

–Salió ese artículo en el periódico, hace como dos años. Paula quedó en una situación complicada y Max también.

Comenzó a enviarme los e-mails después de eso. No supe que eran de ella hasta ahora –le conté–. Pienso que tal vez quería presionarme para que confesara, para que admitiera algo, para limpiar su nombre y que ella no tuviera que decir nada.

Me incliné para desenganchar mi bicicleta y mi visión se cubrió de estrellas cuando me levanté y todo alrededor se tiñó de negro.

–¿Nico? –Sarah me tomó del brazo.

–Estoy bien –parpadeé y la oscuridad desapareció junto con las estrellas. Sarah me sostuvo con fuerza y se acercó a mí.

–Esto se queda aquí. Déjalo ir. ¿Entiendes? Esto se queda aquí –no había maldad en su expresión; solo estaba seria. Cuando asentí, soltó mi brazo.

Me miró pensativa y supe que no estaba preocupada por ella misma, por ser descubierta como un fraude, como una impostora. Sarah sabía exactamente lo que estaba haciendo. Estaba preocupada por mí. Por cómo protegerme.

–Necesitas comer algo, y eso nos dará algo más de tiempo, vamos –indicó finalmente. Señaló mi bicicleta y yo asentí. Lo lograría.

Se montó en la bicicleta de mamá y pedaleó hasta la entrada. Sin pensarlo, la seguí, y dejé atrás el parque, el área de picnics y el lago Crystal, como si eso nunca hubiera ocurrido.

La seguí por las calles hasta un café cerca del parque mientras la brisa iba secando las lágrimas de mis mejillas.

SARAH

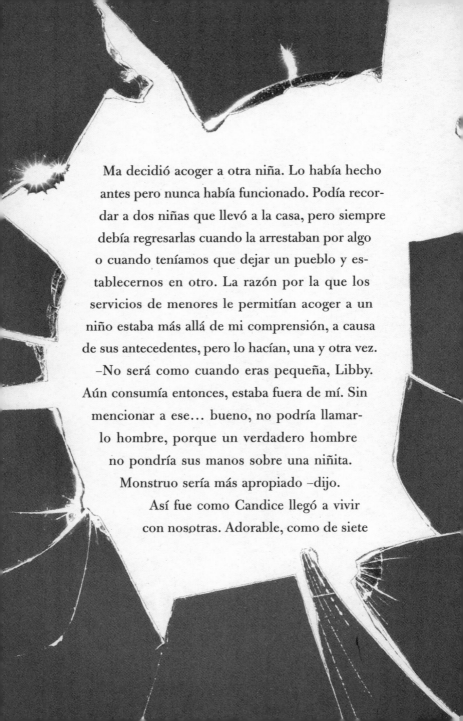

Ma decidió acoger a otra niña. Lo había hecho antes pero nunca había funcionado. Podía recordar a dos niñas que llevó a la casa, pero siempre debía regresarlas cuando la arrestaban por algo o cuando teníamos que dejar un pueblo y establecernos en otro. La razón por la que los servicios de menores le permitían acoger a un niño estaba más allá de mi comprensión, a causa de sus antecedentes, pero lo hacían, una y otra vez.

–No será como cuando eras pequeña, Libby. Aún consumía entonces, estaba fuera de mí. Sin mencionar a ese… bueno, no podría llamarlo hombre, porque un verdadero hombre no pondría sus manos sobre una niñita. Monstruo sería más apropiado –dijo.

Así fue como Candice llegó a vivir con nosotras. Adorable, como de siete años, su cabello era de un color rojizo claro y tenía el rostro cubierto de pecas. La niña debería haber estado actuando en el cine, pero estaba viviendo con ma y conmigo en el norte de Florida. Comenzó a desplegar su magia muy pronto, cuando ma la llevó a una tienda de juguetes con una nueva tarjeta de crédito que casi resulta rechazada. Cuando Candy comenzó a llorar, el empleado la miró y dejó que ma saliera de la tienda con una nueva casa de muñecas (que era realmente para Candy) y una consola de juegos que costaba unos seiscientos dólares (precio de reventa). Y le regalaron a Candy una enorme paleta en forma de espiral. Me senté en el asiento trasero del auto sintiéndome inútil, mientras Candy jugaba con sus nuevas muñecas y ma se reía sin parar.

–¡Deberías haber visto cómo los encantó! Ordenaremos pizza esta noche, Candy, del gusto que tú quieras.

–¿Podemos comprar refrescos también? –preguntó Candy con su dulce voz de niña pequeña.

–Todos los refrescos que puedas beber, cariño.

26

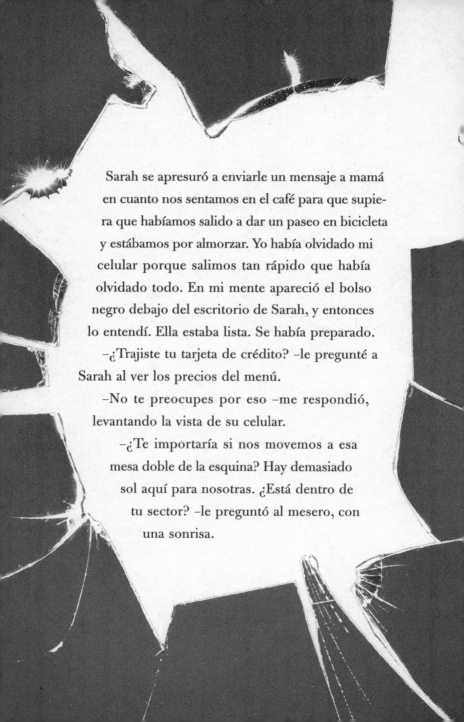

Sarah se apresuró a enviarle un mensaje a mamá en cuanto nos sentamos en el café para que supiera que habíamos salido a dar un paseo en bicicleta y estábamos por almorzar. Yo había olvidado mi celular porque salimos tan rápido que había olvidado todo. En mi mente apareció el bolso negro debajo del escritorio de Sarah, y entonces lo entendí. Ella estaba lista. Se había preparado.

–¿Trajiste tu tarjeta de crédito? –le pregunté a Sarah al ver los precios del menú.

–No te preocupes por eso –me respondió, levantando la vista de su celular.

–¿Te importaría si nos movemos a esa mesa doble de la esquina? Hay demasiado sol aquí para nosotras. ¿Está dentro de tu sector? –le preguntó al mesero, con una sonrisa.

El mesero levantó nuestros vasos de agua y nos movió a la otra mesa. Había notado la forma extraña que Sarah tenía de llamar a las mesas de los restaurantes por el número de lugares; "doble" o, como en la ocasión en la que hizo una reservación en el restaurante italiano con mamá y papá, "cuádruple".

Una vez que nos acomodamos en la nueva mesa, alejadas de todos, Sarah ordenó por las dos. Observé lo rápido que cambiaba la expresión de su rostro cuando el mesero se acercaba: radiante, abierta, bonita. Era como si la mañana nunca hubiera existido; nadie podría adivinar lo que esa chica, que estaba ordenando el almuerzo tan tranquila, había estado diciendo hacía un momento.

–Me resultan familiares, las dos, ¿han estado aquí antes? –preguntó el mesero, que ya había volteado para irse, pero regresó hacia nosotras.

–Debes habernos visto, a mí y a mi hermana, en las noticias, hace algún tiempo –respondió Sarah mientras bajaba la mirada, ruborizada.

–¿Bromeas? ¿Eres ella? La chica que fue –bajó su tono de voz– secuestrada.

–No recuerdo mucho sobre eso, para ser honesta –respondió Sarah.

–Y no le gusta hablar acerca de eso –interrumpí.

–Por supuesto –asintió el mesero, con los ojos bien abiertos.

–No necesitaremos una tarjeta de crédito, ya verás –me dijo Sarah en cuanto el chico se alejó. Lo observé, detrás de la barra, susurrándole algo a un hombre mayor que llevaba una credencial con su nombre. Aparté la mirada enseguida y me encontré con los ojos de Sarah del otro lado de la mesa.

–¿Recuerdas cuando tuviste que elegir un tema para tu proyecto de ciencia y querías hacerlo sobre alimentos orgánicos? –me preguntó.

Asentí mientras daba un sorbo a mi refresco.

–¿Y yo qué te dije?

–Humm… dijiste que lo hiciera sobre algo que hubiéramos estudiado en el año, algo sobre ciencias de la Tierra.

–Correcto –asintió ella mientras jugaba con el papel de su sorbete –. Porque eso era lo que tu maestro esperaba, aunque no lo hubiera dicho. Quería saber que te había enseñado algo. Y tú le diste eso.

–Sí, mi sismógrafo casero –recordé, riéndome. Nunca se me habría ocurrido por mí misma, fue totalmente idea de Sarah.

–Del capítulo sobre terremotos que habías estudiado –señaló–. Y ganaste el segundo lugar; habrías conseguido el primero si no hubiese sido por ese pequeño tonto.

Se refería a Walter Curtis, un chico de mi curso que se había saltado el noveno grado porque era demasiado brillante. Su proyecto, sobre energía solar, fue increíble y obtuvo el primer puesto. Pero realmente lo merecía.

–Le diste al señor Gardner lo que quería, o esperaba; no lo que había pedido, pero lo que en el fondo quería. Una palmadita en la espalda –continuó Sarah sonriendo–. Vea lo que aprendí, señor Gardner. Usted me enseñó esto. Y obtuviste la mejor calificación y un listón rojo.

–Él es el encargado, deseaba conversar con ustedes, si les parece bien –dijo el mesero, de pie junto al hombre mayor, mientras dejaba nuestros sándwiches sobre la mesa.

–Me alegró mucho escuchar la noticia de que estaba de regreso, señorita Morris, y deseaba saludarla y decirle que siempre será bienvenida aquí –el hombre parecía conmovido al tomar la delicada mano de Sarah con su enorme mano–. Hoy el almuerzo corre por mi cuenta y el postre también; todo los que ustedes quieran, señoritas.

–Es muy amable –agradeció Sarah, sacudiendo su cabeza–. Realmente…

–Insisto. Haré que el mesero les traiga el menú de postres en cuanto hayan terminado, y, le vuelvo a repetir, me alegra mucho saber que está en casa y a salvo. En verdad –agregó el hombre, y se quedó de pie frente a nosotras como si esperara algo.

–De acuerdo, no sé cómo agradecerle. Me aseguraré de hacerles saber a mis padres de su amabilidad –respondió con calma Sarah.

–Disfruten su almuerzo –se despidió el hombre con una sonrisa, antes de alejarse.

Sarah sonrió, se llevó el sándwich a la boca y dio un gran mordisco. Yo seguía sin apetito, pero tomé una papa frita y comí lentamente. Sarah había dicho que dejara atrás mi confesión en el parque. Esto se queda aquí. La vi comiendo su sándwich como si nada hubiera pasado, como si fuera cualquier otro día. Era capaz de hacer eso, de alguna manera. Yo también tenía que hacerlo.

–Quiero que recuerdes al señor Gardner cuando los detectives lleguen esta noche, ¿de acuerdo? Recuerda que les darás lo que ellos quieren, sea lo que sea. Aunque ellos no sepan que lo quieren. Respuestas. La verdad incluso –ella me explicó. Luego miró al encargado y lo saludó con la mano–. Solo la suficiente verdad. Dales lo que quieren y todo estará bien.

SARAH

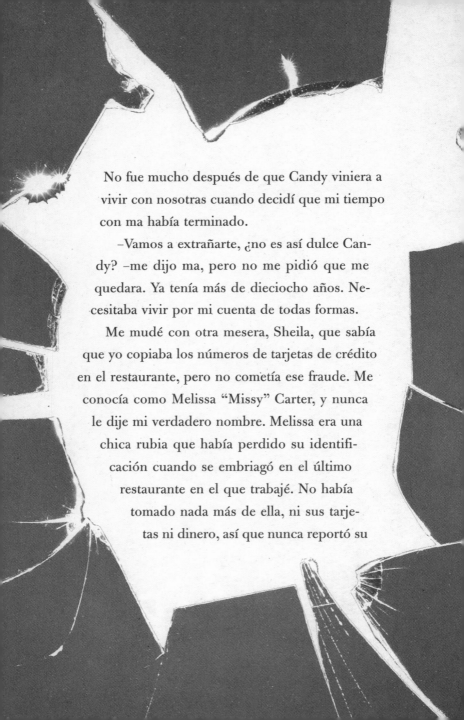

No fue mucho después de que Candy viniera a
vivir con nosotras cuando decidí que mi tiempo
con ma había terminado.

–Vamos a extrañarte, ¿no es así dulce Candy? –me dijo ma, pero no me pidió que me
quedara. Ya tenía más de dieciocho años. Necesitaba vivir por mi cuenta de todas formas.

Me mudé con otra mesera, Sheila, que sabía
que yo copiaba los números de tarjetas de crédito
en el restaurante, pero no cometía ese fraude. Me
conocía como Melissa "Missy" Carter, y nunca
le dije mi verdadero nombre. Melissa era una
chica rubia que había perdido su identificación cuando se embriagó en el último
restaurante en el que trabajé. No había
tomado nada más de ella, ni sus tarjetas ni dinero, así que nunca reportó su

identificación como robada. Probablemente obtuvo una nueva, lo que significaba que podía ser ella al mismo tiempo, y eso era suficiente para mí. Tenía antecedentes en Gainesville. No era fácil conseguir empleo, ni siquiera como mesera, cuando podían investigar tu verdadero nombre y conseguir una lista de tus arrestos en alrededor de cinco segundos. Pero Melissa Carter no tenía antecedentes. Y también tenía el cabello rubio. Por eso me teñí de platinado; no fue mi mejor decisión, pero si Melissa Carter de Tampa tenía el cabello platinado, también yo.

Las cosas anduvieron bien por algunas semanas, incluso un mes. Las propinas eran buenas, y Sheila también, pero su padrastro no. Entró demasiadas veces por "accidente" al baño mientras me bañaba, y eso fue suficiente para que decidiera marcharme. Tomé mi bolsa de dormir y mi mochila, y me subí al autobús por la noche, después de dejarle una nota a Sheila y algunos billetes de veinte dólares por las molestias.

Viajé todo el recorrido hasta la costa, con el único deseo de volver a sentir la arena bajo mis pies. Pero, cuando llegamos a West Palm, estaba lloviendo a mares. Me refugié bajo un toldo en la parada de autobús durante horas, y consumí bolsas de papas fritas y refrescos de una expendedora, hasta que la lluvia paró al anochecer. No era la mejor hora para caminar por el centro turístico en busca de un trabajo como mesera, así que de decidí quedarme en la playa hasta el día siguiente.

Una banca seca y mi bolsa de dormir serían suficientes; con la capucha puesta era difícil distinguir si era una chica. O eso era lo que yo creía.

La primera noche, un grupo de universitarios, probablemente miembros de alguna fraternidad, decidieron que sería divertido molestar a algún vagabundo a la salida del bar. Me confundieron con una señora mayor o algo así. No lo pasé nada bien, en especial cuando descubrieron que no era una señora, y que no era precisamente mayor.

–Ey, rubia –me gritó uno de ellos mientras corría–. Ven aquí, no te haremos daño.

Estaban tan ebrios y estúpidos que me liberé de ellos fácilmente, pero dejé mi bolsa de dormir y mi mochila atrás, escondidos en un callejón, en donde el olor a basura, pudriéndose por la humedad, hizo que vomitara lo que había comido. Cuando regresé, al amanecer, mis cosas habían desaparecido, por supuesto.

Traté de asearme en el baño público de la playa, pero mi cabello caía en sucios nudos. Finalmente logré peinarlo con los dedos en una cola de caballo. De todas formas estaba sucia, y no tenía otra ropa para comenzar mi búsqueda de trabajo. Entré en algunos de los lugares turísticos, donde solicité trabajo de mesera. Ninguno estaba contratando gente: quizás no les agradaba mi aspecto, o en verdad no tenían ningún puesto disponible.

Finalmente, en un lugar me dieron un formulario y me senté a completarlo con una lapicera prestada. Aún tenía la licencia de Melissa Carter, así que usé todos sus datos, a excepción de su número de seguro social, que inventé. Para cuando descubrieran que el número estaba mal, ya tendría uno nuevo para darles.

Cuando terminé, la encargada, una mujer robusta con un rastro oscuro de bigote sobre el labio, me dijo que me sentara y que me entrevistaría luego del horario del almuerzo. El muchacho que atendía el mostrador me ofreció un cono de papas fritas y una docena de sobres de kétchup, que acepté, agradecida. Luego de comerlas a toda velocidad, levanté la vista y descubrí que la señora de bigotes y el muchacho estaban mirándome y susurrando. Me limpié la boca con una servilleta y me dirigí hacia el baño, pensando que debía tener un aspecto terrible. Pero, de camino al baño de damas, distinguí a través de la ventana lateral que un móvil policial se estaba deteniendo justo afuera del restaurante. Volteé para mirar a la señora de bigotes; tenía los ojos tan grandes como dos huevos fritos mientras veía a los policías atravesar la puerta de entrada. Supuse que la joven "Missy" finalmente habría reportado el robo de su licencia y que iba a pagar las consecuencias por todo lo que había estado haciendo en su nombre durante las últimas semanas.

No esperé para descubrirlo. Corrí al baño y trabé la puerta. Me deslicé por la pequeña ventana antes de que los policías pudieran salir del lugar y dar la vuelta. Terminé en un callejón y frente a las puertas abiertas que llevaban a la cocina de otro restaurante del vecindario. Pero ese fue el fin de mi vida como Melissa Carter. Y ya no podía ser Liberty Helms. No estaba segura de quién ser, o de qué hacer.

Al atardecer usé los últimos veinte dólares que me quedaban. Compré una taza de café, dos donas y una sudadera para turistas con capucha, de un talle extragrande, que debía hacer las veces de manta. Me acomodé en el mismo asiento y en la misma parada de autobús sin tener idea de lo que haría al día siguiente. Volver con ma no era realmente una opción. Además, no tenía dinero para el autobús. Quizás podía llamar a Sheila para ver si ella podría recogerme. Pensé en la señora Lay, mi maestra de Matemáticas. Incluso si tuviera alguna forma de encontrarla, dudaba que se acordara de mí. Su estudiante más prometedora, sin nombre, durmiendo en una parada de autobús.

Me despertaron con una linterna enfocada en mi rostro, y no mentí cuando les dije que no sabía quién era o dónde estaba; esa era la verdad. Por un momento al menos. Luego todo se acomodó en su lugar. ¿Era Liberty? ¿O era Missy? No. No tenía nombre. No tenía dónde quedarme. Nadie se interesaba por mí, ni lo había hecho alguna vez. Tenía alrededor de quince centavos en mi bolsillo. Y no era nadie.

–¿Cuántos años tienes? –preguntó la mujer policía–. Pareces menor. ¿Huiste de casa?

—Mi nombre es... mi nombre es Sarah —respondí, antes de saber realmente lo que estaba haciendo. La imagen de la familia feliz de la chica apareció en mi mente. Su familia rubia, la recompensa, el novio apuesto. Una familia que la amaba. Personas que la extrañaban—. Y tengo una hermana que se llama Nico.

27

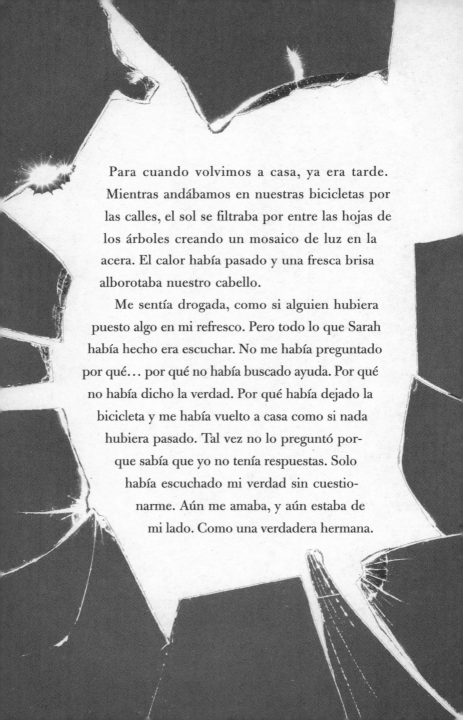

Para cuando volvimos a casa, ya era tarde. Mientras andábamos en nuestras bicicletas por las calles, el sol se filtraba por entre las hojas de los árboles creando un mosaico de luz en la acera. El calor había pasado y una fresca brisa alborotaba nuestro cabello.

Me sentía drogada, como si alguien hubiera puesto algo en mi refresco. Pero todo lo que Sarah había hecho era escuchar. No me había preguntado por qué… por qué no había buscado ayuda. Por qué no había dicho la verdad. Por qué había dejado la bicicleta y me había vuelto a casa como si nada hubiera pasado. Tal vez no lo preguntó porque sabía que yo no tenía respuestas. Solo había escuchado mi verdad sin cuestionarme. Aún me amaba, y aún estaba de mi lado. Como una verdadera hermana.

La observé andando delante de mí, en la bicicleta de mamá, con su cabello rubio flotando en la brisa. Traté de no pensar en cómo habría sido su vida antes de que llegara a nosotros. Dónde habría estado todos esos años, qué cosas le habrían ocurrido. Por qué deseaba, necesitaba, tanto una familia. Estaba con nosotros, y quería que se quedara.

Cuando llegamos a la entrada, mamá salió y se detuvo en los escalones de la puerta con el ceño fruncido.

–El detective Donally dejó un mensaje; dijo que estuvo aquí más temprano.

–Ah, sí, casi lo olvido. Llegó justo cuando estábamos por salir. Pero no mencionó por qué había venido, ¿cierto, Nico? –dijo Sarah, sonriendo, mientras subía los escalones. Me miró, su rostro franco y cálido, como si no tuviera nada que esconder.

–Creo que solo vino a ver si estábamos bien –comenté, y pasé por detrás de mamá para entrar a casa.

–Vamos a meternos en la piscina –propuso Sarah–. Aún hace calor afuera.

–Volverá esta noche, después de la cena –agregó mamá mientras nos seguía adentro y cerraba la puerta.

–¿Quién, el detective? –preguntó Sarah. Abrió el refrigerador y sacó el jugo de naranja–. ¿Tú quieres, Nico? –me ofreció, agitando la botella.

–Voy a ponerme el traje de baño –dije. Subí las escaleras y me senté en mi cama por un momento respirando profundo.

Así que regresaría, justo como Sarah había dicho. Pero todo estaría bien. Justo como Sarah había dicho. Me até la bikini mecánicamente y fui al baño a ver mi rostro en el espejo. La caminata había bronceado un poco mis mejillas y mi cabello estaba alborotado por el viento durante la vuelta en bicicleta: tenía un aspecto desaliñado y veraniego que me sentaba bien. Me veía bien, mis ojos no estaban rojos.

Me di cuenta en ese momento de que me había cortado el cabello exactamente del mismo largo que lo tenía Sarah cuando desapareció. Me incliné y pestañeé.

–Hola, detective Donally, ¿en qué puedo ayudarlo? –murmuré frente al espejo. Bajé la cabeza, ligeramente, como solía hacer Sarah cuando quería encantar a alguien.

–Es muy amable, realmente… –repetí las palabras de Sarah en el restaurante para ver cómo se escuchaban dichas por mí. Le sonreí a mi reflejo. Sarah tenía razón: iba a lograrlo.

Nadamos; Sarah en la parte más baja mientras yo practicaba clavados. Hice un salto ornamental desde el borde de la piscina y me dejé hundir sin esfuerzo, hasta que mis pies tocaron el fondo. Me quedé allí, flotando, con los ojos cerrados, sintiendo cómo mi cabello flotaba ingrávido alrededor de mi rostro, hasta que ya no pude aguantar la respiración. ¿Era esto lo que ella sentía? Luego me impulsé con mis pies desde el fondo y salí a la superficie, tomando una bocanada de aire, con el sol en mi rostro.

–¿Todo bien por allí? –preguntó Sarah mientras acariciaba el agua con sus manos a ambos lados de su colchón inflable. No le gustaba ir a la parte profunda de la piscina y yo sospechaba que era porque no sabía nadar. Ya habría tiempo para eso, más adelante en el verano. Podía enseñarle.

Nos recostamos bajo el sol, una al lado de la otra, como si fuera un día de verano normal. Giré sobre mi espalda y miré a Sarah, con su cuerpo delgado estirado junto al mío al lado de la piscina, y los ojos cerrados.

–Sarah, cuando la abuela estuvo aquí y quería hablar contigo afuera esa noche, ¿qué te dijo?

–¿Eh? –Sarah entornó los ojos y me miró–. ¿Qué te hizo pensar en eso?

–Solo recordé que, cuando entraste, habías estado llorando –dije, encogiéndome de hombros. Sarah volvió a cerrar los ojos y expuso su rostro al sol.

–La abuela dijo: "Si no eres tú en verdad, por favor, no me lo digas" –se detuvo un momento, como si estuviera pensando en algo–. Agregó que quería morir sabiendo que su nieta estaba bien, que estaba en casa y a salvo.

Respiré profundo y volví a ponerme boca arriba. Permanecimos juntas, en silencio, hasta que el sol se escondió detrás de los árboles y comenzó a hacer frío. Para entonces, mamá ya había servido la cena y papá estaba llegando a casa. Nos sentamos en nuestros lugares habituales: yo, en el lugar que antes era de Sarah, y ella del otro lado. Hasta que mamá sirvió la pasta no había tenido hambre en todo el día, pero me encontré devorando todo el plato y comiendo otra porción antes de que papá llegara a sentarse con nosotras.

–¿A dónde fueron hoy, chicas? Las dos están comiendo como animales salvajes –bromeó mamá.

–Solo salimos a andar en bicicleta; era un excelente día para pasear –respondió Sarah–. ¿No te importa que haya tomado prestada tu bicicleta?

–Por supuesto que no. De hecho es algo que deberíamos hablar esta noche con el detective. Ya sabes, nunca recuperamos tu bicicleta; era "evidencia" o algo así.

–Supongo que podemos arreglarla también –sugirió papá mientras Sarah le pasaba la ensalada–. Puedo entretenerme con eso este fin de semana si logramos recuperarla.

Sarah me miró a través de la mesa, como para verificar si estaba bien. Le sonreí y ella cambió de tema enseguida.

–Hoy almorzamos en la mejor cafetería; el encargado fue muy amable –comenzó a contar la historia de cómo nos invitó el almuerzo y del magnífico pastel de zanahoria que compartimos de postre.

En cuanto Sarah y yo comenzamos a ocuparnos de los platos, sonó el timbre, y sabíamos exactamente quién era. Me sequé las manos con calma y cerré la puerta del lavaplatos antes de voltear para mirar a Sarah, que me esperaba en la puerta. Me miró con calma mientras rodeaba mis hombros en silencio con un brazo.

–¿Nada? ¿Ni siquiera una taza de café? –estaba diciendo mamá cuando entramos al comedor diario. El detective Donally había venido solo; tal vez no pasaba nada tan importante como pensábamos. Se sentó frente al sofá y dejó una carpeta sobre la mesita de café.

–No, gracias –dijo, y apretó los labios. Miró detenidamente cómo Sarah y yo nos sentábamos juntas en el sofá.

–Así que ha habido novedades en el caso de Sarah, supongo –comenzó papá, acomodando sus medias y cruzando una pierna sobre la otra.

–No exactamente; solo un nuevo giro –respondió el detective después de respirar profundo. Me miró y luego abrió la carpeta y sacó un papel–. Todos conocen a Paula Abbot, ¿verdad?

Todo mi cuerpo se puso tenso al escuchar su nombre. Estaba en lo cierto.

–Sí, es una amiga de Sarah –dijo mamá enseguida.

Puse un almohadón sobre mis piernas y me entretuve siguiendo el diseño de arabescos con un dedo.

–Se contactó con nosotros la semana pasada para aportar nueva información, algo que según ella olvidó decirnos en los primeros interrogatorios luego de la desaparición de Sarah –explicó el detective.

Vi cómo papá inclinaba su cabeza hacia un lado, estaba repentinamente interesado.

–Paula dice que vio a alguien ese día, junto al soporte para bicicletas, cerca de donde estaba la de Sarah.

–Un momento. Creía que Paula no había visto a Sarah durante días porque estaban peleadas. ¿No fue esa su historia? –interrumpió papá.

–Sí. ¿Qué estaba haciendo en el parque? –preguntó mamá–. ¿Su coartada no fue siempre que había estado en su casa todo el tiempo?

–Dijo que luego de que llamó a Sarah esa mañana –la llamada que registramos en los teléfonos celulares de ambas–, decidió ir al parque a encontrarse con ella para seguir hablando –continuó el detective.

–Ah, ¿en serio? –preguntó papá. Observé su rostro; miraba escéptico al detective, una mirada que adoptaba cuando pensaba que alguien le estaba mintiendo.

–Eso es lo que Paula dice ahora. Y que vio a alguien allí, actuando de manera sospechosa.

–¿A quién? –mamá se inclinó para preguntar–. ¿Alguien que conozcamos?

–A Nico –respondió el detective Donally. Hizo una pausa, esperando una reacción de nosotros. Yo seguía recorriendo el diseño del almohadón sin levantar la vista. Durante esa conversación, en ningún momento había dejado de hacerlo.

–¿Y entonces? –preguntó Sarah mientras miraba a mamá y a papá en busca de una reacción–. Nico va al parque todo el tiempo. Justo hoy estuvimos allí con nuestras bicicletas, ¿no es así, Nico?

Asentí y levanté la vista un momento.

–Sí, estoy de acuerdo –dijo papá–. ¿Esto ayuda a la investigación de alguna forma?

–Bueno, Nico nos dijo que estuvo en casa toda la tarde ese día, así que hay una contradicción en su declaración –señaló el detective.

–Hay una *contradicción* en la declaración de Paula. ¿Y cuatro años después decide compartir esta información? Eso no tiene sentido –comentó papá, con una risita.

–Paula se equivoca. Nico no estuvo en el parque ese día. ¿No es así, Nico? –la mirada de mamá era indescifrable, igual que el día que le pregunté sobre Sarah, sobre las diferencias que sabía que ella había notado. No pestañeó ante la mirada inquisidora del detective.

Yo solo asentí, no confiaba en mí misma como para hablar.

–Y Sarah ya está con nosotros otra vez. ¿Qué importancia tiene dónde estuvo Nico o lo que hizo ese día? –agregó papá. Estaba tan calmado. Las novedades del detective tampoco fueron una sorpresa para él.

–Ese es el otro punto. Paula parece creer que, bueno… ella cree que esta no es realmente Sarah –se detuvo y miró a mamá, pero continuó antes de darle tiempo a ella o a papá para reaccionar–. Paula dice que la chica que todos creemos que es Sarah es realmente una impostora, una extraña que ha asumido su identidad.

–¡Eso es ridículo! –mamá se rio y miró a Sarah–. Y creo que todos sabemos de dónde salió todo esto. Cuéntale al detective sobre Max y Paula, y por qué ella debe estar diciendo todas esas cosas terribles acerca de ti y tu hermana.

Sarah explicó rápidamente la relación entre los tres, que Paula estaba saliendo con su novio cuando ella regresó a casa y lo incómoda que había sido la situación entre ellos. Cómo Paula la había culpado cuando Max rompió con ella. Continuó contándole que Paula había estado distante con ella desde que había vuelto al pueblo a pasar el verano; las antiguas mejores amigas se habían visto solo unas pocas veces.

–Me dio la clara impresión de que no estaba feliz conmigo –agregó–. Quiero decir… me cuesta creerlo, luego de todo lo que ha pasado, pero al parecer sigue enfadada conmigo por cosas que sucedieron hace muchos años.

–A pesar de que te entiendo, Paula nos dio una lista con cosas que no coinciden entre la Sarah que ella conocía y la Sarah de ahora. Va desde sus uñas hasta su peso y estatura. Debo admitir que la lista ha generado algunas preguntas –agregó mientras le acercaba un papel a mamá, pero ella se negó a aceptarlo.

–Todos estamos de acuerdo en que Sarah ha cambiado, y, honestamente, creo que todo esto es muy doloroso para ella: el ser comparada con su antiguo yo. ¡Por Dios! Piense en lo que mi hija ha sufrido –mamá miró a Sarah para verificar que estuviera bien–. ¿Qué podemos hacer para que Paula deje de decir estas cosas horribles?

–Bien, no solemos realizar análisis de ADN si la familia confirma la identidad de una persona desaparecida, y ella está, humm… –el detective se detuvo y respiró profundo– con vida. Pero podríamos hacerlo. Necesitaríamos su consentimiento, por supuesto. Así, dejaríamos estas preguntas de lado.

Mamá estaba sentada con una expresión tensa y papá no se movió. Pero Sarah habló de repente.

–Seguro, me haré el análisis –dijo, encogiéndose de hombros, como si no fuera tan importante.

–Un momento. ¿Sarah tiene que darles su ADN para probar quién es? ¡Ella es Sarah! Quiero decir… ¡solo mírela! Esto se ha convertido en una locura –intervino papá.

–Solo llevará unos minutos, el análisis no duele, es solo una muestra de saliva –explicó el detective, mirándolo.

–Está bien. ¿Cuándo? ¿Mañana? –preguntó mamá casi sin respirar.

–Puedo llevarla a la estación ya y estaríamos de regreso en una hora como mucho –respondió el detective. Se puso de pie y volvió a mirar a Sarah.

–Lo que sea más sencillo –dijo Sarah con calma, sin mirarme.

–No –me escuché decir.

Todos giraron la cabeza para mirarme.

–Tengo algo que decirles –mi voz ni siquiera sonaba como propia.

–Nico, no –me interrumpió Sarah en voz baja–. No tienes que hacerlo.

Pero ella no tenía idea de lo que estaba a punto de confesar.

SARAH

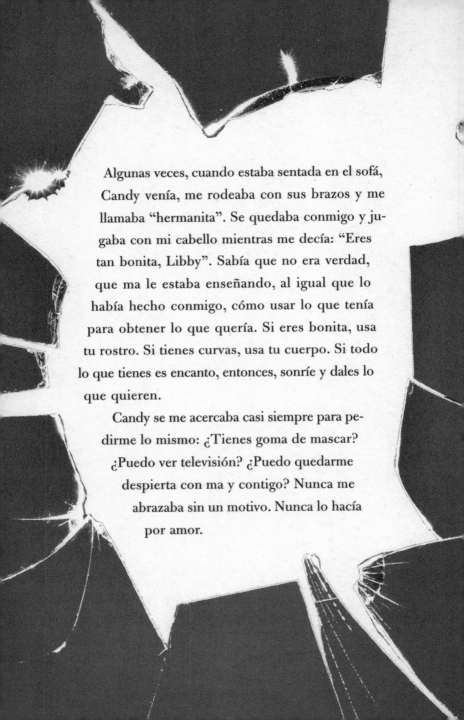

Algunas veces, cuando estaba sentada en el sofá, Candy venía, me rodeaba con sus brazos y me llamaba "hermanita". Se quedaba conmigo y jugaba con mi cabello mientras me decía: "Eres tan bonita, Libby". Sabía que no era verdad, que ma le estaba enseñando, al igual que lo había hecho conmigo, cómo usar lo que tenía para obtener lo que quería. Si eres bonita, usa tu rostro. Si tienes curvas, usa tu cuerpo. Si todo lo que tienes es encanto, entonces, sonríe y dales lo que quieren.

Candy se me acercaba casi siempre para pedirme lo mismo: ¿Tienes goma de mascar? ¿Puedo ver televisión? ¿Puedo quedarme despierta con ma y contigo? Nunca me abrazaba sin un motivo. Nunca lo hacía por amor.

Cuando me desperté esa mañana en el refugio y entró la familia Morris, tuve un sentimiento totalmente diferente. Amor, en todos lados. Lo sentí cuando mamá me rodeó entre sus brazos, cuando vi las lágrimas en el rostro de papá. Amor, incondicional. Amor familiar, real. Era una sensación tan agradable que quería levantarme y gritar. Quería que todos supieran que yo, Liberty Helms, tenía una familia, finalmente, una familia propia y real, personas que me amaban. Pero ellos no me amaban a mí, amaban a Sarah, la chica desaparecida. ¿O no?

Ese día Nico permaneció en la puerta, rígida, pero visiblemente frágil; estaba tan quebrada como yo. Sabía que me costaría ganármela. Vencerlos con amabilidad, decía siempre ma. Pero no era tan fácil. Enseguida me resultó evidente que Sarah y Nico no habían sido hermanas muy cercanas. Luego me di cuenta de que había algo más, por el modo en que reaccionaba cuando me sentaba a su lado. La asustaba incluso entrar en mi habitación. Sarah la había lastimado, física y emocionalmente. Ella odiaba a Sarah, o la había odiado.

Y no era la única. Lo vi en los ojos de Paula, cuando me desafió. En la forma en que mamá y papá reaccionaban ante la más simple muestra de amabilidad, como si fuera un regalo, una revelación. Sarah no había sido una buena persona. Era peor que una perra, era horrible. Y mi trabajo era arreglar el desastre que ella había hecho si quería ganarme a esa familia.

Max era una causa perdida: él quería a la fría belleza rubia por la que se había esforzado tanto, la chica más popular de la escuela, y yo no era ella. Así que, luego de romperle el corazón a Paula, él siguió adelante. La amistad de Paula y Sarah se había basado en la competencia, y, si yo no jugaba, ¿cuál era el sentido? Así que comencé por Nico y seguí abriéndome camino. Lo curioso fue que, una vez que llegué a conocerla, realmente me agradó. No estaba fingiendo. Era una chica dulce y perturbada. ¿Por qué Sarah la había torturado? Nunca lo sabría porque Sarah había muerto. Y Nico, la inocente Nico, la había visto morir.

28

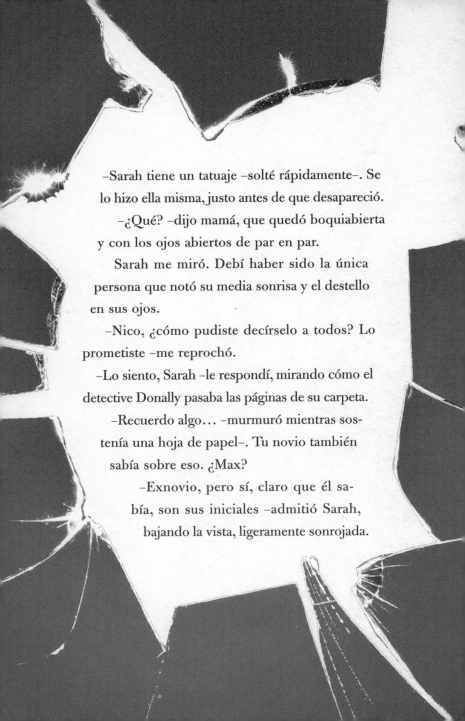

–Sarah tiene un tatuaje –solté rápidamente–. Se lo hizo ella misma, justo antes de que desapareció.

–¿Qué? –dijo mamá, que quedó boquiabierta y con los ojos abiertos de par en par.

Sarah me miró. Debí haber sido la única persona que notó su media sonrisa y el destello en sus ojos.

–Nico, ¿cómo pudiste decírselo a todos? Lo prometiste –me reprochó.

–Lo siento, Sarah –le respondí, mirando cómo el detective Donally pasaba las páginas de su carpeta.

–Recuerdo algo… –murmuró mientras sostenía una hoja de papel–. Tu novio también sabía sobre eso. ¿Max?

–Exnovio, pero sí, claro que él sabía, son sus iniciales –admitió Sarah, bajando la vista, ligeramente sonrojada.

–Por Dios –soltó mamá en voz baja.

–Max nos contó sobre el pequeño tatuaje cuando comenzamos a investigar el caso. Lo presentó como evidencia del amor entre ambos. Creo, según dice aquí –agregó el detective mientras pasaba las páginas y leía–, que no solo tú tienes un tatuaje, sino que él tiene uno igual, pero con tus iniciales. ¿En la cadera derecha?

Sarah se puso de pie y bajó el costado de su short, dejando ver su cadera: justo en la curva de sus huesos estaban las pequeñas letras: unas M y V entrelazadas.

Mamá miró la piel de Sarah y soltó un suspiro. No distinguí si estaba sorprendida u horrorizada.

–¿En qué demonios estabas pensando? –le dijo a Sarah. Sacudió la cabeza y se dirigió al detective–. Y si esto estaba en sus registros desde hace años, ¿por qué es la primera vez que nosotros lo escuchamos?

–Lo siento. No vi el sentido de compartir con ustedes nada doloroso acerca de su hija desaparecida. Max dejó en claro que se trataba de un secreto entre ellos... Honestamente, lo tenía archivado con la esperanza de que pudiéramos usarlo para, bueno... –el detective se detuvo un momento–, para identificar el cuerpo.

–Eso pasó hace mucho tiempo. Solo tenía quince años. Estoy seguro de que Sarah no haría nada parecido ahora –comentó papá, extendiendo los brazos.

–Creo que ir a la estación no será necesario. Agregaré una nota en la carpeta donde diga que su identidad fue confirmada visualmente –afirmó el detective. Se puso de pie y tomó su carpeta rápidamente. Noté que estaba algo sonrojado, quizás avergonzado por haber dudado de la verdadera identidad de Sarah o por la naturaleza íntima del tatuaje; no supe por qué opción inclinarme.

Mamá se levantó y noté que tenía manchas rojas en su pecho, como las que solían aparecer cuando estaba molesta.

–¿Y Paula? ¿Qué harán al respecto? ¡Estoy considerando presentar cargos en su contra!

–No se preocupen por ella; nos pondremos en contacto para informarle que hemos confirmado la identidad de Sarah. En verdad, señora Morris, creo que ella tenía buenas intenciones –dijo el detective Donally mientras se dirigía hacia la puerta–. Parece ser una joven perturbada.

–Puede decirle que si desea continuar desviando el camino de la investigación sobre la desaparición de Sarah, iré contra ella, con un abogado –agregó mamá mientras lo acompañaba a la entrada. Quitó el seguro y abrió la puerta de par en par.

–Lamento haber interrumpido su velada. Estaremos en contacto si hay alguna novedad, algo realmente nuevo, sobre el caso de Sarah –concluyó, trastabillando, mientras bajaba los escalones de la entrada y caminaba hacia su auto.

En cuanto la puerta se cerró, mamá se dio vuelta, con una expresión de ira. Esperaba que se desquitara conmigo, que me tomara por los hombros y me sacudiera hasta que contara todo. Pero fue contra Paula.

–Honestamente, ¿qué pasa con esa chica? Estoy a punto de llamar a su madre. Y tú... un tatuaje –se dirigió a Sarah, sacudiendo su cabeza.

–Todo lo que puedo decir es que desearía no haberlo hecho; si pudiera quitármelo, lo haría –se disculpó Sarah, con lágrimas en los ojos.

–*Vas* a quitártelo. Haremos que te lo borren lo más pronto posible. Voy a pedir un turno con el dermatólogo –declaró mamá. Al mirar a Sarah, pensé que estaba por echarse a reír, pero en cambio se acercó para abrazar a mamá.

–Cometí muchos errores entonces –admitió.

Escuché que mamá suspiraba y vi que papá tenía los ojos llenos de lágrimas.

–Solo tenías quince años –dijo papá. Llevó un mechón de cabello de Sarah detrás de su oreja–. Y ya no eres más así, ¿o me equivoco?

Intercambiaron una fugaz mirada que traté de descifrar.

–Vamos a concentrarnos en lo importante –continuó papá, como si estuviera en una reunión de trabajo–. Nuestra familia está reunida de nuevo y nadie, ni Paula, el detective Donally, Spencer, Max, o un tonto tatuaje, va a cambiar eso, nunca.

SARAH

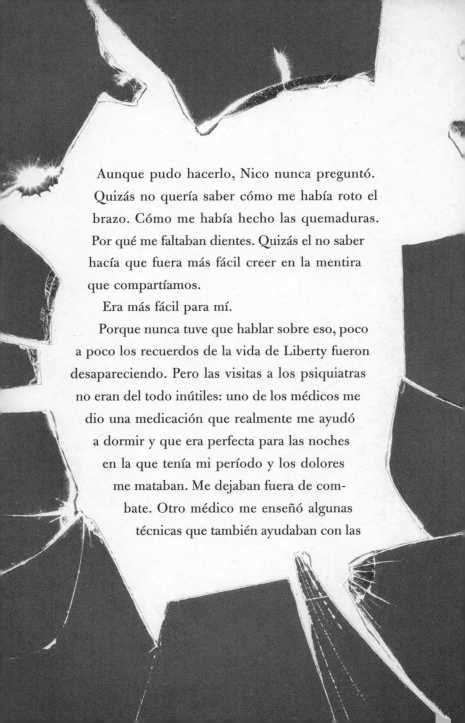

Aunque pudo hacerlo, Nico nunca preguntó. Quizás no quería saber cómo me había roto el brazo. Cómo me había hecho las quemaduras. Por qué me faltaban dientes. Quizás el no saber hacía que fuera más fácil creer en la mentira que compartíamos.

Era más fácil para mí.

Porque nunca tuve que hablar sobre eso, poco a poco los recuerdos de la vida de Liberty fueron desapareciendo. Pero las visitas a los psiquiatras no eran del todo inútiles: uno de los médicos me dio una medicación que realmente me ayudó a dormir y que era perfecta para las noches en la que tenía mi período y los dolores me mataban. Me dejaban fuera de combate. Otro médico me enseñó algunas técnicas que también ayudaban con las pesadillas: nada de cafeína, nada de estimulantes de ningún tipo. Pasaba media hora leyendo en la cama cada noche, por lo general una novela romántica o algo ligero, como revistas de moda. Aún tenía pesadillas, pero con menor frecuencia, hasta que, al parecer, desaparecieron por completo.

Cuando me sorprendía pensando en aquellos días, los más oscuros con ma, simplemente cambiaba mis pensamientos, como si cambiara de canal en la televisión: otro consejo útil de los médicos. Me veía a mí misma escondida bajo el porche que estaba unido al remolque, con el polvo filtrándose entre las tablas de madera, mientras ma lidiaba con los policías justo sobre mi cabeza, diciendo que vivía sola, que no tenía hijos. Y cambiaba a otro pensamiento: Nico y yo, en la piscina o de compras en el centro comercial. La forma en la que mamá me miraba cuando yo llegaba a casa del trabajo, como si verme atravesar la puerta de entrada fuera la mejor parte de su día. Decía que la hacía sentir orgullosa, y me recordaba las palabras de mi maestra de Matemáticas, tantos años atrás: *Estoy muy orgullosa de ti.*

Puedo liberarme de todos esos recuerdos oscuros porque ahora soy amada. Ya dejé de escapar, de fingir ser otra. Ahora soy Sarah Morris. Soy Sarah.

Y ahora soy amada.

EPÍLOGO

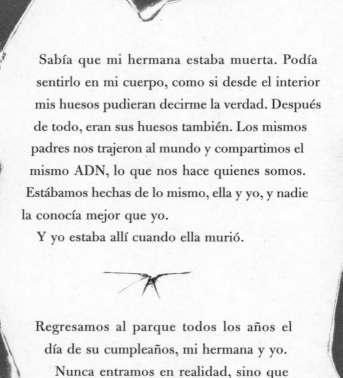

Sabía que mi hermana estaba muerta. Podía sentirlo en mi cuerpo, como si desde el interior mis huesos pudieran decirme la verdad. Después de todo, eran sus huesos también. Los mismos padres nos trajeron al mundo y compartimos el mismo ADN, lo que nos hace quienes somos. Estábamos hechas de lo mismo, ella y yo, y nadie la conocía mejor que yo.

Y yo estaba allí cuando ella murió.

Regresamos al parque todos los años el día de su cumpleaños, mi hermana y yo. Nunca entramos en realidad, sino que solo nos paramos fuera de la entrada. Once de marzo, a pocos días de que empezara la primavera, y casi siempre lluvioso o húmedo. Una docena de rosas blancas, atadas con un listón amarillo, apoyadas contra la pared de ladrillos del arco de entrada.

Y cada año, ese día, hacemos un gran festejo con nuestra familia, cada vez más grande al parecer: mamá y papá, la abuela, el tío Phil y nuestros primos. Aún estamos recuperando el tiempo perdido, los cuatro años durante los que no hubo fiestas de cumpleaños. Sarah invita a sus amigos, nuevos amigos; ya no queda nadie del pasado en su vida. A dónde estarán Max y Paula, no lo sé. Escuché que Paula estaba haciendo un posgrado en el oeste. Max estaba haciendo su residencia en alguna parte de Nueva York. Perdí el contacto con ambos, y Sarah también.

Al principio, cuando Sarah regresó, me permití creer: ¿Y si realmente es ella? ¿Y si logró salir del lago, de allí abajo, sin memoria de quién era, y alguien la acogió? Estaba de regreso, sin tener noción de lo que había ocurrido, sin saber nada a excepción de su nombre. Eso significaría que yo no era culpable. Que no había guardado el secreto por cuatro años. Que ella seguía con vida. Y se parecía a ella... demasiado. Todos pensaban que era ella. Mis padres la recibieron con los brazos abiertos, al igual que todos los demás.

Quería creerlo, en especial porque estaba muy cambiada. Era la hermana que yo siempre había querido. Y yo era lo mismo para ella. Quería olvidar. Pero nunca lo haría. El secreto viviría conmigo por siempre, y luego también fue el secreto de Sarah; no había forma de escapar de la verdad.

Al margen de nuestras vidas felices, reconstruidas, siempre hubo, para mí, una oscura preocupación. Me preocupaba que Paula volviera a aparecer de repente algún día y lograra persuadir a otro detective o policía de lo que había visto, de lo que pensaba que sabía, y que nos involucrara a mí y a Sarah. Me acechaba el temor de que alguien descubriera a la verdadera Sarah, lo que quedaba de ella. ¿Y si drenaban el lago, o lo dragaban? ¿Y si había una sequía y sus huesos emergían del lecho?

De tanto en tanto, un reportero se pone en contacto con nosotros cuando desaparece otro chico, en especial si ocurre en nuestro estado, o si algún chico regresa con su familia. Quieren entrevistas o fotografías, pero siempre los rechazamos amablemente, diciéndoles que se pongan en contacto con el Centro para Niños Desaparecidos, si desean obtener información sobre el caso de Sarah, sin brindarles detalles personales. Ahora comprendo por qué mamá nunca quiso que se difundiera el regreso de Sarah: no quería enfrentarse a las miradas, a las dudas, a las preguntas. Mejor no saber, no preguntar. Comencé a ver lo inteligente que es: una característica que nunca respeté o reconocí en ella, y que ahora no solo la admiro, sino que trato de imitarla.

En mi última caminata de regreso a casa desde la escuela, Tessa vino conmigo para cenar con mi familia, y dejé que

Sarah probara en mi cabello su resaltador experimental, algo que había creado en el laboratorio de la escuela de belleza. Olía a huevo podrido y me quemó un poco el cuero cabelludo.

–Cuando termine con la fórmula química, le voy a agregar alguna fragancia; lo prometo –me dijo. Dio un paso atrás, con los guantes de goma puestos, para admirar su hábil trabajo por un momento mientras Tessa me hacía caras a escondidas.

Luego de que lo lavó, me quedaron algunas partes de cabello más claro en el frente, pero también estaba un poco quebradizo y dañado.

–Mucho peróxido –murmuró para sí mientras anotaba algo en su cuaderno–. Te pondré un acondicionador esta noche y estará mejor mañana. Pero mira, funcionó: de rubio natural a más rubio, ¿no es así?

–Creo que está bastante bien: verano en una botella –dijo Tessa mientras me ponía las manos sobre los hombros y miraba mi reflejo en el espejo.

–Creo que acabas de dar con el nombre del producto: "Verano en una botella". ¿Te importa si lo uso? –Sarah estaba hablando en serio.

Miré mi cabello en el espejo que estaba sobre el lavabo, sorprendida por el tono casi blanco que enmarcaba mi rostro. No era exactamente mi estilo, pero Sarah lo arreglaría al día siguiente: lo volvería a teñir de un rubio más oscuro. O quizás me lo dejara así, y les diría a mis amigos en Princeton, orgullosa, que mi hermana estaba creando una línea de productos para el cabello y yo era su conejillo de Indias, que la apoyaba en cada uno de sus proyectos: su cómplice.

Un equipo.

Después de todo, ¿para qué están las hermanas?

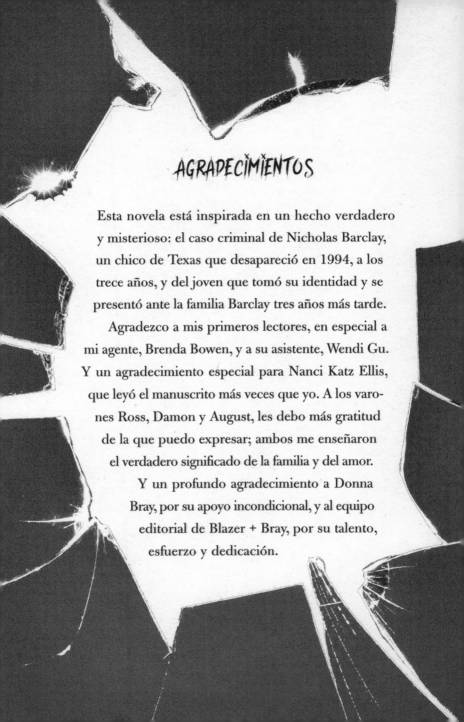

AGRADECIMIENTOS

Esta novela está inspirada en un hecho verdadero y misterioso: el caso criminal de Nicholas Barclay, un chico de Texas que desapareció en 1994, a los trece años, y del joven que tomó su identidad y se presentó ante la familia Barclay tres años más tarde.

Agradezco a mis primeros lectores, en especial a mi agente, Brenda Bowen, y a su asistente, Wendi Gu. Y un agradecimiento especial para Nanci Katz Ellis, que leyó el manuscrito más veces que yo. A los varones Ross, Damon y August, les debo más gratitud de la que puedo expresar; ambos me enseñaron el verdadero significado de la familia y del amor.

Y un profundo agradecimiento a Donna Bray, por su apoyo incondicional, y al equipo editorial de Blazer + Bray, por su talento, esfuerzo y dedicación.

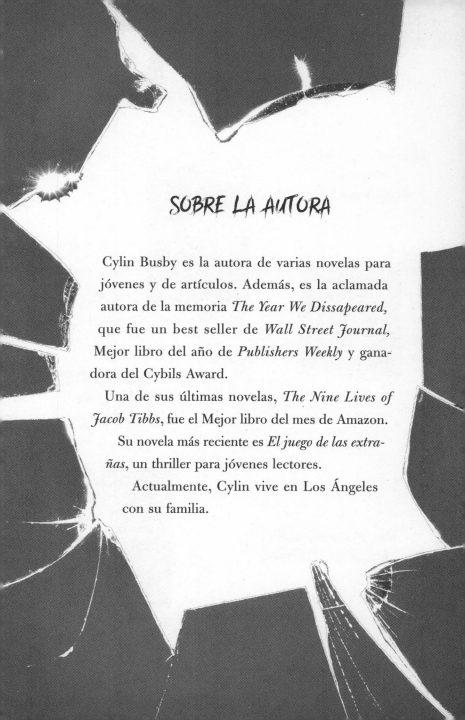

SOBRE LA AUTORA

Cylin Busby es la autora de varias novelas para jóvenes y de artículos. Además, es la aclamada autora de la memoria *The Year We Dissapeared*, que fue un best seller de *Wall Street Journal*, Mejor libro del año de *Publishers Weekly* y ganadora del Cybils Award.

Una de sus últimas novelas, *The Nine Lives of Jacob Tibbs*, fue el Mejor libro del mes de Amazon.

Su novela más reciente es *El juego de las extrañas*, un thriller para jóvenes lectores.

Actualmente, Cylin vive en Los Ángeles con su familia.

THRiL

Una protagonista que escapa de su pasado

INSOMNIA - *J. R. Johansson*

PRISIONERA DE LA NOCHE - *J. R. Johansson*

Una historia en donde nada es lo que parece

Una protagonista que busca su identidad

ASYLUM - *Madeleine Roux*

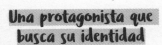

LER...

¿Supernatural o real?

HARMONU HOUSE - *Nic Sheff*

NO SOY UN SERIAL KILLER - *Dan Wells*

EL JUEGO DE LAS EXTRAÑAS - *Cylin Busby*

BLACKBIRD - *Anna Carey*

Tu enemigo está muy cerca

¡QUEREMOS SABER QUÉ TE PARECIÓ LA NOVELA!

Nos puedes escribir a vrya@vreditoras.com
con el título de esta novela en el asunto.

Encuéntranos en

 facebook.com/VRYA México

 twitter.com/vreditorasya

instagram.com/vreditorasya

COMPARTE
tu experiencia con
este libro con el hashtag
#eljuegodelasextrañas